যা কিছু আজ ব্যক্তিগত

শ্রীজাত

যা কিছু আজ ব্যক্তিগত

পত্রভারতী

www.bookspatrabharati.com

পত্রভারতী

প্রথম প্রকাশ ফেব্রুয়ারি ২০১৯

ত্রিদিবকুমার চট্টোপাধ্যায় কর্তৃক পত্রভারতী, ৩/১ কলেজ রো, কলকাতা ৭০০০০৯
থেকে প্রকাশিত এবং হেমপ্রভা প্রিন্টিং হাউস, ১/১ বৃন্দাবন মল্লিক লেন,
কলকাতা ৭০০ ০০৯ থেকে মুদ্রিত।

প্রচ্ছদ ও অলংকরণ একতা

JA KICHU AAJ BYAKTIGOTO
by Srijato
Published by PATRABHARATI 3/1 College Row, Kolkata 700 009
Phones 2241 1175, 94330 75550, 98308 06799
E-mail patrabharati@gmail.com
visit at www.facebook.com/Patra-Bharati-521504074559888

ISBN 978-81-8374-552-9

নীরেন্দ্রনাথ চক্রবর্তী

মৃণাল সেন

দিব্যেন্দু পালিত

যাঁদের কাছে কেবল প্রশ্রয় আর উৎসাহ পেয়েছি।

পত্রভারতী প্রকাশিত বই

লিমেরিক

শ্রীজাতর ফেসবুক

ঋণ

শঙ্খ ঘোষ, দূর্বা বন্দ্যোপাধ্যায়, সায়নকুমার দে

অস্বস্তির শামিয়ানা, বিদ্রুপের মোমবাতি

ইয়ে হম যো হিজ্র মেঁ দিওয়ার-ও-দর কো দেখতে হ্যাঁয়
কভি সবা কো কভি নামাওয়র কো দেখতে হ্যাঁয়...

অচেনা পায়ের শব্দ পেয়ে এদিক-ওদিক থেকে কিছু কবুতর উড়ে পালাল। পড়ে আসা বেলার তিরছি রোদ তখন পড়েছে হাভেলির ছোট্ট পাথুরে চত্বরটায়। নামেই হাভেলি, আদতে চার ঘরের একটা বসতবাড়ি, যার অর্ধেকটা দখল করে নিয়েছে পিসিও বুথ আর বাকি অর্ধেকের আনাচে-কানাচেও দেখা যাচ্ছে শরিকি বাসিন্দাদের ভেজা জামাকাপড়, বাসনপত্র, বালতি-গামলার ভিড়ভাট্টা। তবু, এটাই হাভেলি, এটাই তীর্থ। এই সেই দিওয়ার-ও-দর, যার দিকে অলস তাকিয়ে হয়তো কখনও সত্যিই বসে থেকেছেন তিনি। বিচ্ছেদের একলা থাকাকে সঙ্গী করে অপেক্ষা করেছেন নামাওয়র-এর, ডাক-হরকরার। কারণ দিল্লির চাঁদনি চকের বল্লিমারাহ্ গলির এক বাঁকের এই বাড়িতেই বেশ কয়েকবছর কাটিয়েছিলেন তিনি। আমার প্রিয়তম কবি, আমার রোজকার সঙ্গী, আমার অন্ধকারের বন্ধু—অসদউল্লা খান বেগ। এই নামে তাঁকে চট করে চিনতে অসুবিধে হলেও হতে পারে, কারণ তাঁর ছদ্মনামখানাই হয়ে উঠেছিল আসল পরিচয়—মির্জা গালিব।

আজও যখন তাঁর ওই নাম-কা-ওয়াস্তে হাভেলির চৌখুপিতে গিয়ে অবাক হয়ে দাঁড়াই, মনে হয় এই বুঝি চিকের আড়াল থেকে ফেজ টুপি আর জীর্ণ জোব্বাখানা চাপিয়ে বেরিয়ে

আসবেন তিনি, বহু শতাব্দীর সেরা শায়র, সময় পার করা এক দার্শনিক। তাঁকে কি নসিরুদ্দিন শাহের মতোই দেখতে? গুনগুন করে উঠলে কি জগজিৎ সিং-এর গলার গন্ধ পাওয়া যায়? গুলজার সাব তো এমনই একখানা অব্যর্থ ছবি এঁকে দিয়েছেন মির্জার, যা থেকে বেরনো শক্ত, বোধহয় অপ্রয়োজনীয়ও।

এই ছবিটা ছুঁয়ে দেখতেই বছরে একবার অন্তত দিল্লি যাই আমি। হয় কাজে, নয় ছুতোয়...কিন্তু যাই। আর যে-সময়গুলোয় যাওয়া হয় না, কলকাতায় বা অন্যত্র কাজে-অকাজে থাকি, সেই সময়গুলো ওই হাভেলিটাকেই কাঁধের ঝোলায়, হাতের সুটকেসে বা বলিশের তলায় নিয়ে ফিরি। সে একখানা বই। কলাম-এ-গালিব। রংচঙে-ঝকমকে এই বইটা আমি কিনেছিলাম জামশেদপুরের সাকচি বাজারে, এক সর্দারজির বড়সড় বইয়ের দোকান থেকে।

গজলে আমার আগ্রহ সেই ছোটবেলায়, মির্জার গালিব আমার কৈশোরে এসে মনের কেকে মেজাজের চেরিটি আলতো করে রেখে গেছেন। সেই থেকে তাঁর লেখা গজলগুলোর সংকলন খুঁজে বেড়াচ্ছিলাম। কলকাতায় নেহাত কম চষিনি। কিন্তু সুরাহা হয়নি কোনও। গালিবের অনুবাদ পেয়েছি, তাঁকে ছাপার হরফে দেখিনি এ-শহরে। একবার জামশেদপুরে ছুটি কাটাতে গিয়ে কী মনে হতে গালিবের খোঁজ করতে বেরিয়ে পড়লাম। পেয়েও গেলাম একখানা পুরোদস্তুর সংকলন, যেখানে মির্জার প্রায় বেশিরভাগ লেখাই মলাটবন্দি, দেবনাগরী হরফে। সুতরাং, পড়তে অসুবিধে নেই। পৃথিবীর তামাম হিরের খনির মালিকানা কাঁধব্যাগে পুরে আমার জীবন শুরু হল। হ্যাঁ, আরও একবার শুরুই, কারণ তাঁকে খুঁটিয়ে পড়বার পর আমি আর আগের মানুষ রইলাম না। থাকা সম্ভবও ছিল না। তার আগে মির্জার লেখা কয়েকখানা গজলই কেবল আমার শোনা ছিল, তাঁর লেখার আঁচ পেয়েছি, আগুনটা পেলাম এই বইয়ে এসে।

তাঁর দর্শন, তাঁর ভাবনা, তাঁর শৈলি—এসব নিয়ে টুঁ শব্দ করতে যে-ন্যূনতম যোগ্যতা দরকার, তার সাড়ে তেরো হাজার মাইলের মধ্যেও আমি নেই। কিন্তু আমার যেটা আছে, সেটা আর পাঁচজনের মতোই পাঠের অধিকার। তাঁকে নিজের মতো করে তর্জমা করার অধিকার। তাঁর সঙ্গে আলাদাভাবে বোঝাপড়ার অধিকার। সেইটা হয়তো আমি দিনের পর দিন করে গেছি, আজও করি। ওই বইটার ভেতরে ঢুকে। মলাটটা খুলে ঢুকে পড়ি বারবার

আর নতুন করে অবাক হই। আজ যখন আগামীকাল বলে কোনও বিস্ময় আর অবশিষ্ট নেই কোথাও, তখন বহু পুরোনো এইসব গতকালের পাতাগুলো আমাকে বিস্ময়ে ভরিয়ে তুলতে থাকে রোজ। একই শের, একই গজল পড়ে আমি আরও একবার বসে থাকি চুপ করে। কেবল এইটাই ভাবতে চেষ্টা করি, কোন আশ্চর্য কারিগরিতে, কোন ব্যাখ্যাতীত উপায়ে এমন লেখা এসেছিল ওই মানুষটির হাতে। কীভাবে নিজের হাল-হকিকত, চারপাশের অফরা-তফরি, সাম্রাজ্যের টিমটিমে রোশনাই, প্রেমের হিজ্র আর ওয়স্‌ল্ লিখে রেখে গেছেন তিনি। ফারসি, উর্দু এমনকী চলতি হিন্দিতে খুঁজে নিয়েছেন নিজের পায়চারির হাজার গলি। ব্যথা, প্রেম, বিচ্ছেদ, নেশার ঝালর দিয়ে সাজিয়ে নিয়েছেন নিজের লেখার রাজপথটুকু। ভাবতে থাকি এইসব। রোজ। হ্যাঁ, রোজ। কারণ বইটা কিনে ফেলার পর থেকে আজ অবধি, এই এত বছরে এমন একখানা দিনও যায়নি, যেদিন অনন্ত একবারের জন্যে কলাম-এ-গালিব-এর মলাট খুলে বসিনি আমি। কেন করেছি এমনটা? আমি কি কোনও শান্তির আড়াল খুঁজে পেয়েছি সেখানে? সন্ধান পেয়েছি কোনও সমর্পণের? উঁহু, বরং উলটোটাই। ফিরে ফিরে গেছি ওই অস্বস্তির শামিয়ানার নীচে, ওই বিদ্রূপের মোমবাতির কাছে, ওই সমাজবোধের তীক্ষ্ণতার টানে, ওই ব্যর্থতার তামাশার পাশাপাশি। কোনও শান্তির বাণী, কোনও অনন্তের আশ্বাস, কোনও চিরকালীনতার প্রতিশ্রুতি, কোনও সমর্পণের অঙ্গীকার যেখানে নেই। আছে রোজকার টানাপোড়েন আর রক্তমাংসের না-পাওয়া। আছে ঈশ্বরের অস্তিত্বে পুরোপুরি অবিশ্বাসী এক কাফেরের আত্মবিশ্বাস, আছে নেশায় আর প্রেমে চুর এক দরিদ্র প্রৌঢ়ের মুঠোর দাপট। যিনি, একমাত্র যিনি লিখতে পারেন—'মত পুছ কে ক্যায়া হাল হ্যায় মেরা তেরে পিছে/তু দেখ কে ক্যায়া রংগ হ্যায় তেরা মেরে আগে'। এই রেলাদার আত্মবিশ্বাস আর কোনও কবির লেখায় পেয়েছি কি? এই তোয়াক্কাহীনতা, এই বেপরোয়াপনা আর কোনও শায়র দেখাতে পেরেছেন কি? পেরে থাকলেও, আমার সামান্য পড়াশোনায় তেমন হদিস পাইনি এখনও। আজ থেকে দেড় শতক আগের একজন মানুষ কীভাবে আজ থেকে কয়েক শতক পরেও তাজা থাকার মতো স্মার্টনেস ক্যারি করে গেছেন, সেটা ভেবেও বুঝে পাই না। শব্দটা এভাবেই ব্যবহার করছি, হ্যাঁ, স্মার্টনেস। সাদাকে সাদা, শরাবকে শরাব, চুমুকে চুমু আর ব্যর্থতাকে ব্যর্থতা বলতে পারার কলার-তোলা স্মার্টনেস। সবকিছুর আগে ওইটাই আমাকে অবাক করে দিয়ে গেছে। আজও যায়। যে শেরটা একটু আগে লিখলাম, সেই

গজলের মত্‌লা বা প্রথম কাপলেটটা ছিল—'বাজিচা-এ-অতফাল হ্যায় দুনিয়া মেরে আগে/হোতা হ্যায় শব-ও-রোজ তমাশা মেরে আগে'। এই দুনিয়া আমার সামনে বাচ্চাদের খেলার ময়দান ছাড়া কিছুই নয়, যেখানে রাতদিন কেবল তামাশাই হয়ে চলেছে। এই কনফিডেন্সের পায়ে হাজার কুর্নিশ, এই স্মার্টনেসের চৌকাঠে কোটি সালাম।

এখন, এই প্রায়-চল্লিশের রোদে যখন মুখ তুলে তাকাই, দেখি অনেক কিছু মুঠোর বাইরে চলে গেছে। কত কত সময় আর মানুষ হাত ছাড়িয়ে চলে গেছে দূরে। অনেকেই বেঁচে, কিন্তু ফিরবে না। অনেকেই কাছের, কিন্তু বেঁচে নেই। আর লেখা? সেই প্রাচীন মরীচিকা, সেই অরোরা বোরিওলিসের তাড়নায়, তাগিদে ছোটা তো এ-জীবনে শেষ হওয়ার নয়। নিজের লেখা, নিজের মনের মতো লেখা আজও লিখে উঠতে পারিনি। পারব কিনা জানি না। কিন্তু মনের মতো লেখা পড়তে পেয়েছি, সেই ভালোলাগা, সেই সৌভাগ্যও নেহাত কম নয়। যাঁরা গালিব পড়বার সুযোগ পাননি, অন্তত তাঁদের চাইতে আমার কপাল ভালো, রোজ এই কথাটা মনে করেই আনন্দে থাকা যায়। যখনই বিরুদ্ধতার ঝাপটা, ব্যর্থতার তোয়াজ, হতাশার গা-জোয়ারি আমাকে তাড়া করে, আমি লুকিয়ে পড়ি এই বইটার মধ্যেই। কারণ এই বইটাই আমার একমাত্র বাঙ্কার, নিরাপদতম হাইডআউট, যেখান থেকে কেউ আমায় খুঁজে বার করতে পারবে না। এমন কত কত বিকেল দুপুর-মাঝরাত-সকাল-সন্ধে আমার কেটে গেছে বাঙ্কারে বসে দূরবিনে চোখ রেখে... দূরে, কাঁটাতারের ওপারে হেঁটে যেতে দেখেছি নিজেকেই সেও, আমারই মতো, একখানা বই খুঁজছে। মাথা গুঁজবে বলে।

আমার চরম নাস্তিকতার বারান্দায় কোনও ঈশ্বরের জায়গা নেই। কোনও প্রতিমা বা ধারণার পায়ের কাছে মাথা ঠেকানোর দায়ও নেই তাই। রোজকার বেঁচে থাকায় কোনও কুরান, কোনও গীতা, কোনও গ্রন্থসাহেব বা কোনও বাইবেলের সহায় নেই। তা সত্ত্বেও আমার একজন খুদা আছেন, যাঁর সামনে মাথা এমনিই নত হয়ে আসে। একজন ঈশ্বর রয়েছেন, যাঁর দরগায় কপাল ছুঁইয়ে ধুলো নেওয়া যায় রোজ। হ্যাঁ, রোজ। তিনি অসদউল্লা খান বেগ, ওরফে মির্জা গালিব। এই রংচঙে ঝকমকে পঞ্চাশ টাকা দামের পেপারব্যাকই আমার একমাত্র ধর্মগ্রন্থ, যা আমার বেঁচে থাকার হাত ধরে ঘুরে বেড়ায়, ছেড়ে যায় না কক্ষনও।

তাই রোজ একবার বইটার মধ্যে ঢুকে পড়ি আমি। কলাম-এ-গালিব-এর মধ্যে ঢুকে

পড়ি। আর তক্ষুনি কয়েকটা কবুতর উড়ে যায় এদিক ওদিক। একটা তেরছা হয়ে পড়া বেলা-পেরনোর-রোদে পা ডুবিয়ে যে-কোনও পাতার ওপর দাঁড়াই...বড় পাথরের বাদামি ধূসর দেওয়ালের গায়ে অযোগ্য হাত রাখি, কান পাতি...কিচ্ছু শোনা যায় না। বাইরে জমজমাট চাঁদনি চকের হরেক পসরা নিয়ে জমে উঠছে হই-হট্টগোলের বাজার...বাইরে গড়িয়াহাট-শ্যামবাজার-উল্টোডাঙা...বাইরে শত্রুতা-ঈর্ষা-ঝুটঝামেলা...আমি সে-সব পেরিয়ে আমার তীর্থে পৌঁছই আরও একবার, রোজকার মতো মাথা ঠেকাই দরগার চৌকাঠে...দুটো মলাটের ভেতরকার পুরোনো দিল্লিতে আরও একবার সন্ধে হয়ে আসে দেখতে দেখতে...আমার বাড়ি ফিরতে ইচ্ছে করে না।

ছায়াহিন্দোল

'আদাবান্তে নিবেদন এই

শ্রী শ্রী বিজয়ার শতকোটি অভিবাদন জানিবেন। ঈদ মুবারক। আপনার গুণে আমি মুগ্ধ এত, পরিচয় দেবার কোনও প্রয়োজন করে না। আপনি আমার হৃদয়ে গাঁথা। আপনি ভারতের রত্ন। স্বনামধন্য মহাপুরুষ, আপনার দীর্ঘ জীবন মায়ের চরণে প্রার্থনা করি। আপনি দয়া করে আসবেন জেনে অধিক সন্তুষ্ট হলেম। দেড়মাস পর যদি আপনি দয়া করে আসেন, তবে বাধিত হব।

আপনার আলাউদ্দিন'

মাইহার থেকে সঙ্গীতাচার্য তারাপদ চক্রবর্তীকে এই চিঠি লিখেছিলেন প্রবাদপ্রতিম উস্তাদ বাবা আলাউদ্দিন খান। এর চেয়ে বড় শংসাপত্র কোনও প্রতিষ্ঠানও কাউকে দিতে পারে না। চিঠির প্রাপক ততদিনে সঙ্গীতাচার্যের খেতাব পেয়ে গিয়েছেন, লোকে তাঁকে এক ডাকে চেনে। কিন্তু সেই যুবক তারাপদকে বোধহয় কেউ চেনে না, যে ফরিদপুরের শান্ত এক গ্রাম থেকে এসে পড়েছিল বিরাট এই শহরটায়, আর গানের নেশার অপরাধেই তাকে আশ্রয় নিতে হয়েছিল কোনও এক বাড়ির রোয়াকে।

অবাক করা কথা হলেও, এমনই সব বিস্ময়কর তথ্যে ঠাসা তারাপদ চক্রবর্তীর গোটা জীবনটাই, যার জন্ম হয়েছিল অবিভক্ত বাংলার ফরিদপুর জেলার কোটালিপাড়ায়। ১৯০৯

সাল, পয়লা এপ্রিল। আর পাঁচটা বালকের মতো ডানপিটে ছিলেন তিনিও, কিন্তু গানবাজনার পরিবেশে পড়লে সেই ছেলেই হয়ে যেত ধ্যানমগ্ন। বাবা কুলচন্দ্র চক্রবর্তী, মা দুর্গারানি দেবী ও কাকা ন্যায়রত্ন রামচন্দ্র চক্রবর্তী। বাবা আর কাকা, দুজনেই ছিলেন রীতিমতো গানের মানুষ। খুরজা ঘরানার বিখ্যাত উস্তাদ জহুর খাঁ'র কাছে দীর্ঘদিন তালিম নিয়েছিলেন তাঁরা। সেই সূত্রে গান বেড়ে উঠছিল বালক তারাপদ'র কণ্ঠেও। তাছাড়া টোলে সংস্কৃত শিক্ষার পাশাপাশি লোকায়ত গানের একটা আবহও তাঁর মনে প্রভাব ফেলেছিল বইকি। তাই দৈনন্দিন চলাফেরার মধ্যে গানকেই নিজের সঙ্গী করে নিয়েছিলেন তারাপদ।

দুপুরে হয়তো দিঘিতে ছিপ ফেলে বসে আছেন, গুনগুন করে ভাঁজছেন কোনও একটা রাগের চলন। এ দৃশ্যে কোটালিপাড়ার বাসিন্দারা অভ্যস্তই ছিলেন। তার পাশাপাশি বাবার কাছে নিয়মমাফিক রাগসঙ্গীতের তালিম নেওয়া তো ছিলই। তবে তখন কেউ বোধহয় এতদূর ভাবতে পারেননি যে, এই ছেলেই ভারতজোড়া নাম কিনবে কয়েক বছর পর।

যেমন ভাবতে পারেননি তারাপদ'র ভাবী শ্বশুরবাড়ির বেশ কিছু লোকজন। সে কালে কম বয়সে বিয়ের চল। কিন্তু যে-বাড়ির মেয়ের সঙ্গে বিবাহ স্থির করার চেষ্টা হল, সে-বাড়ির লোকজন বেঁকে বসলেন। তাঁরা ছিলেন যথেষ্ট স্বচ্ছল, এদিকে কুলচন্দ্রের দিন আনা দিন খাওয়া। সম্পদ বলতে কেবল সঙ্গীত। কিন্তু তেমন সম্পদের দাম আর ক'জনই বা বোঝে। তাই স্বাভাবিকভাবেই তাঁদের বক্তব্য, ঘুরে বেড়ানো ছাড়া এ ছেলে আর কিছুই করে না। ভবিষ্যতেও যে কিছু করে উঠবে, এমনটা মনে হচ্ছে না। অতএব ধরে বেঁধে নিজেদের মেয়েকে তাঁরা জলে ফেলে দিতে পারবেন না।

বিয়েটা হয়তো হতই না, যদি না উল্টো কথা বলতেন খোদ পাত্রীর বাবা। তিনি সে বয়সেই কিশোর তারাপদ'র চোখে উদাসীন এক প্রত্যয় দেখে ফেলেছিলেন, যা বাকিদের চোখ এড়িয়ে গিয়েছিল। তাই শেষমেশ মালাবদল হয়েছিল তারাপদ আর প্রভাবতী'র। আর তার পরপরই উপার্জনের তাগিদে তারাপদ পাড়ি দিলেন কলকাতা। হয়তো তিনি জানতেনও না, এই মহানগরীতেই বাঁধা হবে তাঁর নতুন জীবনের তার।

রোয়াকে রাত কাটানোর প্রসঙ্গ ছিল এই লেখার গোড়ায়। গল্পটা এইরকম, কলকাতায় এসে তারাপদ আশ্রয় নিয়েছিলেন দূর-সম্পর্কের এক আত্মীয়ের বাড়িতে। নামেই আশ্রয়,

তাঁরা এই হঠাৎ আগন্তুকের উপস্থিতির বিষয়ে খুব একটা সন্তুষ্ট ছিলেন না। তারাপদ অবশ্য বরাবরই একরোখা, বেশ প্রবল তাঁর আত্মমর্যাদা বোধ। কারও দয়া বা দান গ্রহণ করা তাঁর ধাতে নেই। তাই শহর কলকাতার রাস্তায় রাস্তায় দিনভর রোজগারের ফিকিরে ঘুরতেন তিনি। বাড়ি বাড়ি চাল বিক্রি করেছেন, শাড়ি বিক্রি করেছেন, এমনকী মুটেগিরিও করেছেন।

সেই সামান্য রোজগারের একাংশ পাঠাতে হত দেশের বাড়িতে, বাকিটা নিজের হাতখরচ। কোনও কাজকেই খাটো মনে করতেন না তিনি, বরং মাথা উঁচু করে বেঁচে থাকাটা তাঁর কাছে অনেক বেশি দামি বলেই মনে হয়েছিল। এই মূল্যবোধের দামও তাঁকে দিতে হয়েছিল অনেকবার, সেসব কথায় পরে আসা যাবে।

সারাদিন তো পথে পথে কাটতই, রাতগুলো কাটতে শুরু করল জলসায়। কোটালিপাড়ায় থাকাকালীন এমন বড় পরিসরে গানবাজনা শোনার সুযোগ মেলেনি, এদিকে কলকাতা তখন উচ্চাঙ্গ সঙ্গীতের মহাতীর্থ। আজ এখানে মেহফিল, তো কাল ওখানে। আর শিল্পী কারা? একদিকে উস্তাদ আবদুল করিম খাঁ ও উস্তাদ ফৈয়াজ খাঁ, তো অন্যদিকে পণ্ডিত ওঙ্কারনাথ ঠাকুর আর মুশতাক হুসেন। রাতের কলকাতাকে প্রাণ থেকে ভালোবেসে ফেললেন যুবক তারাপদ। যে শহরে এমন গানবাজনা শোনা যায়, সে শহর ছেড়ে যাওয়ার প্রশ্নই ওঠে না।

শহর ছেড়ে যেতে হল না ঠিকই, কিন্তু ভিটে ছাড়তে হল। যাদের বাড়িতে ছিলেন, তাঁরা সাফ জানিয়ে দিলেন, রোজ রোজ রাতবিরেতে বাড়ি ফেরা চলবে না। এমনটা চলতে থাকলে অন্যত্র ব্যবস্থা দেখতে হবে। অন্তর্নিহিত প্রশ্নটা খুব সোজা—হয় মাথার ওপর ছাদ, নয় গানবাজনা। তারাপদ'র কাছে উত্তরটা আরও স্পষ্ট ছিল। সেই রাতেই তল্পিতল্পা গুটিয়ে পথে এসে দাঁড়ালেন তিনি। একেবারে আক্ষরিক অর্থেই।

রাত কাটানোর জন্যে বেছে নিলেন হ্যারিসন রোডের একটি বাড়ির রোয়াক। সেখানেও কি কম বিপত্তি? দু'দিন থেকেছেন কি থাকেননি, এক কনস্টেবল এসে লাঠি দেখালেন। ব্রিটিশ শাসিত কলকাতা, রোয়াকে এভাবে শুয়ে থাকা চলবে না। তারাপদ'রও জেদ, এখানেও যদি জায়গা না হয়, কলকাতায় থেকে গানবাজনা শুনবেন কী করে?

'কী করা হয়?' বিরক্ত মুখে প্রশ্ন করলেন বয়স্ক সেই কনস্টেবল। 'গান গাই'। সটান জবাব দিলেন তারাপদ। ছেলেটির চেহারার সঙ্গে জবাবকে কিছুতেই মেলাতে পারলেন না প্রশ্নকর্তা।

তবু তিনি বললেন, 'কীরকম গাস, নমুনা শুনি?'

মধ্যরাত পেরিয়ে যাওয়া শুনশান হ্যারিসন রোডের সেই রোয়াকে বসেই চোখ বন্ধ করে গান ধরলেন তারাপদ—পিয়া কে মিলনে কী আস। ততদিনে যোগিয়া'র এই ঠুমরি করিম খাঁ সাহেবের গলায় ছড়িয়ে পড়েছে গোটা দেশে। সদ্যই এক আসরে খাঁ সাহেবকে শুনেছিলেন তারাপদ, ওই একবার শুনেই ঠুমরিটি হুবহু গলায় তুলে নিয়েছেন তিনি।

কোন এক দৈব সংযোগে সেই রাতের সেই কনস্টেবল ছিলেন গানের সমঝদার। ঠুমরি শেষ হবার পর তারাপদকে জড়িয়ে ধরেছিলেন তিনি। আর বলেছিলেন, এক শর্তে এই রোয়াকে তাঁকে থাকতে দেওয়া হবে। যদি রোজ রাতে এইরকম গান শুনতে পাওয়া যায়। ওই বয়স্ক কনস্টেবলই তারাপদ'র নগরজীবনের প্রথম শ্রোতা।

ছোট থেকেই তারাপদ ছিলেন শ্রুতিধর। বিশেষ করে সুরের ক্ষেত্রে। একবার যা শুনতেন, ভুলতেন না। আর সেই ক্ষমতাই এরপর তাঁকে দাঁড় করিয়ে দিল সে সময়ের খ্যাতনামা গাইয়ে সাতকড়ি মালাকারের জানলার বাইরে।

কলকাতার নানা রাস্তায় ঘুরতে ঘুরতে একদিন হঠাৎ তারাপদ'র কানে এল পুরোনো বন্দিশ। কে গাইছেন এমনভাবে? খুঁজে খুঁজে পেলেন সেই জানলা, যার ওদিকে বসে ছাত্রদের গান শেখাচ্ছেন সাতকড়ি মালাকার। তারাপদ'রও খুব ইচ্ছে, ভেতরে গিয়ে ব'সে সকলের সঙ্গে গান শেখার, কিন্তু সেই সামর্থ্য বা সাহস, কোনওটাই তাঁর নেই। অতএব রোজ একই সময়ে জানলার বাইরে কান খাড়া করে দাঁড়িয়ে থাকতে শুরু করলেন তিনি। আর বরাবরের মতোই, একের পর এক রাগ আর বন্দিশের চলন উঠে আসতে লাগল তাঁর গলায়।

কিন্তু বেশিদিন এমনটা চলল না। ধরা পড়লেন হাতেনাতে। সাতকড়ি মশায় রেগে আগুন। ছোকরা কিনা জানলার বাইরে দাঁড়িয়ে তাঁর বিদ্যা চুরি করছে? 'শুনি কী শিখেছিস?' হুকুম করলেন তিনি। তারাপদ লাজুক মুখে দু'খানা বন্দিশ গেয়ে শোনাতেই সাতকড়িবাবুর মন গলে গেল। এমন একজনকেই তো তিনি খুঁজছিলেন এতদিন! তারাপদ'র ঠাঁই পাকা হল জানলার এদিকেই।

'তোমাকে তালিম দেওয়া মানে খোদার উপর খোদকারি করা। ভগবানই তোমাকে সব আঙ্গিক তালিম দিয়ে পাঠিয়েছেন, তার বাইরে কিছুই নেই। ভারতবর্ষ ঘুরে আমি কিছু অমূল্য

বন্দিশ জোগাড় করেছি, সেগুলি তোমাকে সার্থকভাবে দিয়ে যেতে পারলেই আমার শান্তি' — তারাপদ চক্রবর্তী বিষয়ে এই বক্তব্য তাঁর পরবর্তী ও শেষ গুরু পণ্ডিত গিরিজাশঙ্কর চক্রবর্তী'র।

সাতকড়ি মালাকারের কাছে বেশ কিছুদিন তালিম নেবার পর তারাপদ সান্নিধ্য পান খ্যাতনামা গিরিজাবাবুর, যিনি বিষ্ণুপুর ঘরানার গাইয়ে হয়েও ভারতের বহু ঘরানার গায়কী ও দাওপ্যাঁচ বিষয়ে ওয়াকিবহাল ছিলেন। তারাপদকে একবার শুনেই তিনি বুঝেছিলেন, এ ছেলের মধ্যে গান ছাড়া আর কিছু নেই। আর সে গানও বেশ ভালোরকম বিষ্ণুপুরের গায়কী ঘেঁষা। এ তৈরি হয়েই এসেছে, একটু গড়েপিটে নিলেই কেল্লা ফতে।

হয়েওছিল তাই। মধ্যযৌবন থেকেই কলকাতা ও আশেপাশের আসরগুলোয় নিয়মিত ডাক পড়তে লাগল তারাপদ'র। তাবড় ওস্তাদদের ভিড়ে বাঙালি গাইয়ে হয়ে নাম কেনা তখন বড় সহজ ছিল না। গোড়ার দিকে গানে করিম খাঁ সাহেবের ছায়া থাকলেও, খুব দ্রুত তারাপদ চক্রবর্তী'র নিজস্বতা শ্রোতাদের কাছে স্পষ্ট হয়ে উঠল। বেশ টিকোলো নাক ছিল তাঁর, তাই ডাকনাম ছিল নাকু। তখন বাঙালি শ্রোতাদের কাছে নাকুবাবুর গান এক আলাদা পিছুটান। শুদ্ধকল্যাণ থেকে পুরিয়ায় আসর মাতিয়ে ফেলছেন তিনি। শহরের বাইরেও পৌঁছচ্ছে তাঁর খ্যাতি।

ইতিমধ্যে দক্ষিণ কলকাতার টালিগঞ্জের বাওয়ালি মণ্ডল রোডে বাসা ভাড়া নিয়েছেন, দেশ থেকে ভাই হরিপদ আর স্ত্রীকে এনে রেখেছেন কলকাতায়। অনুষ্ঠানের পাশাপাশি একটু একটু করে বাড়িতেই তালিম দিচ্ছেন ছেলেমেয়েদের। একে একে প্রভাবতী'র গর্ভে জন্মাচ্ছেন পুত্র মানস, কন্যা শ্রীলা, কল্পনা ও সুশ্রী। আসরে তাঁর ছায়াসঙ্গী হয়ে থাকছে ভাইপো বিমলেন্দু। আর কিছুদিন পর খুদে মানস ও শ্রীলা দ্বৈত সঙ্গীত পরিবেশন করছে জনসমক্ষে। তারাপদ বিস্তৃত হচ্ছেন ক্রমশ...তৈরি হচ্ছেন সঙ্গীতের প্রবাদপ্রতিম ব্যক্তিত্বে পরিণত হবার জন্য।

অজস্র বাংলা গান লেখার পাশাপাশি তারাপদ সৃষ্টি করছেন নতুন রাগ—'ছায়াহিন্দোল' সে রাগ এত জনপ্রিয় হচ্ছে যে সবক'টি আসরে শ্রোতাদের অনুরোধে গাইতেই হচ্ছে। যে মানুষটা শহরের রোয়াকে রাত কাটিয়েছেন, কেবল গানের জোরে একখানা তিনতলা বাড়ি বানাচ্ছেন তিনি লেক গার্ডেন্সে, আদরের সঙ্গে শাসন করছেন গানবাজনার কলকাতাকে

আর বিশালকায় সেই বাড়ির নামও রাখছেন 'ছায়াহিন্দোল'।

বড় মেয়ে শ্রীলা এ বছর ৭০-এ পা দিলেন। কিন্তু ছোটবেলার স্মৃতি আজও স্পষ্ট তাঁর মনে। 'চোখ বুজলে এখনও তানপুরার আওয়াজ শুনতে পাই। সারাদিন আমাদের বাড়িটা গানের গন্ধে ম ম করত। বাবা কখনও আমাদের আলাদা করে ডেকে তালিম দিতেন না, আমরাই ক্লাসে এসে বসতাম। আজও কান পাতলে বাবার গলার 'সা' অবিকল শুনতে পাই'।

ওদিকে পণ্ডিত মানস চক্রবর্তী'র এক সাক্ষাৎকারে পাচ্ছি—'বাবা বিশেষ কোনও ঘরানার ঘেরাটোপে আবদ্ধ থাকেননি। রাগরূপ এবং বাণীর প্রামাণ্যতা বজায় রেখে, ব্যক্তিগত উপলব্ধি এবং সৃষ্টিশীলতার মাধ্যমে নিজের গানে যোগ করেছেন বিশেষ মাত্রা। গভীরতার পাশাপাশি খেয়াল গানকে একটা পূর্ণতা দিয়েছেন বাবা, যা তাঁর আগে এভাবে ছিল না'।

কথাটা ঐতিহাসিকভাবে সত্যি। একটা সময় পর্যন্ত খেয়াল গাওয়া হত ছোট বা মাঝারি ঘেরে। অনেকখানি সময় নিয়ে বড় পরিসরে বিস্তার, সেই চল কিন্তু তারাপদবাবুর অবদান। সে সময় আর কেউ এভাবে বড় খেয়াল গাইতেন না। যে কারণে অল ইন্ডিয়া কনফারেন্সে তারাপদ'র গান শোনার পর খোদ পণ্ডিত ওঙ্কারনাথ ঠাকুর তাঁকে বলেছিলেন, 'আপনার গান আমাদের জন্য। সবার জন্য নয়'।

আবার মানসবাবুর স্মৃতিচারণায় পাচ্ছি, ১৯৫০-এ দার্জিলিং-এর এক কনফারেন্সে গাইতে গিয়ে উস্তাদ বড়ে গোলাম আলি খাঁ'র সঙ্গে দেখা তারাপদবাবুর। দুজনেই পরস্পরের অনুরাগী। আরেকটি অনুরাগও অবিশ্যি ছিল। তারাপদবাবু যেমন ধূমপান ছাড়া একমুহূর্তও থাকতে পারতেন না, তেমনই মদ্যপান ছিল বড়ে গোলাম-এর প্রিয় নেশা। তারাপদবাবু জিগ্যেস করেছিলেন, 'এত মদ্যপান করেন কেন? বিনা মদ্যপানেই তো আপনার গলায় এমন সুর বসে রয়েছে'। উত্তরে বড়ে গোলাম হেসে বলেছিলেন, 'আপনি বুঝবেন না তারাপদবাবু। বিনা সুরায় সুরের ভেতর ঢুকে পড়া খুব কঠিন কাজ। ওটা আপনার মতো সচ্চা কলাকারের পক্ষেই সম্ভব'।

এত মানুষের উদার কুর্নিশ যিনি পেয়েছেন, তিনি কিন্তু প্রাতিষ্ঠানিক স্বীকৃতির আওতার বাইরেই থেকে গেলেন চিরকাল। নিজেকে বিজ্ঞাপিত করতে পারলেন না, মর্জির বাইরে গিয়ে মনোরঞ্জন করতে পারলেন না, পারলেন কেবল একরোখা শিরদাঁড়াটা টানটান রেখে গান গেয়ে যেতে। তাই শেষমেশ একটা কড়া চিঠি লিখতেই হল তাঁকে,

মৃত্যুর ঠিক আগের বছরেই।

'অন্যায়ের সমর্থন আমি কোনদিন করেছি বলে আমার মনে পড়েনা, এবং সত্যের জন্য আমাকে অনেক যায়গা থেকেই সরে আসতে হয়েছে। আজ পর্যন্ত পশ্চিম বাঙলার কোন বাঙালী উচ্চাঙ্গ কণ্ঠ সঙ্গীত শিল্পীকে রাষ্ট্রীয় সম্মান দেওয়া হয়নি, কেন জানিনা। আজ থেকে বহুপূর্বে যা পেলে গ্রহণযোগ্য হতো তা এই জীবন সায়াহ্নে পেয়ে আমি এতটুকু উৎসাহ বা আনন্দ পাচ্ছিনা বরঞ্চ ক্ষোভ হচ্ছে, এই কথা ভেবে যে আমাকে এ সময়ে পদ্মশ্রী দেওয়ার অর্থ আমাকে এবং সেই সঙ্গে সমস্ত সঙ্গীত জগতকে অপমান করা। তাই ভারত সরকার প্রদত্ত রাষ্ট্রীয় সম্মানসূচক এই পদ্মশ্রী উপাধি আমার পক্ষে গ্রহণের অযোগ্য এবং অসম্মানজনক মনে হল এবং আমি সানন্দে প্রত্যাখ্যান করলাম।'

৭৪ সালের ৪ জানুয়ারি এই চিঠি লিখেছিলেন তারাপদবাবু। আর এই চিঠিই আজও তাঁর সম্মানকে অন্য চিলেকোঠায় বাঁচিয়ে রেখেছে। স্বয়ং বাবা আলাউদ্দিন যাকে 'ভারতের রত্ন' বলে সম্বোধন করেন, তাঁর পক্ষেই সম্ভব এভাবে হেলায় পুরস্কার ফিরিয়ে দেওয়া।

আর পাঁচ মিনিট।

কথাটা মুখে বললেন না তিনি, বলার শক্তি নেই আর। হাত তুলে পাঁচ আঙুল দেখালেন। এই পৃথিবীতে পাঁচ মিনিট আছেন আর। সেটা ১৯৭৫ সাল, দিনটা পয়লা সেপ্টেম্বর। ক'দিন ধরেই বেশ ভুগছিলেন ৬৬ বছরের শীর্ণকায় মানুষটি। খুব ইচ্ছে ছিল বড় মেয়ের হাতের লুচি বেগুনভাজা খাবেন। বড় কন্যাটি তখন ৭ মাসের অন্তঃস্বত্তা, এক ডাকে ছুটে এসেছেন বাপের বাড়িতে। দু'দিন আগেই তাঁর হাতের রান্না তৃপ্তি করে খেয়েছেন বাবা। তখনও ভালো দেখাচ্ছিল। কিন্তু আজ যেন একটু বেশিই অসুস্থ হয়ে পড়েছেন। একমাত্র ছেলে ডাক্তার ডাকতে যাবেন, এমন সময় হাতের ইশারায় তাঁকে আটকে দিলেন শয্যাশায়ী বাবা। শেষ পাঁচ মিনিটে পরিবারের সকলকে কাছ থেকে দেখে যেতে চান তিনি।

সকলে তাঁর বিছানার চারপাশে উৎকণ্ঠা নিয়ে দাঁড়িয়ে। আরেকবার হাত তুললেন তিনি। এবার তিনখানা আঙুল। আর তিন মিনিট। এ কেমন অলৌকিক কাউন্টডাউন? ছেলে বারণ শুনলেন না, খবর দিলেন ডাক্তারকে। ডাক্তার এলেনও। কিন্তু ততক্ষণে দেরি হয়ে গেছে। ইশারায় তিন মিনিট দেখানোর কাঁটায় কাঁটায় তিন মিনিট পরই শেষ

নিঃশ্বাস ত্যাগ করেছেন বাবা। চিরতরে চলে গিয়েছেন ভারতীয় শাস্ত্রীয় সঙ্গীতের ব্যতিক্রমী ব্যক্তিত্ব, সঙ্গীতাচার্য তারাপদ চক্রবর্তী।

আজকের প্রজন্ম তাঁকে মনে রেখেছে কিনা, সে প্রশ্ন অবান্তর। না রাখলে ব্যর্থতাটা তাদেরই। তবে ছায়াহিন্দোল নামের বাড়ির বারান্দাটায় আজও যখন হাওয়া দেয়, তখন ধুলোর বদলে সুর উড়ে আসে। তারাপদ'র, মানসের, শ্রীলার... আপসহীন এক গাছ আর তার ডালপালাদের ছায়া পড়ে থাকে সেখানে। রোয়াক থেকে তিনতলার বিরাট ছাদের যে সফর, ভূপালি থেকে যোগিয়ায় জেগে থাকে যে রাত, তার শেষে কিছুই আর চাওয়ার ছিল না উদাসীন এই শিল্পীর। কেবল বড় মেয়ের সন্তানকে দেখে যেতে চেয়েছিলেন, চেয়েছিলেন তৃতীয় প্রজন্মের কানে একবার 'সা' বলে যেতে।

পারেননি, কিন্তু আমি আজও চোখ বুজলে তাঁর একরোখা সেই 'সা' শুনতে পাই। তিনি চলে যাওয়ার সাড়ে তিনমাস পর ৭৫-এর ডিসেম্বরেই জন্ম হয় আমার। সেই শিকড়ই আঁকড়ে রেখেছি আজও। ভিড়ের কলকাতা পার হতে হতে আজও আমাকে টান মারে রাতজাগা এক তানপুরা, যার চারটে তারে আমাদের সকলের জীবন বেঁধে নিচ্ছেন সঙ্গীতাচার্য তারাপদ চক্রবর্তী। কে জানে, আজ কী রাগ শোনাবেন...

চিঠিগুলির বানান অপরিবর্তিত

নীল রঙের মানুষ

'আজ আর কেউ নেই, মাঝে-মাঝে কার কাছে যাব।'—শঙ্খ ঘোষ

আষাঢ়, ২০১২

মেঘ করে এসেছে তুমুল, তেড়ে বৃষ্টি শুরু হবে। সেক্টর ফাইভ থেকে গাড়ি ছুটছে গড়িয়াহাট। পৌঁছতে হবে ২৪ ম্যান্ডেভিলা গার্ডেন্স। নতুন কবিতা নিয়ে আমার জন্যে অপেক্ষা করে আছেন একজন, যাঁর নাম সুনীল গঙ্গোপাধ্যায়।

তখন চাকরি করি এক পত্রিকা-দফতরে, কবিতার পাতার দায়িত্বে। ঠিক হয়েছে, সেপ্টেম্বর সংখ্যায় কেবলমাত্র সুনীলদার কবিতাই থাকবে। এখন থাকবে বললেই তো আর হয় না, তাঁর লেখা কি চাইলেই পাওয়া যায়? কিন্তু গিয়েছিল।

এক সকালে বাড়িতে পৌঁছতেই কয়েকখানা কবিতা দিয়ে বললেন, 'বেশ পুরোনো, বুঝলে? তোমার যেটা পছন্দ হয়, ছেপো।'

এসব মুহূর্ত কেউ রেকর্ড করে রাখলে ভালো হয়, নইলে পরে নিজেরই অবিশ্বাস্য মনে হতে পারে। ফিরে এলাম তিনটে লেখা নিয়ে, পাতায় বসানোও হয়ে গেল। হঠাৎ অগাস্টের গোড়ায় ফোন করলেন।

'পাতাটা ধরে রাখতে পারবে? কবিতাগুলো দেবার পর থেকে মনটা খচখচ করছে। তোমাকে একটা নতুন কবিতাই লিখে দেব ভাবছি। শান্তিনিকেতন থেকে ফিরে আসি, কেমন?'

এ এক অসামান্য প্রাপ্তি।

কিন্তু কী দরকার ছিল খোদ সুনীল গঙ্গোপাধ্যায়ের, যেচে নতুন একটা কবিতা দেবার? কেবল স্নেহের খাতিরে? হ্যাঁ, স্নেহ তো ছিলই। পাশাপাশি খিদেও ছিল। ছাপার অক্ষরে টগবগে নতুন লেখা দেখার যে-খিদে একজন তরুণ কবির মধ্যে থাকে, আশিতে পা দেবার আগের মুহূর্তেও সেই নতুনের খিদে তাঁর মধ্যে ছিল। কারণ তাঁর মধ্যেই ছিল নীললোহিত, যার বয়স কখনও সাতাশ পেরোয় না।

তিন দশক আগে, এক বিকেলবেলা

'নাম কী তোমার?' বাবার হাত ধরে কাকাবাবুর স্রষ্টাকে চাক্ষুষ করতে হাজির বছর নয়ের এক খুদে পাঠক। তাকে প্রথম প্রশ্ন সুনীল গঙ্গোপাধ্যায়ের। সে খুউব লজ্জায় কোনওরকমে বলে উঠতে পেরেছিল তার নাম। 'বাহ্, বেশ নাম। বিস্কুট খাবে নাকি?' বলে চায়ের প্লেট থেকে দুটো প্রজাপতি বিস্কুট তুলে এগিয়ে দিলেন। সে কাঁপা হাতে বিস্কুট নিয়ে হাফপ্যান্টের পকেটে পুরল। আর বাঁ হাতের কনুই দিয়ে বাবাকে খোঁচা মারল। অটোগ্রাফ।

গোলাপি পাতাওলা একটা ছোট্ট খাতা, তার পাতায় সুন্দর হাতের লেখায় ফুটে উঠল—'শ্রীজাতকে শুভেচ্ছায় সুনীল গঙ্গোপাধ্যায়'। ২০১২ সালের এই আষাঢ়ে দুপুরটা তখন আমার কল্পনাতেও ছিল না। আমি শুধু না খেয়ে সেই বিস্কুটজোড়া একটা টিনের কৌটোয় ভরে রেখেছিলাম। অনেকদিন।

ডিসেম্বর, ২০০৭

'এখন যেটা বলব, মন দিয়ে শুনে সেটার উত্তর দেবে, কেমন?' গলাটা সুনীলদার, আসছে সকাল আটটার সময়ে, রিসিভারের অপর প্রান্ত থেকে। ব্যাপার কী? 'শোনো, তোমাকে এ-বছর বাংলা আকাদেমি পুরস্কার দেওয়া হবে বলে ঠিক হয়েছে। আমি তো ওদের সঙ্গে আছি, আমাকেই ওরা জেনে নিতে বলেছে, তুমি কি পুরস্কারটা নেবে?'

এই প্রশ্নে খুশি হবার বদলে বরং বিব্রত হলাম আর বুঝলাম, কেন ফোনটা করছেন সুনীলদা।

সে-বছরই নন্দীগ্রামে গুলি চলেছে, তৎকালীন সরকারের বিরুদ্ধে মিছিলে হেঁটেছি,

পত্রপত্রিকায় কবিতা লিখেছি (কৃত্তিবাসও তার মধ্যে আছে)। এহেন অবস্থায় সরকারি পুরস্কার নিতে কি রাজি হব? প্রশ্নটা তাঁর মাথায় এসেছে।

খুব দ্বিধা নিয়ে পৌঁছিলাম 'পারিজাত'-এ। 'কী ঠিক করলে?' নিজের চেয়ারে বসে সিগারেট ধরিয়ে সামান্য হাসিমুখে প্রশ্নটা করলেন সুনীলদা। মাটিতে চোখ নামিয়ে কাঁপা গলায় কোনওরকমে বললাম, 'আমি নিতে পারব না সুনীলদা।'

হঠাৎ কাঁধে ওঁর হাত এসে পড়ল। 'খুব খুশি হয়েছি আমি। তুমি রাজি হলেই বরং মনে মনে দুঃখ পেতাম। কী জানো, পুরস্কারটা নিয়ে নিলে তোমার হয়তো কিছু সাময়িক খ্যাতি আর অর্থলাভ হত, কিন্তু সকলে তোমাকে লোভী আর সুবিধেবাদী মনে করত। তো আসল। চা খাবে?'

বিরাট একটা পাথরকে নিমেষে ফাটিয়ে দিয়ে ছুট লাগাল একটা অচেনা স্রোত। হয়তো বা স্বস্তিরই। ফেরার পথে ভাবছিলাম, আড়ালে প্রত্যাখ্যানের এই সুযোগটা তো না-ই দিতে পারতেন তিনি। একজন অকিঞ্চিৎকর তরুণ কবিতা-লেখক খোদ তাঁর প্রস্তাবে 'না' করে দিয়েছে, সাধারণভাবে এ কি খুব গৌরবের? কিন্তু নিজের অহং-এর চাইতেও তাঁর কাছে দামি প্রতিটি মানুষের ব্যক্তিস্বাধীনতা আর নীতিবোধ। চূড়ায় বসে অহং-কে পোষা বেড়াল বানিয়ে রাখাটা সোজা নয়। তাঁর কাছে সোজা ছিল।

সুনীল গঙ্গোপাধ্যায়, তাই, ছিলেন বিপজ্জনকভাবে সংখ্যালঘু।

অরণ্যের দিনরাত্রি, বোলপুর

কোন সাল হবে? বোধহয় ২০০৮ কি ৯। দোলে শান্তিনিকেতন, সুনীলদার নেতৃত্বে আমরা ফুল টিম। ছড়িয়ে ছিটিয়ে এদিক-ওদিক ওঠা হয়েছে। আমরাই বয়োঃকনিষ্ঠ দম্পতি বলে স্বাতীদি একতলার একটা ঘর ছেড়ে দিয়েছেন আমাকে আর দূর্বাকে।

দোলের রাতে সুনীলদার বারান্দার পানভোজন। লম্বা বারান্দা, সামনের মোরামের পথ আর গাছগাছালির গায়ে তখন দোলপূর্ণিমার জ্যোৎস্না। পান, গান, কাব্যপাঠ আর দেদার আড্ডা চলছে।

যখন প্রায় মধ্যরাত, আমাদেরই মধ্যে কে একজন যেন বলল, 'ইশ, এখন খোয়াই-এর ধারে গেলে দারুণ হত!' সুনীলদা দুম করে বললেন, 'বেশ তো, চলো না, যাওয়া যাক!'

ছবির মতো একটা রাত, কবিতার মতো একটা আড্ডা, জ্যোৎস্নার মতো কিছু পানীয় আর স্বপ্নের মতো একজন মানুষ। আমরা কি স্বপ্নের মধ্যেই জীবন কাটাচ্ছিলাম?

যখন পৌঁছলাম, হালকা শিরশিরে হাওয়া আর রুপোলি জোছনায় ছমছম করছে খোয়াইয়ের ধার। শালগাছগুলোর পাতা অল্প নড়ছে, কারও মুখে কথা নেই।

চুপচাপ যে-যার মতো জঙ্গলের দিকে হেঁটে যাচ্ছি, হঠাৎ খোলা গলায় সুনীলদা ধরলেন, 'আজ জ্যোৎস্না রাতে সবাই গেছে বনে'। এ গান আগেও বহুবার ওঁর গলায় শুনেছি। কিন্তু সত্যিকারের জ্যোৎস্নার বনে গানটা গেয়ে উঠলেন যখন, আমরা সকলে একটা কবিতা তৈরি হতে দেখলাম। একে একে গলা মেলালাম, পা মেলালাম। ওই তো, একটু দূরে, দু'হাত আকাশে তুলে গাইতে গাইতে জ্যোৎস্নার জঙ্গলে মিলিয়ে যাচ্ছেন ছদ্মবেশী উদাসীন রাজা, আমরা তাঁর পায়ের ছাপ থেকে আলো কুড়োতে কুড়োতে একটু পিছিয়ে পড়েছি কেবল...

কী লেখে সে, কবিতা? ২০১১

রবিবারের আড্ডাগুলো তো এক তারে বাঁধা থাকত না, একেকদিন বয়ে যেত একেকদিকে। কেবল একটা নিয়ম ছিল, যে বা যাহারা লাগাতার সুনীলদার নামে নিন্দেমন্দ করে চলেছে, আজীবন ঋণী থেকেও হঠাৎ মৃদু হেসে তাঁর পিঠে বসিয়ে দিয়ে যাচ্ছে মসৃণ ছুরি, সেইসব আশ্চর্য কৃতঘ্নদের নিয়ে কোনও কু-মন্তব্য চলবে না।

ক্ষমা এবং তাচ্ছিল্যের একটা রাজকীয়তা থাকে, সুনীলদা সেটা জানতেন। সব বিরুদ্ধতা তো উত্তরের যোগ্য হয় না।

একদিন ঠিক হল, আমাদের যার যা নতুন লেখাপত্তর হয়েছে, ধরেবেঁধে সুনীলদাকে শোনাতে হবে। কিন্তু সন্ধেবেলা। 'ইয়ে...মানে...বলছিলাম কী...' বলে প্রস্তাবটা পাড়া হল। এত দ্বিধার কিছু থাকত না, যদি না প্রস্তাবে কবিতা শোনার সঙ্গে মাংস-ভাত খাওয়ার ব্যাপারটাও থাকত। 'সে তো দারুণ ব্যাপার, তবে ডিনারটা স্বাতীর ডিপার্টমেন্ট', মুচকি হেসে সায় দিলেন তিনি।

আমাদের ভালোবাসার আবদার রাখতে স্বাতীদিরও জুড়ি নেই। অতএব, কেল্লা ফতে!

সাতটা থেকে শুরু হল। আমরা যার যার ব্যাগ থেকে স্কুলের বাচ্চাদের মতো খাতাপত্তর বার করে কবিতা শুনিয়ে যাচ্ছি, সুনীলদাও মন দিয়ে শুনে মতামত জাহির করছেন।

সকলের পড়া যখন শেষ, টেবিল থেকে মাংসের গন্ধ ছড়িয়ে পড়ছে সারা ঘরে। হঠাৎ বললেন, 'তোমাদের লেখা শুনে আমারও কয়েকটা নতুন লেখা শোনাতে ইচ্ছে করছে। শুনবে?' এই প্রশ্নের কোনও উত্তর হয় না। আমরা কী বলব ভেবে ওঠার আগেই লেখার ঘর থেকে কয়েকটা পাতা নিয়ে এলেন তিনি। সদ্য লেখা কবিতাগুচ্ছ, 'পাখির চোখে দেখা'।

নিজেকে আমূল পাল্টে ফেলা সেইসব কবিতার ঘোরে আমাদের আচ্ছন্ন করে খুব আলতো করে জানতে চাইলেন সুনীলদা, 'আদৌ ভালো হচ্ছে কি?'

আবার আষাঢ়, ২০১২

সুনীলদাই দরজা খুলে দিলেন। বাইরের ঘরটা মেঘে-মেঘে আবছা হয়ে আছে, খানিকটা নিভে আছেন তিনিও। নিয়ে গেলেন লেখার ঘরে। ভাঁজ করা একটা কাগজ হাতে দিয়ে বললেন, 'শান্তিনিকেতন থেকে নতুন লিখে এনেছি। পড়ে জানিও, কেমন?'

বিদায় নিয়ে বেরিয়েই আটতলায় ল্যান্ডিং-এ এসে তড়িঘড়ি কাগজের ভাঁজ খুললাম। ততক্ষণে দূরে কলকাতার আকাশরেখা ঝাপসা করে ঝেঁপে নেমেছে বৃষ্টি।

আমার হাতে সুনীলদার সদ্য লেখা কবিতা 'সময় সমগ্র'। আশ্চর্য সেই কবিতার ছত্রে ছত্রে কেবল মৃত্যুর কথা, চলে যাওয়ার সংকেত। লিখছেন, 'একটুক্ষণের মধ্যেই ঝোড়ো বাতাস এসে উলটে দিল পাতা। সে পাতাটি একেবারে শূন্য আর সাদা/ও এই ব্যাপার/আমার জন্য আর একটুও সময় বরাদ্দ নেই/ এই গণ্ডি পেরিয়ে আমাকে এবার যেতে হবে অনেক...'

আমার চোখেও একটা মেঘ গুমরে উঠল। সেটাকে সামলে আবার বেল বাজালাম।

'কী ব্যাপার পছন্দ হয়নি?' হেসে জিগ্যেস করলেন কবি। লেখার ঘরের পর্দাগুলো তখন বেপরোয়া উড়ছে, বৃষ্টিতে ভিজে যাচ্ছে চারপাশ। আবছা অন্ধকারেও দেখতে পাচ্ছি, সুনীলদার মুখে একটা আলতো হাসি।

ম্যাজিক শেষে ম্যানড্রেকের ঠোঁটের কোণে যেমন থাকত।

'কবিতাটা অসামান্য, কিন্তু এসব কেন লিখেছেন সুনীলদা? আপনি এসব লিখলে...' আমার গলা ধরে এল। 'দু'মিনিট সময় আছে? বোসো'।

তারপর, অবুঝ বাচ্চাকে বাবা ঠিক যে-স্বরে বোঝান, সেই স্বরে সুনীলদা বললেন, 'তোমাদের এসব পড়ে মনখারাপ হবে, জানি। কিন্তু সত্যিটা কী জানো? শেষের শুরু হয়ে

গেছে। বলে আমার দিকে একদৃষ্টে তাকিয়ে থাকলেন হিম সন্ধেবেলা ভুবন পেরিয়ে আসা এক কবি। তাঁর ভেতরে তখন শুরু হয়েছে আরেক হিমের প্রস্তুতি।

দুঃসহ দুটো বছর

সামনে এখন একটা মরুভূমি, যার বয়স দু'বছর কিংবা অনন্ত। দুঃসহ এই দুটো বছরের প্রতিটি দিনই ৭ সেপ্টেম্বর, কারণ মৃত্যুর পরমুহূর্ত থেকে রোজ একটু একটু করে আবার জন্মাচ্ছেন সুনীলদা। আমাদের স্মৃতিতে, বিচ্ছেদে। নেহাত আমরা নিজেকে বড় বেশি ভালোবাসি, নইলে এমন মানুষের সঙ্গে সহমরণে যাওয়াই যেত।

কোনও মানুষেরই সবটুকু আলো দিয়ে তৈরি হয় না। তাঁরও ছিল না। কিন্তু এত আলো নিয়েও কি কারও আসতে হয়, যার সামনে বাকিরা নিজেদের অন্ধকার দেখতে পেয়ে বারবার ছোট হয়ে যায়?

সুনীল গঙ্গোপাধ্যায়ের সাহিত্যকীর্তি নিয়ে তো আলাদা ইতিহাস তৈরি হবে। কিন্তু কে এই নীল মানুষ, জ্যোৎস্নায় যার এপার-ওপার দেখা যায়? কে এই রাখাল, যার মগজ তৈরি শরৎকালের এক টুকরো আকাশ দিয়ে আর হৃদয়ের জায়গায় বসানো রঙচঙে উপহারের রাংতা? এর উত্তর পাওয়া যাবে না, আর এমন মানুষও আসবে না কোনওদিন।

সত্যি বলতে কী, নিজের একটা অংশ তো পুড়েই গেল সেদিন, পুড়ে গেল জীবনের বাদবাকি সমস্ত রবিবার।

কেবল মাঝেমাঝে ঘুমের মধ্যে দেখতে পাই, দোলপূর্ণিমার রাতে খোয়াইয়ের ধারে একা একা ঘুরে বেড়াচ্ছে এক কিশোর। সে জঙ্গলের দিকে চলে যেতে চায়। তার হাতে আঁকড়ে ধরা রয়েছে জংধরা কবেকার একটা টিনের কৌটো। আর সেই কৌটোর ভেতরে পড়ে থাকতে থাকতে দুটো পুরোনো বিস্কুট কখন প্রজাপতি হয়ে গিয়েছে। আজ, এই রুপোলি রাতে, চুপিচুপি তাদের উড়িয়ে দিতে চায় সে...

বাঁশিওলা

...সে তো হায়, মৃদু পা'য় এসেছিল পারিনি তো জানতে...

শ্রীজাত

শব্দের মানে তো পাল্টে পাল্টে যায় মানুষের জীবনে, আমার সঙ্গেও সেইরকমই হয়েছে। একেকটা শব্দ একেক সময় পাল্টে গিয়ে এমন চেহারা নিয়েছে পরে, যাকে চিনতে অসুবিধে হয়েছে খানিকটা। তবে, এদের মধ্যে সবচাইতে বেশি প্রতারণা করেছে যে-শব্দটা, তার নাম 'বুশ'। এখন, এই ২০০৮ সালের চমৎকার পৃথিবীতে 'বুশ' বলতে যা বুঝি আমি, তার চেয়ে অনেক দূরে কোথাও ভেঙেচুরে পড়ে রয়েছে একটা মাঝারি ট্রানজিস্টার, যার ধুলো-পড়া গায়ে আলতো ফুঁ দিলে হয়তো আজও ক্ষয়ে যাওয়া ইংরেজি হরফে দেখা যাবে তার নাম—বুশ। বুশ ছিল আমার কাছে একজন রেডিও। গৃহপালিত, প্রভুভক্ত। অবশ্য প্রভু-ভৃত্যের সম্পর্ক মোটেই ছিল না আমাদের, সে ছিল আমার বন্ধু, মায়ের সূত্রে পাওয়া। ছ'সাত বছরের এক ছেলের কোলে ওঠার পক্ষে যথেষ্ট ভারীই ছিল সে, কারণ তার পেটের ভেতর থাকত এভারেডি'র চার-চারখানা মোটা ব্যাটারি। খুব খাতির করে তার গায়ে পরানো হয়েছিল কালো চামড়ার মোটাসোটা পোশাক, কেবল রক্ষণশীল একফালি জানলায় উঁকি মারত সদাব্যস্ত কাঁটা।

তখনও কলকাতার মতো শহরে লোডশেডিং হলে প্রায় সব মধ্যবিত্ত পাড়ায় নেমে

আসত অন্ধকার। বাড়ি বাড়ি জ্বলে উঠত মোমবাতি আর হ্যারিকেন, পথকানা রিকশার ভেঁপু আর ছোটখাটো জটলার গুঞ্জনে মুড়ে যেত সন্ধে। এমন সব সন্ধেয়, মনে পড়ে, বুশ ছিল আমাদের প্রিয় সঙ্গী। আমার আর মা'র। লোডশেডিং হলেই জানলা খুলে রাখা ছোট্ট ঘরের বিছানাটায় জড়ো হতাম তিনজন—মা, আমি আর বুশ। চারপাশে তেমন কোনও আওয়াজ নেই, দু'একটা নাছোড় মশার পিনপিন ছাড়া। মা হাতপাখায় ভরিয়ে দিত ঘর, সেই সঙ্গে একগাছা চুড়ির ছিমছাম বেজে ওঠা। এ সবেরই সঙ্গে পাল্লা দিয়ে বেজে উঠত আমাদের প্রৌঢ়, গম্ভীর ট্রানজিস্টার। পঁচিশ বছর আগের সেই পিছিয়ে থাকা পৃথিবীতে অনেক কিছুই ছিল না, যার মধ্যে অন্যতম হল অগুনতি রেডিও চ্যানেল বা সাদা বাংলায় যাকে বলে 'এফেম'। সাদামাটা দু'-একখানা প্রচার তরঙ্গে কিন্তু গান শোনা যেত অনেক। সে গানও সাদামাটা। এখনও চোখ বুজলে খুব মনে পড়ে একটা গানের কথা—'প্রেম একবারই এসেছিল নীরবে/আমার দুয়ারপ্রান্তে/সে তো হায়, মৃদু পায়/এসেছিল পারিনি তো জানতে...'। চোখ বুজলে মনে পড়ে কেন গানটাকে? গান তো শোনার ব্যাপার। চোখ বুজলে তো সে সবই মনে পড়ে, যা একসময় দেখেছে মানুষ। এখন বুঝি, গানটাকে শোনার সঙ্গে সঙ্গে দেখতেও পেতাম আমি। ছ'সাত বছর বয়েসের কোনও ছেলের পক্ষে ও গানের মর্মোদ্ধার সম্ভব নয়। অন্তত আজ থেকে পঁচিশ বছর আগে ছিল না। তবু, ভারি মিষ্টি গলায় লতা নামের একজন কেউ যখন রেডিওয় সে গান গাইত, আমি কোথায় যেন কষ্ট পেতাম খুব। তখনও পর্যন্ত একবারও আমার দুয়ারে প্রেম আসেনি, ছেড়ে যাওয়া তো দূরের কথা। তা সত্ত্বেও, হয়তো সুরটার মধ্যেই ছিল এমন একটা কিছু, যা বুঝিয়ে দিত, গানটা আসলে কারও দুঃখের কথা বলতে চাইছে। কী দুঃখ, সেটা ঠিক ঠাহর করে উঠতে না পারলেও এটা বুঝতাম, স্কুলে আন্টির কাছে বকুনি খাওয়া কিংবা পেনসিল বক্স হারিয়ে যাওয়ার দুঃখ এটা নয়। কোথাও এদের চেয়ে আলাদা, অন্যরকম একটা দুঃখ, যা আমার নাগালের বাইরে। তারই সঙ্গে, দেখতে পেতাম আবছা একটা ছবি। দেখতে পেতাম মানে, বানিয়ে তুলতাম নিজের ভেতর। কোনও একটা পুরোনো সিঁড়ির ধাপে কমবয়েসি একটা মেয়ে বসে রয়েছে, তারও পাড়ায় লোডশেডিং। কিন্তু আর সব পাড়ার মতো নয় তার ওই পাড়া, একটু দূরেই শুরু হয়ে গিয়েছে শুকনো পাতার জঙ্গল...আর টিমটিমে একটা লণ্ঠন হাতে গানটা গাইতে গাইতে সিঁড়ি থেকে নেমে জঙ্গলের ভেতর মিলিয়ে যেত সে। কেন যে এইরকম একটা দৃশ্য তৈরি

হয়েছিল আমার মনে আজও বুঝিনি। শুধু এইটুকু বুঝেছি, ওটাই ছিল আমার দেখা ব্যর্থ প্রেমের প্রথম দৃশ্য।

আজ যখন খুব দূর থেকে তাকাই ওই গানটার দিকে, একইরকম না বলতে পারা কষ্ট তৈরি হয় কোথাও। তফাত একটাই, এখন সেই না বলতে পারা কষ্টের মানে হয়তো বুঝতেও পারি, খানিকটা। প্রেমকে কাছে না পাওয়া, প্রেম ছেড়ে চলে যাওয়ার কারণে যে ব্যথা, ভালোবাসবার মানুষকে জ্ঞাত বা অজ্ঞাতসারে হারিয়ে ফেলার যে কষ্ট, তা-ই হয়তো বলা রয়েছে সে গানে। শুধু সেই গানেই কেন, মানব সভ্যতার গোড়া থেকে আজ পর্যন্ত সমস্তরকম সৃষ্টিতে বলা রয়েছে সেই কষ্ট, সেই যন্ত্রণার কথা। ছবি, গান, কবিতা, ফিল্ম... আরও কত কী। হিসেব করলে হয়তো দেখা যাবে, এই সব যন্ত্রণারাই দলে ভারী। এ তো নয় এখন বুঝতে পারি। কিন্তু ওই ছোট বয়েসেও কেন টানত আমাকে গানটা? না-বোঝা কষ্টটাকে টের পেয়েও কেন বারবার মোহগ্রস্তের মতো ফিরে যেতে চাইতাম তার কাছে? এখন মনে হয়, হারিয়ে ফেলার যে বেদনা, না পাওয়ার যে শূন্যতা, তার জন্যে মানুষের মধ্যে একটা স্বাভাবিক আকর্ষণবোধ কাজ করে। বুঝে হোক, না বুঝে হোক, কাজ করে। হয়তো এতদিনে রক্তবাহিত হয়ে চলে আসতে শুরু করেছে এই বোধ। ব্যর্থতা মানুষকে খুব দূর থেকে হলেও, টানে।

কথাটা বোধহয় পুরোপুরি ঠিক বলা হল না। 'ব্যর্থতা'কে সার্বিকভাবে না রেখে, বলা ভালো 'প্রেমে ব্যর্থতা' আমাদের কোনও না কোনওভাবে আকৃষ্ট করে। এখানে একটা ছোট্ট, কিন্তু ঝামেলাময় প্রশ্ন তুলতে ইচ্ছে করছে খুব। সেটা হল, ব্যর্থতা কাকে বলে? মানে, ব্যর্থতার, ধরা যাক প্রেমে যে ব্যর্থতা, তার সংজ্ঞাটা ঠিক কী? জানি, এই রকম প্রশ্ন তুললে কথা বলাই বন্ধ করে দিতে হতে পারে, কারণ এই পৃথিবীতে যে কোনও বস্তু, ঘটনা বা বিষয় মূলগত ভাবে আপেক্ষিক। মানুষ থেকে মানুষে, পরিস্থিতি থেকে পরিস্থিতিতে যে কোনও কিছুর সংজ্ঞা আর ধারণা পাল্টায়, পাল্টাতে থাকে। যেমন পঁচিশ বছরে পাল্টে যায় 'বুশ' শব্দের মানে। তবুও, সব বিষয়েরই সর্বজনস্বীকৃত চলতি সংজ্ঞা থাকে কিছু একটা। এই বিশেষ ব্যর্থতারও আছে সে রকম, আর তা হল কাউকে ভালোবেসেও না পাওয়া। কাউকে সবচাইতে কাছে পেতে চেয়েও দূরে চলে যেতে দেওয়া। এই হল মোটামুটি প্রেমে ব্যর্থ হওয়ার সংজ্ঞা। এই সংজ্ঞার ভেতর রয়েছে বেশ কয়েকটা খোপ। কোনওটাতে কাউকে

ভালবেসেও তাকে জানিয়ে উঠতে না পারার কষ্ট, কোনওটাতে ভালোবাসার কথা কাউকে জানিয়ে প্রত্যাখ্যাত হওয়ার ব্যথা, আবার কোনওটাতে পারস্পরিক প্রেমের সম্পর্কে ভাঙন ধরে যাওয়ার যন্ত্রণা। এসবকেই হয়তো ব্যর্থতা বলে চিহ্নিত করতে চাই আমরা। কোনও না কোনওভাবে না পাওয়াই যার মূল কথা।

পৃথিবী যত এগিয়েছে, সাফল্যকেই দু'হাত দিয়ে আঁকড়ে ধরতে চেয়েছে সকলে। সব সময় যে পেরেছে এমনটা নয়, কিন্তু সময় থেকে সময়ে বয়ে চলা সভ্যতা ব্যর্থতাকে বরাবর ঘৃণা করেছে, ভয় পেয়েছে, লুকিয়ে রাখতে চেয়েছে যে করে হোক। ব্যর্থতার চেয়ে সাফল্যের খবরেই সে বেশি উৎসাহী হয়ে উঠেছে, সাফল্যকে নিয়েই কৌতূহল আর মাতামাতি হয়েছে বেশি। সেটাই তো স্বাভাবিক। কিন্তু প্রেমের ক্ষেত্রে, মনে হয়, ব্যর্থতার কাহিনি, অসফলতার গল্প অনেক বেশি স্থায়িত্ব পেয়েছে, কেবল আজ নয়, চিরকাল। আর তারই প্রতিফলন আমরা বারবার দেখেছি শিল্পের সব ধারায়। প্রেমের ব্যর্থতার মধ্যেই যেন লুকিয়ে আছে তার সাফল্য আর প্রেমের সফলতা কোথাও গিয়ে যেন এক ধরনের ব্যর্থতাই। জটিল শোনালেও, বাস্তব সম্ভবত এটাই। যে প্রেম শেষ হয়েছে না পাওয়ায়, যে প্রেম পরিণতি হিসেবে পেয়েছে হারিয়ে ফেলাকে, তাকেই কেন যেন মনে রাখতে চেয়েছে মানুষ, তারই যন্ত্রণায় মেতে উঠেছে বারবার। যে প্রেম তথাকথিত ভাবে সফল, তার কথা কি খুব আগ্রহ নিয়ে শুনতে চেয়েছে কেউ? শুধু পাঠক, শ্রোতা বা দর্শকের দিক থেকে না ভাবলেও, যাঁরা স্রষ্টা, তাঁরাও কি 'সফল' প্রেমের কথা বলেছেন বেশিবার? ক্লাস নাইন থেকে এ গলি-সে গলি ঠোক্কর খেতে খেতে যে প্রেম পরিণতি পেল বিয়ের আসরে, তাকে নিয়ে কারও মাথাব্যথা আছে বলে মনে হয় না। বরং ভাবটা এমন—'এ তো হয়েই গেল'। অর্থাৎ প্রেমটা ভেঙে গেলে যাও বা জমাট কষ্টের কাহিনি হতে পারত, তারও সুযোগ রইল না আর। যেন বিয়ের পর প্রেম ব্যাপারটাই তুচ্ছ আর ব্রাত্য হয়ে পড়ল। বিবাহিত অবস্থায় যে একই প্রেম থাকতে পারে না কখনও, যেন সে বিষয়ে আমরা নিশ্চিত। বিয়ে তো এক ধরনের সামাজিক প্রতিষ্ঠান। আর যতক্ষণ অন্য কারও প্রেমের প্রসঙ্গ চলে, ততক্ষণ আমরা দিব্যি প্রতিষ্ঠান বিরোধী। মোট কথা, যুগ যুগ ধরে ব্যর্থ প্রেম চূড়ান্তভাবে মহিমান্বিত হয়ে এসেছে, যাকে সাদা বাংলায় বলে গ্লোরিফায়েড। পাওয়ার আনন্দের চাইতে না পাওয়ার কষ্টকে অনেক বেশি উপভোগ করেছি আমরা, উদ্‌যাপন করেছি। এ কথা সত্যি, সফল প্রেমের সে গ্লোরি নেই, হবেও না কোনওদিন। কেন,

তা জানি না। হয়তো ভেঙে পড়া মানুষের দুঃখের প্রতি যে সমবেদনা, ধাক্কা খেয়ে চোখের জল মুছে আবার উঠে দাঁড়ানো মানুষের প্রতি যে স্যালুট, তার আকর্ষণ অপ্রতিরোধ্য। তাই সর্বকালের সেরা শিল্পকর্মের সিংহভাগ দখল করে দাঁড়িয়ে থাকে ট্র্যাজেডি, সেই ট্র্যাজেডিই মানুষকে উপহার দেয় তার প্রিয় নায়কদের। যাদের সর্বস্ব গিয়েছে। থাকার মধ্যে আছে না-পাওয়ার গ্লোরি।

এই গ্লোরির কথা ভাবলে আরও একটা ব্যাপার খুব চোখে পড়ে। হতে পারে চোখের ভুল, তবু পড়ে যায় চোখে। ব্যর্থ প্রেমের এই যে চিরকালীন জনপ্রিয়তা, সেখানে ব্যর্থ 'প্রেমিক'-এর সংখ্যাই বেশি। বেশি বললে ভুল হবে, প্রায় পুরোটাই। একটি মেয়ে একটি ছেলেকে ছেড়ে চলে গিয়েছে, এই দিয়েই প্রায় সবক'টা গল্পের শুরু হয়। ছেলেটির অসহ্য কষ্টে আমরাও কষ্ট পাই, কিন্তু যে মেয়েটি ছেড়ে চলে গেল? তারও একই রকম কষ্ট হচ্ছে না তো? কে জানে... কলম বা ক্যামেরা সেদিকে কমই যায়। পুরুষই, বলা যেতে পারে, ট্র্যাজেডির সফল প্রতীক। প্রেমের সম্পর্ক ভেঙে ছেলেরাও তো বেরিয়ে আসে, আসে নিশ্চয়ই। না বেরিয়ে আসতে চাওয়া, না বেরিয়ে আসতে পারা একলা সেই মেয়েটি কিন্তু তত ভালো, তত জনপ্রিয় প্রতীক হয়ে উঠতে পারে না। আমাদের সমাজ পুরুষতান্ত্রিক বলেই কি? হবেও বা। এসব তাত্ত্বিক তর্কে না গিয়ে বরং বলা ভালো, যত যা-ই হোক, ছেড়ে যাওয়া, মেয়েদেরই মানায়।

এই তো সেদিন কবীর সুমনের গানে শুনতে পেলাম—'তুমি জানো সব কবি ব্যর্থ প্রেমিক/প্রেমে যা পায়নি তা-ই লেখে কবিতায়'। এ যেন সময় পেরোনো এক সত্যি কথা, পুরুষই যেখানে ট্র্যাজেডির নায়ক হওয়ার যোগ্য, যে কাহিনির কোনও উল্টো পিঠ নেই, থাকতে পারে না। আবার পিনাকী ঠাকুর যখন লেখেন—'তোমাকে নিয়েই লেখা পৃথিবীর সব ব্যর্থ প্রেমের কবিতা', তখন বুঝি, পুরুষকে ট্র্যাজিক হিরো করে দিয়ে চলে যাওয়া নারীদেরও বাদ দেওয়া হয়নি মোটেই। বরং সব কাহিনির মধ্যে কেবল নারীই রয়েছে, 'তুমি' হয়ে, আরাধ্যা হয়ে, অভিশাপ আর কালপ্রিট হয়ে। পুরুষের ব্যর্থতার মহাকাব্যকে ঘিরে থাকলেও, আমরা কে না জানি, 'মহিমা' আসলে মেয়েদের নাম!

আজ থেকে পঁচিশ বছর আগে যেমন ছিল না এত জটিলতা, আজ থেকে আট-দশ বছর আগে এত ব্যস্ততাও ছিল না। সদ্য কলেজ ছেড়ে বেরিয়ে আসা কোনও ছেলের জীবন

অনায়াসে হতে পারত আলস্যঘেরা, ফুরসতময়। তেমন একটা সময় কেটেছে আমারও, যখন নিজের খেয়ালখুশি মতো একের পর এক দিন কাটাবার জন্যে কেবল নিজেরই অনুমতি লাগত। খলিফা মেজাজের সামান্য ক'জন বন্ধুও জুটে গিয়েছিল বরাতজোরে। তাদের মধ্যে একজনের বাড়ি ছিল ভিআইপি রোডের একধারে, একটু ভেতরে ঢুকেই ছোট্ট এক পাড়ায়। বাড়ি মানে ভাড়া নেওয়া দু'কামরার ফ্ল্যাট। সে আর তার মা, এই ছিল তাদের সংসার। মাসিমা মাঝেমধ্যেই নানা আত্মীয়ের বাড়ি চলে যেতেন, ক'দিন কাটিয়ে আসার জন্যে, আর তখনই তলব পড়ত আমার। ফাঁকা ফ্ল্যাট, দু'বন্ধু, সাপের পাঁচ পা। শুরু হয়ে যেত আমাদের চারদিনের যাচ্ছেতাই এলোমেলো ঘরকন্না। যখন খুশি ঘুম থেকে ওঠা, দোকান থেকে যা ইচ্ছে কিনে এনে জম্পেশ নৈশভোজ, এইসব। এতসব হিজিবিজির মধ্যে একটা জোরদার কাজও ছিল আমাদের। ছিল বলতে, নিজেরাই জুটিয়েছিলাম। আমার বন্ধু আদতে গানবাজনার লোক, গান নিয়েই পড়াশোনা করেছে, তালিমও নিচ্ছে উচ্চাঙ্গ সঙ্গীতের। এদিক-ওদিক দু'চারটে আসরে ওর নামও শোনা যাচ্ছে তখন। ওর একটা নেশা ছিল, সুর তৈরি করা। বাংলা সমসাময়িক গানের সুর। তৈরি করা হয়তো না, সুর আসত ওর কাছে, এসে পড়ত। আর তাকেই ধরে বেঁধে গানের শরীর বানিয়ে তুলত ও। সে তো নয় হল। কিন্তু কথা? গানের লিরিক আসবে কোত্থেকে? এ ব্যাপারে ওর ছিল খুব অনীহা। লুকিয়ে চুরিয়ে একটু একটু কবিতা লেখার চেষ্টা চালাই আমি, এ কথা বিশেষ কেউ না জানলেও, ও জানত। সেই কারণেই ডাক পড়ত আমার। ওর তৈরি করা গানের শরীরে মানানসই পোশাক পরানোর জন্যে। কাটতও খুব ভালো। দিন নেই, রাত নেই, ও হারমোনিয়াম বাজিয়ে অক্লান্তভাবে বারবার গেয়ে যেত একই সুর, যতক্ষণ না তার জন্যে জুতসই কথা মাথায় আসে আমার। এ ছাড়াও বাকি যে সময়টুকু কাটত, তাও গানকে সঙ্গী করেই। কখনও গজল, কখনও পুরোনো হিন্দি ছবির গান, কখনও বা ভালো লাগার বাংলা গান গেয়েই চলত ও, আমি হতাম মুগ্ধ শ্রোতা।

এমনই এক খামখেয়ালের ফুরসত কাটাচ্ছি এক বর্ষায়, ও বলল একটু বেশি সন্ধের দিকে এক ভদ্রলোকের আবির্ভাব হতে পারে, যাঁকে কিছুক্ষণ সহ্য করতে হতে পারে। তিনিও উচ্চাঙ্গ সঙ্গীতের ভক্ত এবং রসিক, মাসিমা না থাকাকালীন প্রায়ই আড্ডা দিতে আসছেন। তা বেশ, ভালো কথা, কিন্তু সহ্য করার কথা উঠছে কেন? এ প্রশ্নের উত্তর পেতে গেলে সন্ধে

পেরনো পর্যন্ত অপেক্ষা করতে হবে, করলামও তাই। সাড়ে আটটা নাগাদ এলেন ভদ্রলোক। লম্বাটে চেহারা, পেটানো স্বাস্থ্য, হাই পাওয়ারের চশমা। সেইসঙ্গে পাটভাঙা আদ্দির গিলে করা পাঞ্জাবি, পাজামা। তবে ওঁকে দেখার চাইতেও শোঁকার ব্যাপারটা বেশি গুরুত্বপূর্ণ, কারণ উনি আমাদের ছোট্ট ঘরে ঢুকতেই দু'টো কড়া গন্ধের মিশেল নাকে লাগল—চড়া কোনও আতর আর তিনশো এবং একশো বিশ জর্দার মেলবন্ধন। ভদ্রলোক যে মেজাজি এবং শৌখিন, তা ঠাহর করতে এক মুহূর্তও লাগল না। কিন্তু আরও কিছুর গন্ধ আসছিল, যার উৎস কিছুতেই বুঝে উঠতে পারছিলাম না। কিছুক্ষণ পরেই ওঁর পাঞ্জাবির পকেট থেকে বেরিয়ে এল ছোট্ট উৎসটি, যার অর্ধেক নির্ঘাত ততক্ষণে ওঁর পেটে। হুইস্কির একটি বিনীত পাঁইট। বুঝলাম, বাকি অর্ধেকের সৎকার আমাদের চোখের সামনেই হবে এবং সেটা করবেন উনি একাই, কারণ ও ব্যাপারে আমাদের আগ্রহ নেই। আমি অর্থপূর্ণ দৃষ্টিতে আমার বন্ধুর দিকে তাকালাম, অর্থাৎ সহ্য কেন করতে হবে, সেটা এতক্ষণে বোঝা গিয়েছে। ও ততোধিক অর্থপূর্ণ দৃষ্টিতে বুঝিয়ে দিল, সহ্য করার ব্যাপারটা এখনও শুরুই হয়নি। নেশায় তখন একটু আধটু কথা জড়িয়ে যাচ্ছে ভদ্রলোকের। আমার পরিচয় জানতে চাইলেন না একবারও, নিজের বিষয়ে বলে নিলেন সংক্ষেপে, বুঝলাম, বেসরকারি আপিসে উচ্চপদে চাকরি করে এখন গুছিয়ে অবসর জীবন কাটাচ্ছেন। এরপরেই সটান চলে গেলেন গানবাজনার কথায়, সরাসরি উচ্চাঙ্গ সঙ্গীতে। এ বছর কোন কোন আসরে কে কে গাইছে, কার চান্স পাওয়া মোটেই উচিত নয়, কে প্রতিভা থাকা সত্ত্বেও সুযোগ করে উঠতে পারছে না। বিভিন্ন আসরের অয়োজকদের মধ্যে কেমন কুৎসিত রেষারেষি চলছে, এইসব। আমি চুপচাপ শুনে যাচ্ছিলাম, আমার বন্ধু কাজ চালাবার খাতিরে দু'একটা হুঁ-হাঁ দিয়ে যাচ্ছিল। রাত প্রায় দশটা, বাইরে টিপটিপ বৃষ্টি শুরু হয়েছে, পাঁইট প্রায় নিঃশেষিত। এমতাবস্থায় তিনি আমার বন্ধুকে বললেন—'এবার ধরি, কী বলো? আলোটা তাহলে নিভিয়ে দাও'। অসহায় একটা দীর্ঘশ্বাস ফেলে ও ঘরের আলো নিভিয়ে মোলায়েম, আলতো নীলচে আলো জ্বেলে দিয়ে বসল। ভদ্রলোকের সঙ্গে একটা হালকা ঝোলা ছিল, সেটা আগেই লক্ষ্য করেছিলাম, এবার সেই ঝোলা থেকে বেরিয়ে এল মাঝারি মাপের একখানা বাঁশি। এ যন্ত্রের ব্যবহার শিখেছিলেন এককালে, পেশার চাপে পড়ে নিয়মিত রেওয়াজ করা হয়ে ওঠেনি, এখন আবার নিয়মিত চর্চা শুরু করেছেন—এমনটাই বললেন। তারপর আমার বন্ধুর দিকে দানী রাজার মতো তাকিয়ে বললেন—

'আজ কী শুনবে?' বিমর্ষ উত্তর এল—'আমি আর কী বলব, আপনার মেজাজ যা চাইছে...'। 'তা হলে রাগেশ্রীটাই শোনো'—বলে বাঁশিতে ফুঁ লাগালেন। খুব সামান্য হলেও, বাঁশিতে রাগসঙ্গীত শোনার পূর্ব অভিজ্ঞতা আমার ছিল। সেটাকে কাজে লাগিয়েই বুঝলাম সহ্য করার কথা কেন বলা হয়েছিল। চোখ বুজে বেশ মেহফিলি মেজাজে আলাপ ধরেছেন ভদ্রলোক, খুব কাঁচা কান নিয়েও বুঝতে পারছি ক্বচিৎ কদাচিৎ এক-আধটা সুর ঠিক লাগলেও, বাকি কোনও সুরই উনি ঠিকঠাক লাগিয়ে উঠতে পারছেন না। তাতে অবশ্য ওঁর কোনও খেদ বা আক্ষেপ ধরা পড়ছে এমনটা নয়, বরং মাঝেমধ্যে তৃপ্ত আধখোলা চোখে তাকাচ্ছেন আমাদের দিকে, আমরাও বেগতিক বুঝে সাধ্যমতো তারিফ করে যাচ্ছি। টানা আধঘণ্টা আলাপ বাজিয়ে দম নিতে থামলেন, ঝটিতি এক চুমুক মেরে মৃদুস্বরে জিগ্যেস করলেন—'কী বুঝলে?' বুঝলাম, আরও এক দফা বাহবাই আশা করছেন উনি। আমার বন্ধু এসব ব্যাপারে এত খুঁতখুঁতে যে, ও আর থাকতে না পেরে বলল—'ঠিকই আছে, কিন্তু...মানে...এটাকে রাগেশ্রী বলছেন?' 'রাগেশ্রী বলছি মানে?' তেড়ে এলেন ভদ্রলোক—'আলবাত রাগেশ্রী। একশোবার রাগেশ্রী। তুমি কি বলতে চাইছ এটা রাগেশ্রী হয়নি?' আমার বন্ধু ততক্ষণে নিজের ভুল বুঝতে পেরেছে, তবু বলার চেষ্টা করল—'আসলে, একবার যেন মনে হল কড়ি মধ্যম লাগালেন...আবার কোমল রেখাবটাও যেন..' এবার নেহাত তাচ্ছিল্যের হাসি মাখিয়ে বললেন ভদ্রলোক—'ও হল আর্ষপ্রয়োগ। বুঝলে? এই তোমাদের মতো শ্রোতাদের জন্যেই এই পোড়া দেশে গুণীর কদর হল না। ছ্যাঃ! নাও, এবার কৌশিক কানাড়ার একটা খানদানি গৎ শোনো—' বলে ধরলেন আবার। মিনিট পাঁচেক কেটে যাওয়ার পর যখন বুঝতে পারছি কৌশিক কানাড়ার অনেক দূর দিয়ে চলেছেন উনি আর ওঁর বাঁশি, হঠাৎ বাজনা থামিয়ে বাঁশি রেখে দিয়ে ঝরঝর করে কেঁদে ফেললেন ভদ্রলোক। আমি এইরকম অবাক খুব কমই হয়েছি, বন্ধুর দিকে তাকিয়ে বুঝলাম খুব একটা বিচলিত নয়, বরং যেন খানিকটা অভ্যস্তই এই ঘটনায়। প্রথমে ভাবলাম, হয়তো বাজানোর ভেতর এতটাই ঢুকে পড়েছেন যে, আবেগকে বশে রাখতে পারেননি, কিন্তু পর মুহূর্তেই আমার বন্ধুর উদ্দেশে বললেন—'উহ্! কেন এমন করল বলো তো তোমার বউদি? কী এত দোষ করলাম যে...এই বলে দিলাম তোমাকে, মেয়েমানুষকে ভুলেও কখনও বিশ্বাস করো না। ওরা হল গিয়ে একের নম্বরের হার্টলেস...' বলে আবার কান্নায় ভেঙে পড়লেন। বাইরে বৃষ্টি তখন ঝমঝমিয়ে পড়ছে, ছোট্ট নীলচে

ঘরটায় আমরা চুপচাপ বসে আছি ওঁর কান্না থামার অপেক্ষায়। থামলও একসময়, চোখ মুছে চশমা পরে ঝোলায় বাঁশি ঢুকিয়ে শ্রান্ত পায়ে চলে গেলেন ভদ্রলোক। ঘরে পড়ে থাকল আতর-জর্দা-হুইস্কির গন্ধ আর অদ্ভুত একটা ঘটনার রেশ।

পরে শুনেছিলাম, মাস ছয়েক আগে ওঁর স্ত্রী অন্য একজন লোকের সঙ্গে ঘর ছেড়ে চলে গিয়েছেন। নানা কারণে অশান্তি ছিল অনেক রকম, ঘরের বাইরে নতুন নির্ভরতা পেয়ে চলে গিয়েছেন। ছেলেমেয়ে নেই, পেশা নেই, কেবল অবসর আর এই আকস্মিক একাকীত্ব। হতে চেয়েছিলেন সফল বাঁশি বাজিয়ে, জীবনে দু'তিনজনের বেশি শ্রোতা পাননি। তাও যাদের পেয়েছেন, বুঝলাম, তাদেরই বাধ্যবাধকতা ছিল কোনও। আমার বন্ধুর সন্ধান পেয়ে স্বভাবতই আঁকড়ে ধরেছেন, মাসিমা বাইরে কোথাও গেলেই ইদানীং পাঁইট আর বাঁশি নিয়ে হাজিরা দেন, মদ্যপান করেন, বাঁশি বাজান এবং কাঁদেন। আমার বন্ধুর মতে দোষ ওঁরই, রগচটা স্বভাব আর মাত্রাতিরিক্ত নেশার কারণেই ভদ্রমহিলা ওঁকে ছাড়তে বাধ্য হন। সেই থেকে ওঁর বেপরোয়া বাঁশি আর কান্না সহ্য করতে হচ্ছে আমার বন্ধুকে। আমি ভাবছিলাম মানুষটার কথা। তাঁকেও তো সহ্য করতে হয়েছে বহু কিছু, এখনও হচ্ছে। তাঁর স্ত্রীও নিশ্চয়ই সহ্য করেছেন অনেক, নতুন একটা আশ্রয়ে গিয়েও হয়তো ফিরে ফিরে ভাবছেন ফেলে আসা মানুষটার কথা, কিন্তু ভদ্রলোকের পাশে কোনও আশ্রয় নেই এখন। সারাজীবন হয়তো সাফল্যের সঙ্গে চাকরি করে এসেছেন তিনি, কিন্তু ওইটুকুই। বাকিটা ব্যর্থতা। বাঁশিতে, সম্পর্কে। আর এক ব্যর্থতার আঘাত ঢাকতে তাকে জড়িয়ে ধরতে হচ্ছে অন্য এক ব্যর্থতাকে। আর কেউ না শুনুক, তিনি নিজেই শুনছেন নিজের বাঁশি। হয়তো উল্টোটাই। ওই বাঁশিই এখন তাঁর একমাত্র নির্ভরযোগ্য শ্রোতা। কী আশ্চর্য! প্রেমে পড়ার বয়েস পেরিয়ে, তার তথাকথিত পরিণতির পর এতগুলো বছর পেরিয়ে, জীবনের প্রায় শেষ ভাগে হঠাৎই ট্র্যাজিক নায়ক হয়ে যেতে হল তাঁকে। এও কি প্রেমেরই ব্যর্থতা নয়? কে জানে। শুধু ওই নীলচে আলোর ঝমঝম বৃষ্টিপড়া সন্ধেটা মনে পড়লে আমি ভদ্রলোকের হাই পাওয়ারের চশমার পিছনে একটা মহাকাব্য দেখতে পাই। ট্র্যাজিক মহাকাব্য। না, কোনও সমবেদনার প্রলেপ বা মহিমার শিরোপার ধার ধারে না সে, কারণ তার গায়ে এসে পড়েছে নিয়ম না-মানা কিছু সুর, যারা আসলে, আর কিছুই না, প্রেমের আর্ষপ্রয়োগ।

অদ্ভুত সেই সন্ধেটার পর বেশ কয়েকটা বছর পেরিয়ে গিয়েছে, আমরাও ব্যস্ত হয়ে পড়েছি কিছুটা। ইচ্ছে থাকলেও এখন আর খেয়ালখুশি মতো দিন-রাত কাটাতে পারি না। সেই ভদ্রলোকেরও খবর জানি না। কোথায় আছেন, কেমন আছেন, এমনকী আদৌ আছেন কি না, তাও জানি না। শুধু এটুকু জানি, পেরিয়ে আসা এই ক'বছরে আমাদের চারপাশের সব কিছু পাল্টে গিয়েছে অনেকখানি। সেটাই স্বাভাবিক। প্রেম আছে প্রেমের মতোই, কেবল তার প্রসঙ্গ উঠলে 'ভ্যালেন্টাইন্‌স ডে' কথাটা খুব শোনা যায়। বিশেষত গতিশীল কমবয়েসিদের মহলে। এর বাংলা ঠিক কী হতে পারে? প্রেম দিবস? না, তা বোধহয় নয়। তবে প্রেমের কথা জানাবার, মনে করিয়ে দেওয়ার জন্যেই যে এমন একটা দিনের ব্যবস্থা, সেটা ঠিক। অবাক হয়ে দেখি এখন, বিশেষ এই দিনটির কথা মাথায় রেখে কত আগে থেকেই শুরু হয়ে যায় তোড়জোড় আর জাঁকজমক। সেজে ওঠে দোকানের পর দোকান, কার্ড আর উপহারের পসরা নিয়ে। এসবের মধ্যে ব্যবসায়িক স্বার্থ একটা আছে ঠিকই, কিন্তু অনেকের ভালোলাগাও যে জড়িয়ে রয়েছে, তাতে সন্দেহ নেই কোনও। এখন আমাদের শহরেও কত প্রেমিকা-প্রেমিকা এই একটা দিন একটু অন্যরকম ভাবে কাটানোর জন্যে আগে থেকেই পরিকল্পনা করে রাখেন। এ হল তাঁদের সিদ্ধান্তকে মর্যাদা জানাবার দিন, তাঁরা যে ভালোবাসেন পরস্পরকে, তা এমনিই আরেকবার জানিয়ে দেওয়ার দিন। এমন একটা দিন সকলেরই পছন্দ হওয়ার কথা। কিন্তু এত যে আয়োজন, তার মধ্যে কোথাও ব্যর্থ প্রেমের জায়গা নেই কেন? ভাবি আমি। না তৈরি হতে পারা প্রেমের জন্য, ভেঙে যাওয়া প্রেমের জন্যে কোনও কার্ড বা উপহার নেই কেন? কেন শুধুই 'সফল' প্রেমের স্তুতি? তারপর বুঝি, কেবল সফলতার জন্যেই রাখা হয়েছে এই একটা দিন, ব্যর্থতাকে যতদূর পারা যায় সরিয়ে রাখা হয়েছে এই একটা দিনের জন্যে, কারণ বছরের বাকি ৩৬৪ দিন আমরা কোথাও না কোথাও প্রেমের ব্যর্থতাকে উদ্‌যাপন করি, ব্যর্থ প্রেমের বেলুন ওড়াই। সে-ই তো চিরকালের সংখ্যাগুরু, ক্ষমতাবান। তারপর ভাবি, ৩৬৪ দিনই যদি ব্যর্থ প্রেমের দখলে থাকে, তাহলে ব্যর্থ প্রেমিকরাও তো সংখ্যাগুরু নিঃসন্দেহে। আর সে সংখ্যা এখন গুরু থেকে গুরুতর হয়ে উঠেছে নিশ্চয়ই। পৃথিবীর অন্যান্য এলাকার মতো ব্যর্থ প্রেমিকে ভরে গিয়েছে আমাদের এই শহরটাও। কী হবে তাহলে? এ কথা ভাবলেই মনে পড়ে যায় নীলচে আলোর ঝমঝম বৃষ্টিপড়া সেই সন্ধেটার কথা, একজন ব্যর্থ প্রেমিক, ব্যর্থ বাঁশি বাজিয়ের কথা। মনে হয়, এ

শহর থেকে একটা মিছিল বেরবে একদিন। সবার আগে থাকবেন হ্যামলিনের বাঁশিওলার মতো সেই ভদ্রলোক। ক্ষোভে, অভিমানে বাঁশিতে ফুঁ দেবেন তিনি। হয়তো তাঁর রাগেশ্রীতে তখনও জুড়ে বসবে কড়ি মধ্যম আর কোমল রেখাব, কিন্তু সেই ভুলেভরা সুরেরও থাকবে সম্মোহনী প্রভাব। এ শহরে যত ব্যর্থ প্রেমিক আছে, তাঁরা ওই বাঁশির সুরে অন্ধের মতো হাঁটতে থাকবে পেছন পেছন। মনে হয়, সব বয়েসের সব ব্যর্থ প্রেমিককে ভুলিয়ে নিয়ে তিনি চলে যাবেন এই শহর ছেড়ে। শুধু একজন মেয়েকেও নিতে হবে দলে। যে মেয়েটা সেই বুশ রেডিওর ভেতর সিঁড়ির ধাপে বসে গাইত একটা গান, লণ্ঠন হাতে সে-ই চলবে বাঁশিওলার পাশে পাশে। কারণ, একটু পরেই শহর পেরিয়ে গিয়ে শুকনো পাতার এক জঙ্গলে ঢুকে পড়বে এই মিছিল, যার ভেতরকার রাস্তা শুধু সেই মেয়েটাই জানে।

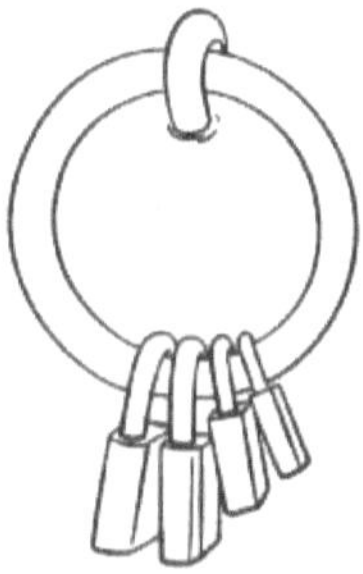

রিমঝিম...ফিশচপ...গুমসুম...

'যেন এই পৃথিবীতে কেউ কোনোদিন
প্রেম বলে কোনো ঋণ রাখেনি কোথাও'
—শঙ্খ ঘোষ

প্রথম পড়তাম যখন এই লাইনদুটো, খুব যে বুঝতাম তা নয়, কিন্তু মন নিভে আসত। 'কোনোদিন'-এর পর 'কোনো ঋণ' ভাসাত আমাকে। প্রেম আর ঋণ শব্দ দুটো যেন মিলতে চাইছে, হাত ধরতে চাইছে, কিন্তু ওদের ভাগ্য রেললাইনের মতো, চিরপাশাপাশি, চির আলাদা। খুব কষ্ট হত, রাগ হত। ভাবতাম কী এমন ক্ষতি ছিল, যদি 'প্রেম' বলে কোনও 'ঋণ' রাখতই কেউ কোথাও? পরে এই কবিতার রচয়িতাকে সামনে দেখেছি যখন, জিগ্যেস করার দরকারই হয়নি। তদ্দিনে বুঝে গেছি, প্রেম বলে কোনও ঋণ হয় না কোথাও। আর, যেটুকু ঋণ হতে পারত, সেটুকু সার্ফ হয়ে গেছে। না, হাসির ব্যাপার না, সত্যিই সার্ফিং-এ ভরে গেছে পৃথিবী। ফেনা উপচে পড়ছে তার কিনারা ছাপিয়ে। আর এর মধ্যে প্রেমও কি নেই? আলবাত আছে। গত পাঁচ-সাত বছরে কত প্রেমকাহিনি বোনা হল নেটে-নেটে, কত আধুনিক নকশায় ভরে উঠল ভালোবাসার ফ্যাকাশে ধারণা...।

যে বয়সটায় প্রেমে পড়লে 'ধপাস' শব্দ হত, আমরা কম্পিউটার পাইনি। ভাগ্যিস। তখন সামনাসামনি দেখতাম জিনপরিটিকে, তার কাটা ডানার খোঁজে বাকি জীবন কাটানোর ব্রত

নিতাম। তার হাত ধরে অটোর লাইনে এক বার দাঁড়াতে পারার স্বপ্ন দেখতাম। ভাবতাম, নিশ্চয়ই দুজনে গড়িহাট যাব এক দিন। তখনও কি জানি, এসব স্বপ্নও প্রস্তর যুগের প্রমাণ হিসেবে সাজানো থাকবে কাচের ও পারে, বিস্ময় ছাড়া যার কোনও খাদ্য জুটবে না?

আমার কমবয়সি বন্ধু-বান্ধবীদের কাছ থেকে জেনেছি প্রেমে এসে লেগেছে প্রযুক্তি। দেশের পর দেশ পার করে সবসময়ে কথা বলে যাচ্ছে প্রেমিক-প্রেমিকার দল, কী-বোর্ডে লেখা তাদের মহার্ঘ এক একটা শব্দ স্বপ্নের চেয়েও জোরে ছুটে চলেছে খেত-নদী-পাহাড়-সমুদ্র-হোয়াইট হাউস পেরিয়ে অন্য প্রান্তে। তাকে চোখে দেখা যাচ্ছে না, এই যা। চাইলেই ছোঁওয়া যাচ্ছে না, এই যা। শুধু কি তাই? টিভিতে বিজ্ঞাপন দেখি এখন, জুটি তৈরি করবার ওয়েবসাইট তৈরি হয়েছে কত। তারা দিনরাত চিতাকাঠের মতো ডাকছে 'এসো, আমাদের সাইটে ক্লিক করে বেছে নাও তোমার জীবনসঙ্গী বা সঙ্গিনী। এখনও পর্যন্ত ১৩,৮৩৯ জন মানুষ আমাদের মাধ্যমে সুখে ঘরকন্না করছেন।' দেখলে ধারণা হয়, এই সব সাইট-বিবাহে আবদ্ধ জুটিদের মধ্যে কোনও ডিশ ছোড়াছুড়ি, কিলচড় বা সন্দেহবাতিক নেই। শুধু চুমু। বোঝাই যাচ্ছে, খুব কম দিনের মধ্যেই শুরু হবে অবৈধ প্রেমের সাইট 'পরস্ত্রী ডটকম' বা 'পরপুরুষ ডট অর্গ ডট ইন' জাতীয়। আর স্বাভাবিক ভাবেই এই বিবাহমার্কা 'ভালো' সাইটগুলোর চেয়ে অন্তত ২০০ গুণ ব্যবসা করবে তারা। বোমার গ্যাস যেমন ধোঁয়ার ভারী চাদর তৈরি করে শহর কে শহর, দেশ কে দেশ ঢেকে ফ্যালে, তেমনই এই জাল চাদরের মতো মুড়ে ফেলবে গোটা পৃথিবীকে...'প্রেমের ফাঁদ পাতা ভুবনে লিখেছিলেন তিনি। জাল তো ফাঁদই এক রকম। মানতেই হয়, আলখাল্লা পরে থাকলেও দূরদৃষ্টি ছিল তাঁর।

যখন তখন যেখানে সেখানে বাড়িতে রাস্তায়
বৃষ্টির আগে এবং
বৃষ্টির পরে
নদীর এপারে এবং
তার ওপারে
রেস্তোরাঁয়, পেজারে, টেলিফোনে
ওভাবে বোল না, 'আমি তোমাকে ভালবাসি'

সত্যি সত্যি ভালবাসলে তোমার জিভ
জড়িয়ে আসত, কথা বলতে পারতে না'

—সুবোধ সরকার

কেউ এক জন বলেছিল আমায় গল্পটা। তার কাছে ঋণী থাকলাম। প্রেম নিয়ে দুটোই মোটে গল্প বলার আছে, এইটা প্রথম। সে ছিল এক স্কুল। কোন স্কুল, বলব না, ছিল এক। কো-এড, কিন্তু ছেলেদের মেয়েদের ক্লাস আলাদা হত, টেন অবধি। ছেলেরা দোতলায়, মেয়েরা তিন। তখন মেয়েরা ফুটছে, ছেলেরা জুটছে। তেমনই খুব সুন্দর করে ফুটে উঠল ক্লাস টেনের তৃণা। তার সুবাস তিনতলার দেওয়াল বেয়ে দোতলায় নামল। টেন-এরই ছাত্র অনন্য, না দ্যাখেনি তৃণাকে, শুধু বন্ধুদের মুখে শুনেছে তার চারদিক আলো করা রূপের কথা। সে নিজে তিনতলায় ওঠেই না প্রায়। ছুটির পরও চটজলদি বাড়ি চলে যায়, তাই সুন্দরী তৃণাকে চোখে পড়েনি তার। কিন্তু, দিনের পর দিন, টিফিনের পর টিফিনে তৃণার বর্ণনা শুনে সে ওই দোতলা থেকেই প্রেমে পড়ে গেল। মনে হল অনন্যর, ঝাঁপ দিতে হলে তিন তলা থেকে ঝাঁপানোই ভালো। সে ক্ষেত্রে তৃণার মতামত শুনেই সিদ্ধান্ত নেওয়া যাবে।

এক ঐতিহাসিক টিফিনটাইমে দু'তিন জন বন্ধুকে সম্বল করে তিনতলায় উঠে এল অনন্য। জলে উড়ে আসা পাখিদের মতো মেয়েলি কিচিরমিচিরে ভরে আছে স্বর্গীয় করিডার, যে দিকে তাকাও ধু-ধু করছে মেয়ে। কোণের দিকটায় তিনজন মেয়ে ফেটে পড়ছিল হাসিতে...অনন্যকে দেখাল এক বন্ধু। মাঝখানের জন তৃণা। সত্যিই অন্ধ হয়ে যাবার জোগাড়। তবু, যেন চেনেই না এমন ভাব করে অতিরিক্ত স্মার্টলি সে তিনজনের সামনে গিয়ে জিগ্যেস করল—'তোমাদের মধ্যে তৃণা কে?' পিয়েতা-র মতো মুখ তুলে মাঝখানের জন বলল, 'আমিই তৃণা'। বীরদর্পে বলে ফেলল অনন্য, 'তা হলে আই লাভ ইউ'।

না, এর পর তার দশা কী হয়েছিল, এ নিয়ে মুখ খোলা অনুচিত। অনুচিত ঘটনাটা নিয়ে বেশি হাসিঠাট্টা করাও। শুধু একবার ভাবা উচিত, 'তা হলে' শব্দটা নিয়ে। বেচারি অনন্য বোকাসোকা বলে 'তা হলে'টা বলে ফেলেছে। কিন্তু, যদি ভাবি মন দিয়ে হয়তো দেখব আমাদের অনেকেরই 'আই লাভ ইউ'-এর সামনে একটা উহ্য 'তা হলে' আছে। সেটা

আমরা কোথাও পুষে রাখি, রাখতে ভালোবাসি। ‘শর্তহীন প্রেম’ নামক একটা কিছু শোনা যায় বটে, কিন্তু তা পাওয়া যায় কোথা? ছেলে হোক, মেয়ে হোক, খুব বেশি জন কি জোর গলায় বলতে পারবেন, আমার ভালোবাসার কোনও জন্ম হয় না, মৃত্যু হয় না? কেননা, আমি অন্যরকম...ব্যস, এইখানে এসেই আটকে যাবে জিভ। কারণ, শর্ত কোথাও আছেই। থাকেই। থাকে, প্রতি মুহূর্তে জানিয়ে দেওয়ার শর্ত, বুঝিয়ে দেওয়ার শর্ত—আমি তোমায় ভালোবাসি। থাকে, সুযোগ পেলেই প্রমাণ করার শর্ত, কতটা চাই আমি তোমায়। থাকে, প্রতি পদক্ষেপে এগিয়ে এসে হুক করার শর্ত, এটা ভুলে গিয়েই যে, কিছু বল ব্যাকফুটেও খেলতে হয়। কেন এমন হল? কেন আর একটু স্থিতিস্থাপক, নির্ভরশীল বলে মনে হচ্ছে না পরস্পরকে? এক এক সময় মনে হয় দ্রুত যুগের এটাই নিয়তি। এক সেকেন্ডের মধ্যে নিজের অস্তিত্ব প্রমাণ করতে না পারলে অস্তিত্বহীন হয়ে পড়তে হবে, পিছিয়ে পড়তে হবে এই ঠান্ডা প্রতিযোগিতায়।

হ্যাঁ, প্রতিযোগিতাই তো। মানুষ যে বেঁচে আছে, এটাই এখন প্রতিযোগিতা। তুমি যদি আর কিছু না করে শুধু নিঃশ্বাসই নাও, তা হলেও তুমি একজন প্রতিযোগী। এসো। জেতো হারো। আর, এই প্রতিযোগিতার হাতছানির আঁচ কি প্রেমের গায়েও লাগেনি? পরস্পরের প্রতি পরস্পরকে প্রমাণ করে চলার এই যে ভঙ্গি, এ তো প্রতিযোগিতাই। এ তো আড় চোখে দেখে নেওয়া, ও আগে, না আমি।

ফেব্রুয়ারি মাসের একটা দিন ঠিক হয়ে গেছে প্রেমদিবস বলে, আর চিন্তা নেই। আসছে বছর ওটাও জাতীয় ছুটির তালিকায় ঢুকবে। নিজেকে, নিজেদের অচল মনে হয়, যখন দেখি ওই একটা দিনের জন্য কত আগ্রহ, অপেক্ষা, প্রস্তুতি কমবয়সি প্রেমিক-প্রেমিকাদের। ওই একটা দিনকে ঘরে মিডিয়া কত উত্তাল, কত উদার। ওই একটা দিনে কত ব্যবসা হয় সারা পৃথিবীতে? প্রেমের সরঞ্জাম বিক্রি হয়, শুনেছি। কত অগুনতি টাকা তুলে দেয় প্রেম একাই। সে টাকায় ছোটখাটো যুদ্ধ স্পনসর করা যায়। বাকি ৩৬৪ দিন কী দোষ করল? লাল রং প্রেমের রং, বলে দিয়েছেন ঠাকুর। বাকি রংগুলো কি বানের জলে ভেসে এল? এর পর সারা পৃথিবী জুড়ে আঙুল চোষার দিন, মাথা চুলকনোর দিন শুরু হবে। একটা ভাবনাদিবস শুরু হওয়া তো অবশ্য দরকার। তাতে এক দিনের জন্যে হলেও, মানুষ ভাববে তো অন্তত।

স্বীকার করি কার্ড, কফি, SMS বিপ্লব এনেছে। ৬৫ টাকার কার্ড বা ১৩০ টাকার কফি যে প্রেমকে মজবুত করে তোলে, ১ টাকার SMS সেই প্রেম তুড়ি মেরে ভেঙে দিতে পারে। হয়তো সত্যি। কিন্তু, আমি একটা কাল্পনিক সময়ের কথা ভাবি। ভাবি, এক মাসের জন্যে পৃথিবী থেকে কার্ড উঠে গেল, কফিশপ বন্ধ হয়ে গেল, এক মাসের জন্যে বন্ধ রইল সারা পৃথিবীর মোবাইল পরিষেবা। সেই এক মাসে কেউ কি কাউকে প্রেম জানাবে না? পারবে না জানাতে? আর, যারা ইতিমধ্যেই পরস্পরের প্রেমে বিভোর? এ সব বন্ধ থাকলে কী হবে তাদের? ব্যাটারি খুলে নেওয়া কথা-বলা পুতুলের মতোই নিভে যাবে কি তারা?

ওই এক মাস পরে আবার যখন কার্ড-কফি-মোবাইল নিয়ে উঠে দাঁড়াবে পৃথিবী, তত দিনে কি একে অপরকে ভুলে যাবে? মনে হতে পারে, এই তিন বস্তুর আমি ঘোর বিরোধী কেউ, তা না। আমার জিজ্ঞাস্য, ওই নিঃঝুম এক মাসে হাওয়া তো দেবেই, ফুল ফোটাও বন্ধ থাকবে না। দুজনে কোনও মাঠের ধারে, কোনও জলের কিনারে পাশাপাশি সে একটা বিকেল শুধু দেখে কাটিয়ে দিলে কি খুব পিছিয়ে পড়বে প্রেম?

‘ভালবাসা ছিল কাল সন্ধেবেলা,
এখন দুপুরে একটু বিরক্ত লাগছে’

—সুনীল গঙ্গোপাধ্যায়

খুব কি কড়া কড়া কথা লেখা হল? তা হলে সটান গল্পে ঢুকে পড়ি। আর একটা গল্প বলব বলেছিলাম, এই সেই আর একটা গল্প। কলেজে এসেই খুব বন্ধু হয়ে গেল চার জন। দুজন ছেলে, ধরা যাক গুম আর সুম। দুজন মেয়ে, হতে পারে রিম আর ঝিম। তো ওরা চারজন প্রায় বছরখানেক মিলেমিশে কাটিয়ে দেওয়ার পর এক বর্ষার দুপুরে সুম বুঝতে পারল, এই মেলামেশা ঠিক আর নিরাপদ স্তরে নেই। সে পুরোপুরি ভাবে রিম-এর প্রেমে পড়েছে। কী করা যায় তা হলে?

গুম আর সুম দুজন দু'রকম। সুম মেধাবী আর গুম কেতাবি। তাই গুমই ঠেলেঠুলে রাজি করাল সুমকে, প্রেম জানানোর জন্যে। সে দিন অঝোরে বৃষ্টি পড়ছে, রাস্তাঘাট যেন কোনও ইমপ্রেশনিস্টের আঁকা। চারজন একই পথে ফিরত। হঠাৎ একটা বাসস্টপের তলায়, খানিকটা

আশ্রয় নেওয়ার ছলেই সকলকে দাঁড় করাল গুম। এক সেকেন্ড চুপ। দু'সেকেন্ড। তখন ওই বাসস্টপ ছাড়া পৃথিবীর সর্বত্র ঝমঝমিয়ে বৃষ্টি পড়ছে (একটা বৃষ্টি-ভেজা বাসস্টপের কথা কি লিখেছিলাম আগেও? যাক গে, কলকাতা শহরে অনেক বাসস্টপ আছে, আর বৃষ্টি তো রোজই নতুন) সুম চোখ বুজে মুখস্থের মতো বলে ফেলল কথাগুলো, বসে লম্বা একটা দম ছাড়ল। আবার এক সেকেন্ড চুপ। দু'সেকেন্ড। হঠাৎ ওই বৃষ্টির চাদর ফুঁড়ে ছুটে এল পাগলা ঘোড়ার মতো একখানা বাস। রিমঝিম দৌড়ে উঠে পড়ল তাতে। হাঁ হয়ে দাঁড়িয়ে থাকল বাকি দুজন।

পর দিন কলেজে এসেই রিম তার সম্মতি জানাল সুমকে। দু'জনকেই খুব চনমনে, চিকচিকে দেখাচ্ছিল সেদিন। ওদের প্রেম গন্ধের মতো ছড়িয়ে পড়তে লাগল কলেজ-করিডোরে, সিঁড়ির আড্ডায়। গুম আর ঝিম মুগ্ধ চোখে দেখতে লাগল সেই গন্ধের দিকে। না, ভাবলে ভুল হবে যে, গুম আর ঝিমের মধ্যেও সেই গন্ধ ছিল। কক্ষনও না। ওরা শুধু দর্শক।

ঝড়ের মতো পেরিয়ে গেল সেই বর্ষা। তারপর শরৎ, হেমন্ত, মান্না আর শীত। বসন্তকালে শোনা গেল রিম-এর অসুখ, এখন কলেজে আসবে না। এক বিকেলে কলেজ-ফেরতা গুম গেল খবর নিতে। হ্যাঁ ঠিকই অসুখ। বিয়ে। হয়তো সুমের মেধার ওপর ভরসা ছিল না রিম-এর বাড়ির লোকের। হয়তো অপেক্ষা করতে হলে অনেক লড়তে হত দুজনকেই। তাই, সব গল্পের মতোই এ গল্পেও ব্যাকগ্রাউন্ড মিউজিক দিলেন স্বয়ং বিসমিল্লা খাঁ, মারু বেহাগ বাজিয়ে। সানাইয়ের কোনও প্রতিবাদ হয় না। তাই বসন্ত পার করে ঝাঁ-ঝাঁ গরমের সন্ধেয় টানা একটা মাঠে গিয়ে বসল গুমসুম। চুপ। এক সেকেন্ড চুপ। দু'সেকেন্ড। তার পরেও। গায়ের চারপাশে মশার ঝাঁক ভনভন করছে। দূরে বাচ্চারা রুমালচোর খেলছে, পায়ের কাছ দিয়ে ভুল করে এ দিকে চলে আসা ফুটবল চলে যাচ্ছে, কিন্তু গুমসুম বসেই আছে। এমনকী, আলুকাবলিওলা তার পসরা নিয়ে হেঁটে গেলেও, উঠছে না। তারা কি প্রেম নিয়ে ভাবছিল তখন? না কি, প্রেমই ভাবছিল তাদের নিয়ে?

ঝিমের সঙ্গেও তখন যোগাযোগ কমে এসেছে... এই ভাবে বসে থাকতে থাকতে সন্ধে, রাত,মাঝরাতে পার করে হঠাৎ ভোরের দিকে, কী মনে হতে, মশার ঝাঁক, বাচ্চাদের রুমাল, দিকভুল ফুটবল আর আলুকাবলিওলাকে ভাসিয়ে উড়ে গেল দুজন। 'দু'দিকে যায়, দু'দিকে

যায়, একদিকে কেউ যায় না'। তারাও দু'দিকে গেল। তারপর অনেক টুকিটাকি পার করে, বেশ কয়েক বছর কাটিয়ে এক বিকেলে অন্য একটা মাঠে ডানা মুড়ে নেমে এল তারা। কী আশ্চর্য! সেই মাঠেই রিমঝিম বিকেলের হাঁটা হাঁটতে বেরিয়েছে। ঝিমেরও বিয়ে হয়ে গেছে। অনেক খোশগল্প হল চারজনে। কিন্তু, সে সব দিনের কথা, কে জানে কেন, কেউই তুলল না। যাওয়ার সময় রিম বলল, 'তোরা আসিস এক দিন। ভালো ফিশচপ বানিয়ে খাওয়াব।'

পুরোনো প্রেম ভুলে যাওয়া যায়। কিন্তু, ফিশচপ? টুকটুক করতে করতে গুমসুম এক সন্ধেবেলা পৌঁছল রিম আর তার বরের ফ্ল্যাটে। বর লোকটিও জমাটি, আড্ডাবাজ, সাধাসিধে। মুহূর্তে জমে গেল। এক সেকেন্ডও চুপ রইল না আর। কিছুক্ষণ পর ডিশ ভর্তি ফিশচপ এসে গেল। সত্যি সত্যি রিম-এর হাতে তৈরি। টেলিফিল্মেও এমন হয় আজকাল। গুম ফিশচপগুলোর দিকে তাকিয়ে ভাবছিল, সব তা হলে মিথ্যে। সেই কলেজ-দিন, সেই বৃষ্টির দুপুর, সেই বাসস্টপ, তারপর সেই মশা রুমাল ফুটবলের মাঠ...সব মিথ্যে। শুধু এই ফিশচপগুলোই সত্যি, কারণ ধোঁয়া উঠছে। এ বার কামড়। আঃ! কী সুন্দর হাত রিম-এর! ভেতরে কাঁটা তো দূর, এমন মিহি করে দিয়েছে পুর, ভাবাই যাচ্ছে না। যা জিভের ওপর রাখলাম, সেটাই দু'দিন আগে জ্যান্ত ছিল। জলজ্যান্ত মাছ ছিল একখানা?

'হৃদয়ে প্রেমের দিন কখন যে শেষ
হয়—চিতা শুধু পড়ে থাকে তার,
আমরা জানি না তাহা'

—জীবনানন্দ দাশ

কী ভেবে লিখেছিলেন এই লাইগুলো তিনি? তা কি একজন মানুষের জীবনে আর একজন মানুষের প্রতি প্রেমের নিভে আসা? না কি, আস্তে আস্তে, খুব শ্লথ গতিতে, বুঝতে না পারার মতো করে 'প্রেম' এই ধারণাটারই, এই অনুভূতিরই উবে যাওয়া?

কম বয়সে সকলেরই মনে হয় প্রেম চিরকালীন, তার কোনও ক্ষয় নেই। মনে হয়, এই যে প্রেমে পড়ার উন্মাদনা, প্রেম-সর্বস্বতা, এমনকী, প্রেম ভাঙারও যে অসহ্য ব্যথা, সব

মিলে এও এক জীবনচক্রই, যা যুগের পর যুগ ফিরে ফিরে আসবেই। একটা প্রেম ভেঙে গিয়ে আর একটা প্রেম আসবে, কিন্তু প্রেম মরবে না কক্ষনও।

আমারও ১৭/১৮-তে মনেই হত এ রকম। এখন ভাবনাটা পশ্চিমের দিকে সরতে শুরু করেছে। আমরা জানি, পেট্রোলিয়ামের এই অপার সম্ভার ফুরিয়ে যাবে এক দিন। কয়লা ফুরিয়ে যাবে। পৃথিবীর সবক'টা খনি মারা যাবে একে একে। তারপর, অনেক অনেক বছর পার করে সূর্যও নাকি নিভে যাবে। আর, প্রেম? তারও তো নিশ্চয়ই খনি আছে কোথাও? সেও তো নিশ্চয়ই জমাট বেঁধে আছে একসঙ্গে? পেট্রোলিয়ামের মতো তারও শেষ ঘনিয়ে আসবে এক দিন। জন্মের সঙ্গে সঙ্গে মানুষের শরীর থেকে অ্যাপেনডিক্স-এর মতো পিটুইটারিও কেটে বাদ দেওয়া হতে থাকবে তখন... হৃদয় থাকবে... কিন্তু, প্রেমের দিন?

একটাই ভরসা। মানুষ যে ভাবে এগোচ্ছে, তাতে নিত্য প্রয়োজনীয় সব জিনিসেরই বিকল্প উৎস তৈরি করে নিতে পারবে সে। হয়তো মাথার মধ্যে বসিয়ে নেবে কোনও মাইক্রোচিপ, যা সঙ্গী বা সঙ্গিনীর দিকে নিয়ে যাবে মানুষকে? কিন্তু, প্রেম? না, একেবারে নিশ্চয়ই মুছে যাবে না। পৃথিবীর শ্রেষ্ঠ জাদুঘরে শেষ দিন পর্যন্ত ডাইনোসরের পাশেই ঝোলানো থাকবে প্রেমেরও কঙ্কাল। এক রোববার বাবার হাত ধরে ছোট্ট মেয়ে দেখতে যাবে সেটা। হাঁ করে তাকিয়ে থাকবে অনেকক্ষণ। আর, হঠাৎ হাওয়ায় যদি দুলে ওঠে কঙ্কালের খাঁচা, জানি, ছুট্টে জড়িয়ে ধরবে বাবাকে। কঙ্কাল সে খুব ভয় পায়। খু-উ-ব।

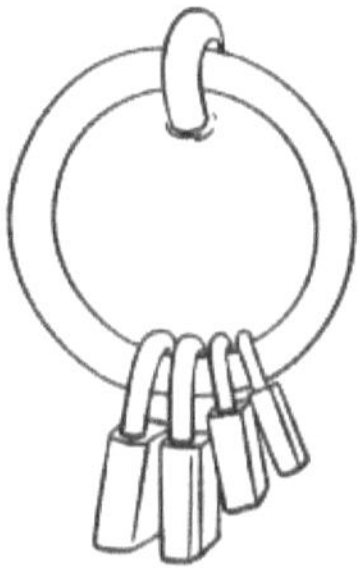

কাকাবাবু, গানওলা আর আমরা

একটা শান্ত মাঠ। তবু ঢেউ খেলানো। সমুদ্রের মতো উঁচুনিচু হতে হতে মিলিয়ে গেছে দিগন্তে... ঠিক যেন মোলায়েম, ফুরফুরে, সবুজ সমুদ্র একটা, শেষ হবার কোনও ইচ্ছেই নেই যার। মাঠের ওপর খুব দূরে দূরে ঝাঁকড়া গাছ, এই যেমন এখান থেকে সাত-আট ফুট দূরেই একটা। তার দিব্যি ছায়া। বাকি মাঠটায় পাতি লেবুর গন্ধ যে রঙের, সেই রঙের রোদ এসে বিছিয়ে আছে আর গাছের ছায়ায় ঘোরাফেরা করছে ক'জন মানুষ। টিনটিনের সঙ্গে নানা দেশের গল্প জুড়েছেন কাকাবাবু, গাছের গুঁড়িতে হেলান দিয়ে ছুরিতে শান্ দিচ্ছে টারজান, গাবলু আর কুট্টুস মেতে গেছে খুনসুটিতে, অরণ্যদেবকে ড্রিবলিং শেখাচ্ছেন রোভার্সের রয়, ক্যাপ্টেন হ্যাডক একটা বাইনোকুলার চোখে এঁটে কী যেন দেখছেন, কিছু দূরে পাইপের ধোঁয়া...দাবায় ডুবে আছেন পৃথিবীর দুই সেরা বুদ্ধিমান, শার্লক হোমস আর প্রফেসর শঙ্কু, আর গাছের একটা ডালে আধশোয়া হয়ে বই পড়ছে স্পাইডারম্যান। আর কেউ কি আছে? আছে, তবে তাকে দেখা যাচ্ছে না। এই মাঠেরই কোনও একটা গাছের আড়াল থেকে ওদের লক্ষ করছে এক অবাক কিশোর, যার একমাথা চুল, সদ্য গোঁফের রেখা দেখা দিয়েছে, আর যে দু'একখানা কবিতাও লিখে ফেলেছে স্কুল ডায়রির পাতায়।

এই রকমই ছিল এক জন কিশোর। যাচ্ছেতাই নীল আকাশ আর মনকেমন গন্ধের সঙ্গে যে মেখে নিত পুজোসংখ্যার অ্যাডভেঞ্চার। পুজোর ঠিক আগে আগেই থাকত তার স্কুলের কোনও এক প্রকার পরীক্ষা। অভিশাপ। তবু সে বাবাকে হুকুম করত, 'আনন্দমেলা' বেরনোর

১২ ঘণ্টার মধ্যে হাতে আসা চাই। তাই মোটা বইটা অসহ্য হাতছানি নিয়ে ঢুকে পড়ত তার ঘরে, সে-ও মাকে কথা দিত, পরীক্ষা শেষ না হলে ওই বই ছোঁবেই না। কিন্তু প্রায় রোজ রাতেই ঘুম ভেঙে মোটা বইটাকে ডেস্ক থেকে বার করে নাকের কাছে চেপে ধরত সে। আর রাজা রায়চৌধুরি তাকে বলতেন, 'চলো, এ বার বেরিয়ে পড়বে নাকি আমার সঙ্গে?' কৌতূহল চেপে রাখতে না পেরে সে প্রত্যেক দিন দু'লাইন করে পড়ে নিত। ঘরে জ্বলতে থাকা রাতবাতির আলোতেই সে এগোত দু'লাইন-দু'লাইন করে, একটা গোটা অ্যাডভেঞ্চারের দিকে, এক একটা পুজোর দিকে।

এই রকমই ছিল এক জন কিশোর। স্কুলবাসের ছিপছিপে, বকবকাটে মেয়েটার সঙ্গে যে গুলিয়ে ফেলত সন্তু-র বন্ধু দেবলীনাকে, যার স্বপ্নে কেবলই আসত একটা খোঁড়া লোক, যে কখনও মাথা নোয়ায় না। কিন্তু সে যত বড় হয়েছে, জেনেছে যারা মাথা নোয়ায়, তারা সবাই ভেতর থেকে খোঁড়া। তার কবিতারা স্কুল ডায়রি ছেড়ে বেরিয়ে পড়েছে পত্রপত্রিকার পাতায় আর একমাথা চুল কমতে কমতে সমবেদনায় এসে দাঁড়িয়েছে। যত বড় হয়েছে, জেনেছে ওই মাঠের দৃশ্যটা আসলে বানানো। সত্যি সত্যি যৌথ পরিবার বলে হয় না কিছু, এমনকী ওরা কেউ চেনেই না কাউকে। যত বড় হয়েছে, পাড়ার কচি-কাঁচাদের কাছে দাদা থেকে প্রায় কাকু হয়ে গেছে। সে কিন্তু সন্তু হতে চেয়েছিল।...

পাললিক শিলার কথা পড়েছিলাম ভূ-তত্ত্বে। পলির স্তর জমতে জমতে সে যখন পাথর হয়ে ওঠে, তার গায়ে আলাদা আলাদা রঙের স্তরগুলো ঠিক বোঝা যায়। আর সময়? সময়ের অন্তর্গত একেক জনের বয়স? সেই বয়সে জমে থাকা ঘটনার পর ঘটনা? একটা সময়ের পর পাথর হয়ে গেলেও, ঠিক আলাদা করা যায়। আলাদা করে আমি দেখতে পাই, আবারও এক ঝিরঝিরে কিশোরকে, যার পুজোর দিন মানে মামাবাড়ির ঘরোয়া পুজো। সকাল-সন্ধে জমজমাট ভাইবোনদের সঙ্গে হুল্লোড় আর যা-তা, রোগা হাতে ঢাক বাজানোর বৃথা চেষ্টা। পকেটে তিনটে ক্যাপের প্যাকেট থাকলেই যে অনায়াসে নিজেকে পৃথিবীর সেরা ক্ষমতাশালী ভাবত আর নবমীর সকলে পাঁঠাবলির সময়ে কানে আঙুল গুঁজে দু'চোখ বুজে নিজেকে ঠেসে দিত কোনও একটা ঘরের কোণে...অথচ, বয়ঃসন্ধিতে এসে, আশ্চর্য, সেই ছেলেটাই একটু একলাটে হয়ে গেছে। স্কুলের চৌকাঠ পেরিয়ে যে মুখ থুবড়ে পড়েছিল এক-ময়দান

উচ্ছলতায়, খোলা জানালায় বসে হিম-পড়া দেখতে দেখতে সে চালাচ্ছে গজল—'সচ্চি বাত কহি থি ম্যায়নে...' আর শুনতে পাচ্ছে নিজের পাঁজরে দাঁড়ের শব্দ... ভেঙে ভেঙে, গুমরে গুমরে উঠছে... ভাঙা সেই মুহূর্তগুলো জুড়ে উঠে দাঁড়াচ্ছে এক তেরছা যুবক, পুজোর ভিড় থেকে পালিয়ে সে ঢুকে পড়ছে আশ্চর্য বন্ধু শুভাশিসের বাড়ি। সামনের প্যান্ডেলে গান থামলে, খেয়েদেয়ে শোওয়ার বদলে ছোট্ট চাঁদের মতো আলো জ্বেলে বসে পড়ছে মাঝারি একটা কী-বোর্ড নিয়ে। শুভ-র হাতে আর গলায় উঠে আসছে রাতের সুর, আর সে, সেই যুবক লিখে দিতে চেষ্টা করছে কথা। আহা, একটা সঞ্চারী, দু'লাইনের একটা সঞ্চারী বানিয়ে খুশিতে-রোমাঞ্চে তারা সারা রাত জেগেছিল। ভোর অবধি কত বার যে গেয়েছিল ওই দুটো লাইন... তার সাক্ষী আছে শুধু নদীর মতো ঘুরে যাওয়া মায়াবী রাস্তার এক ফালি, যার পাশের ফ্ল্যাটটায়, সেই অদ্ভুত ঘর আর বারান্দাটায় এখন আর শুভ থাকে না। তার পরের পুজোয় সে যাচ্ছে রুচিরার সঙ্গে আড্ডা দিতে, তখনই শুরু হয়ে গেছে তাদের আক্ষেপ, তারা বুঝেছে, আগের মতো হই-হুল্লোড় আর হবে না। একাদশীর দিন উষাগেট থেকে থানা অবধি হেঁটে যাচ্ছে শুভ, রুচি আর সেই যুবক, কেউ কথা বলছে না... আর, এই সব থেকে দূরে দাঁড়িয়ে আজ আমি ভাবি সময়গুলো কেমন পেরিয়ে গেল, জড়িয়ে গেল, সেই কিশোরের সঙ্গে এই যুবকের কোনও যোগাযোগ রইল না এটুকু ছাড়া যে, তারা একই লোক। বন্ধুদের ছায়া কখন ছোট হয়ে এল, উৎসব কখন সব্বার থেকে সরে যার যার একার হয়ে গেল, সত্যি আর বোঝার উপায় নেই। শুধু না বোঝার এই ছমছমে কার্নিভালে মাথা জড়িয়ে ধরে গথাম শহরের সেই শুনশান রাত, যখন হাওয়ায় কান পাতলে শোনা যায় জোকারের বিচ্ছিরি-হাসি, কিন্তু তার মুখ দেখা যায় না কিছুতেই।

'গোছানোর কথা ছিল, এমনই সময়
সব অগোছালো কথা, জমা নীরবতা'

—সুমন চট্টোপাধ্যায়

আর যদি গানের কথা না বলি, তা হলে কিচ্ছু বলা হবে না। কারণ ভাত চেনার অনেক আগে চিনেছি গান, মা'র গলায়, মামার গলায়। যতক্ষণ জেগে থাকতাম, গান কানে আসত।

মনে পড়ে, লোডশেডিং হলে (তখনও পৃথিবীতে অন্ধকার পাওয়া যেত) আমাকে পাশে শুইয়ে হাতপাখা দিয়ে হাওয়া করত মা। আর একের পর এক গান শুনিয়ে যেত আমায়। ঘণ্টার পর ঘণ্টা। মনে হত, মা'র পুরোটাই গান দিয়ে তৈরি। মাকে ভাঙলে, ছিঁড়লে, এমনকী স্পর্শ করলেও শুধু গান পাওয়া যাবে। খেয়ালের বন্দিশ, ঠুমরি, আর মা'র প্রিয়তমা শিল্পী লতা মঙ্গেশকরের গান। 'সাওয়ন কে ঝুলে' গানটা যে কত বার শুনেছি, রাহুল দেব রক্তে ঢুকে গেছেন। আর ছিল বাংলা গান। আমাদের বাংলা গানের পৃথিবী ছিল মামার তৈরি। ছোটবেলা থেকে যুবক হবার অনেকটা পথ আমাকে ঘিরে ছিল সেই সব গান, এখনও আছে। 'আমি হঠাৎ কখন একলা হয়ে গেছি', 'বর্ষায় কেন যে এল জল' বা এই ক'দিন আগে তৈরি 'তুমি আসছ কী আসছ না, জানবার কেউ নেই, বৃষ্টি এল'-র মতো গান, আহা বাঁচিয়ে ছিল আমায়। সেই সব গানের চেহারায় হাত রেখে কেটে যেত সন্ধের পর সন্ধে, মুগ্ধ। এখনও যখন ভাইবোনেরা, বন্ধুরা জড়ো হই মামাবাড়িতে, শুরু হয় সেই সব আশ্চর্য বাংলা গান, এক অনাবিষ্কৃত দ্বীপের মতো, যার রহস্য পৃথিবীতে মাত্র কয়েকজনই জানে।

আগে যে বাড়িতে থাকতাম, সেখানে দুই ভাই। পিন্টু আর বুয়া। পিন্টুদা খুব ব্যস্ত (তাঁর দুই মেয়ে এখন আমার বান্ধবী, যদিও তারাও ব্যস্ত খুব), বুয়াদাও ব্যস্ত। কিন্তু, মনে আছে প্রায় দিনই বাড়ি ফেরার পথে আমাদের জানলার দাঁড়িয়ে হাঁক মারত, আমাকে বগলদাবা করে নিয়ে যেত দোতলায়। আর পুজোর আগে আগে তার হাতে থাকত সদ্য বেরোনো ক্যাসেট। পুজোর গান। সেই রকমই কোনও ক্যাসেটে দেখলাম দাড়িওলা এক গায়কের ছবি, বুয়াদার ঘরের প্লেয়ার থেকে বেরোল তার চাবুকের মতো গলা—'প্রথমত আমি তোমাকে চাই'। তখনও বুঝিনি এই খ্যাপা লোকটা কী করতে চলেছে, শুধু অন্ধের মতো বুয়াদাকে ফলো করে গেছি, বুয়াদা পিছু নিয়ে গেছে লোকটার। 'বসে আঁকো', 'ইচ্ছে হল' পেরিয়ে যখন 'গানওলা' ঢুকল, আমি বিপদ টের পেলাম এবং মানে মানে ভদ্রলোকের চির-ফলোয়ার হয়ে গেলাম। কী যে ছিল ওই গানগুলোয়.. তখনও জানতাম না এর পর পরই আলাপ হবে কোটালপুত্র আর সেনাপতিপুত্রের, হাজার অমিল থাকা সত্ত্বেও তারা বেশ বন্ধু হয়ে উঠবে, লোকে অবাক আর বিরক্ত হবে তাদের দেখে। জানতাম না তারা একটা আবছা বারান্দায় বসে বসে একদম চুপচাপ কাটিয়ে দেবে সন্ধেগুলো, একটা যন্ত্র থেকে ক্রমাগত বাজতে থাকবে 'গানওলা', নিয়মের মতো, যে সব সন্ধের মানে বুঝত শুধু একটা ক্লাসঘর, বৃষ্টিভেজা

এক বাস-স্টপেজ আর বোকা বনে যাওয়া একটা থার্ম্স আপের বোতল। যে দুজনের মাঝখানে সান্ত্বনার মতো ভেসে ভেসে বেড়াত একটাই লাইন—'বন্ধু, তুমি কেঁদো না, আমারও কান্না আছে', তাদের এক জন ছিল আমি, আর এক জন নিখিলেশ। আমি আর নিখিলেশ, নিখিলেশ আর আমি, এই চারজনকে দেখেও লোকে চিনতে পারত না। আমাকে ভাবত শ্রীজাত আর সেনাপতিপুত্রকে ভাবত অনির্বাণ। কিন্তু আমি আর নিখিলেশ সন্ধের পর সন্ধে, অনেক সময়ে কোনও কথা না বলেই হেঁটে বেড়াত পাড়ার পর পাড়া। তখন তারা ভাষা বুঝত না কোনও, শুধু গন্ধ বুঝত। গন্ধই তাদের মাতৃভাষা তখন। মন একটু ভালো থাকলে হাঁটতে হাঁটতে যেত অপার্থিব বান্ধবীদের কোনও এক জনের বাড়ি, 'মাসিমা ভালো তো?' বলে মুফতে চা-জলখাবার খেয়ে হাসিমুখে নেমে আসত রাস্তায়। আর পুজোর সন্ধেগুলো কী করত? একটা দুটো নতুন হয়ে যাওয়া জামাপ্যান্ট চাপিয়ে দেখতে বেরোত পুজো। কিন্তু, বাবুবাগান বা মহম্মদ আলি পার্ক নয়, তারা ঘুরঘুর করত গোলকধাঁধার মতো ছোট ছোট কিছু পাড়ায়। দেখত সেই সব ছোট পুজোকে ঘিরে ছোট ছোট জটলা। অখ্যাত দোকানের এগরোলের ঝাঁঝ আর পাড়াতুতো শারদীয় প্রেমের সুগন্ধের মধ্যে দিয়ে রোজ নতুন পথ আবিষ্কার করত। যেন দুই সম্রাট ছদ্মবেশে সাম্রাজ্যের হাল-হকিকত জানতে বেরিয়েছেন। দুজন তো একসঙ্গে সম্রাট হয় না, লোকে তা-ই ভাবে, ফলে কেউ সন্দেহও করত না। প্রত্যয় হচ্ছে না যাদের, তাদের জন্যে বলি, সেই সব ছোট্ট পুজোর দু'একটা টুনিবাল্‌ব অগোচরে লেগে থাকত তাদের পোশাকে, আজও আছে। তাদের ভেঙে পড়া, জোড়া লাগার দাগ ধরে ধরে আজও পাড়ার পুজোগুলো আলো লাগায়। প্রহরী হিসেবে বসিয়ে রখে ঝালমুড়িঅলাদের। যাই হোক, তারা বুঝতে পারছিল, কাকাবাবু আস্তে আস্তে বুড়ো হচ্ছিলেন। তাঁর হাতের ক্রাচ পালটে হয়ে যাচ্ছিল একটা পুরোনো বেহালা, অ্যাডভেঞ্চার ছেড়ে দু'একটা গানই শুধু গাইতে চাইছিলেন তিনি। কিন্তু, 'ছেলেবেলার সেই বেহালা বাজানো লোকটা', সেই কাকাবাবু থেকে গানওলা হয়ে ওঠা লোকটা কোথায় যে মিলিয়ে গেল! ওই অলক্ষুণে ক্যাসেটের প্রচ্ছদটা ছিল একটা নীলচে হিমের ছবি। জীবনানন্দীয় নীল। যেন কোমা-র রং। এখন মনে হয়, ওই বেহালা বাজানো লোকটা, সেই সব ছোট পাড়ার পথগুলো, পুজোর সেই সন্ধেগুলো ছোট হতে হতে ওই হিমের মধ্যেই হারিয়ে গেছে কোথাও, ফিরবে না আর। সেনাপতিপুত্র যুদ্ধের দায়িত্ব নিয়ে চলে গেছে অন্য রাজ্যে, সেই সব রাজকন্যাদের

বিয়ে হয়ে গেছে দূর দূর দেশে, শুধু কোটালপুত্র স্বপ্ন দেখছে—কেটে ফেলা গাছের পাতা খেতে এসেছে কাটাগলা পাঁঠা... গাছেরও পাতা নেই, পাঁঠারও মাথা নেই... শুধু অন্ধ একটা খিদে... কোটালপুত্র ধড়ফড় করে উঠে বসছে বিছানায়!

'যাওয়ার পরে যাওয়া কেবল যাওয়া এবং যাওয়ায়
আকাশ গন্ধরাজ।'

—শঙ্খ ঘোষ

ছাতিম...ছাতিম...ছাতিম... এই ভাবে লিখে গেলে কি বোঝানো যাবে কিছু? যে মগজ অবশ করা ভারী গন্ধের কথা মনে আসছে, তার ছিটেফোঁটাও উঠে আসবে এই লেখায়? পুজো মানেই ছিল ছাতিম। আছে। থাকবেও। চোখ যেমন আকাশ দেখে বুঝতে পারে পুজো আসছে, নাক ছাতিম ফুটলেই বোঝে সামনেই পুজো। কত ভালো ভালো সন্ধে আর রাত মনে পড়ে যায় ছাতিমের গন্ধে... খারাপ সময়েরও নিজস্ব গন্ধ হয়, কিন্তু বেশি দিন মনে থাকে না। ইশ! গন্ধ যদি লেখা যেত! লিখতে পারিনি, কিন্তু দক্ষিণ কলকাতায় কোথায় কোথায় ছাতিম ফোটে আমি জানি।

সে সব পথে, সে সব গাছের কাছে দাঁড়াই একটু। প্রাণ ভরে গন্ধ নিই, যেন বাতাসের শরীরী গন্ধ, বেনিয়ম হবার সাহস সংগ্রহ করি। কেটেও তো ফেলেছে কত গাছ! বলি দিয়েছে। গন্ধ কাটতে পারেনি। আর, গন্ধ বললেই মনে আসে ওপরের লাইনটা। সত্যি! কত যাওয়া দেখলাম এই কয়েক বছরে! কত রকমের চলে যাওয়া। আর, সেই সব নানা রঙের যাওয়া জুড়ে দিতেই খুলে গেল একটা গোটা আকাশ।

সেই আকাশই, অনির্বাণ, তোর প্লেন উড়ে গেছে। নীচে, ঘিঞ্জি কলকাতা শহরে কাগজের টুকরো হয়ে উড়ছে আমাদের রোজকার তুমুল হাসিঠাট্টা, উদ্ভট সব থিওরি... হাসতে হাসতে পেট চেপে দাঁড়িয়ে পড়তাম যে সব রাস্তায়, আমাকে একলা দেখে এখন তাদেরই মুখে হাসি।

জানিস, এই পুজোর আগে আগে কলকাতায় প্রায় সব রাস্তায় খোঁড়াখুঁড়ি চলছে। ওরা নাকি জলের পাইপ বসাচ্ছে। আমার সন্দেহ হয়। হয়তো কলকাতার কুড়ি হাত নীচে কোনও

পাঁচ হাজার বছর পুরোনো সভ্যতার আঁচ পেয়েছে কেউ। আর কিছু দিনের মধ্যে গোটা কলকাতা খুঁড়ে ওরা তুলে আনবে সেই শহর... আসছে পুজোয় সেই এবড়োখেবড়ো প্রেতনগরী সেজে উঠবে আলোয়।

নাকি, এই খোঁড়াখুঁড়ি, এই জঘন্য জ্যাম, যাত্রীদের ঘাম আর বিরক্তি, এই সবই কোনও মহামণ্ডপসজ্জার উপকরণ? পুরো ব্যাপারটাই, গোটা সময়টাই একটা উৎস শুধু? বুঝতে পারি না।

এ বার পুজোয় দুর্গম কলকাতা, দু'একজন বন্ধুর মুখ আর কয়েকটা কবিতার জন্যে অপেক্ষা করা ছাড়া আর কিছুই নেই। হয়তো মলয়ের বাড়ি চলে যাব দু'তিন দিন, আলসেমির নেশায় লাট খেয়ে পড়ে থাকব ওর বিছানায়, কমপিউটারে বাজতে থাকবে প্রিয় গানগুলো... হয়তো দু'এক সন্ধেয় দেখা হবে শান্ত, ছিমছাম ভরসা রঙের মেয়েটার সঙ্গে, তার পাশে রিক্সায় বসে পেরোব রেলওয়ে ক্রসিং, যেন বাহারি নৌকো চলেছে ঢেউয়ের ওপর দিয়ে...

কিন্তু আমি চোখ বুজলেই দেখতে পাচ্ছি ঢেউ খেলানো সেই ঘন সবুজ মাঠটা, খেলার শুরুতে যেখানে বিকেল ছিল, এখন রাত। কী মাঠ! কী মাঠ! কেউ বাড়ি তোলেনি। একটু তো চাঁদের আলো আছেই, কিন্তু বিকেলের সেই চরিত্ররা কেউ নেই। থাকার কথাও না, শুধু একটা বই উলটে আটকে অছে গাছের ডালে, একটা বল ঘুমিয়ে আছে ঘাসে, একটা ছোট টেবিলে পাতা আছে দাবার ছক, পাশে একটা নিভে যাওয়া পাইপ, এক দিকে পড়ে আছে দুটো ক্রাচ, একটা বাইনোকুলার, গাছে হেলান দিয়ে রাখা আছে পুরোনো একটা বেহালা...আর দূরে, এই সমস্ত কিছুকে পেছনে রেখে পকেটে হাত ঢুকিয়ে স্বভাবসিদ্ধ ভঙ্গিতে হেঁটে যাচ্ছিস তুই, ঝিরঝিরে বরফ পড়ছে...পেছনে আঠাশটা ঘুমন্ত বছর...সামনে শীতকাল...মাঝের ওই আবছায়া মাঠটাই আমার পুজো।

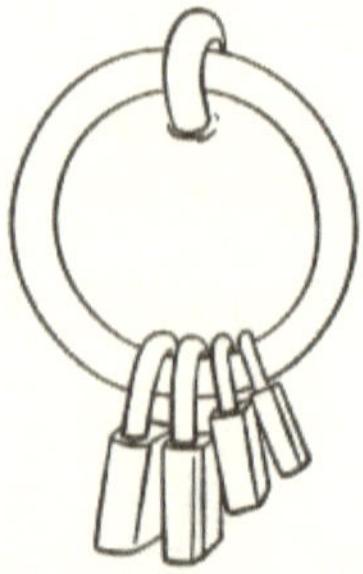

হারিয়ে যাওয়া ছাতাটা

এই লেখাটা যখন লিখছি, তখন জানলার বাইরে অবিশ্রান্ত বৃষ্টির শব্দ। আর জানলার ফাঁক দিয়ে দেখতে পাওয়া, হাওয়ায় উড়ে যাওয়া বৃষ্টির ছাঁট। এইরকম দিনে কি লিখতে ইচ্ছে করে? লেখা কেন, কোনও কাজ করতেই ইচ্ছে করে কি? আমার তো করে না। কেবল মনে হয় ভিজিয়ে দিতে থাকা জানলার ধারে বসে সারা সকাল কাটিয়ে দিই, ভেবে ভেবে। ওই দূর থেকে ছুটে এসে বয়ে চলে যাওয়া ঝিরঝির জলের পর্দার আড়াল থেকে তখন কেবলই উঠে আসতে থাকে পুরোনো দিনের কথা। ফেলে আসা সময়গুলোর ছবি বৃষ্টি আসলে সেই তরল সময়যান, যা সবচেয়ে তাড়াতাড়ি আমাদের অতীতে পৌঁছে দিতে পারে। আমাকে অন্তত সেইরকমই দেয়, বরাবর।

যেমন এই এক্ষুনি, কোনাকুনি দেখতে পাওয়া আকাশের দিকে তাকিয়ে আমায় ঠিক এইরকম ঝমঝমানো আরেকখানা আকাশের কথা মনে পড়ে যাচ্ছে। বহু বহু মাইল দূরের সেই আকাশে সেবারও এইরকমই টানা ডিপ্রেশনের মেঘ জমেই ছিল, আর দিন পাঁচেক ধরে লাগাতার বৃষ্টি। সেই প্রথমবার মার্কিন দেশে গিয়েছি, সম্ভবত ২০০৬ সাল। আইওয়া-র লেখক শিবিরে মাস তিনেক কাটানোর পর আমরা তিন-চারটে দলে ভাগ হয়ে ছড়িয়ে পড়েছি সে-দেশেরই এদিক ওদিক। অক্টোবর তখন, ফল শুরু হয়েছে ভালোরকম... আর তার মধ্যেই ঝমঝম চলেছে তো চলেছেই।

আমরা গোড়ায় গিয়ে পৌঁছলাম পোর্টল্যান্ড মেন-এ। অতলান্তিকের একেবারে ধার ঘেঁষে

বিলিতি ধাঁচের শহর, বেশির ভাগ বাড়ি এক বা দোতলা, বেশ সাহেবি গোছের। গাড়ি করে যখন হোটেলের দিকে যাচ্ছি, ঝাপসা করা বৃষ্টি এসে আছড়ে পড়ছে উইন্ডস্ক্রিনে। ওয়াইপারের এদিক ওদিকের মাঝখান থেকেই কখনও ঝলসে উঠছে বর্ষার অতলান্তিক। আর দূরে... অনেক দূরে দেখা যাচ্ছে বিশাল একখানা বন্দর। সত্যি বলতে কী, বর্ষাকালের বন্দর শহরে কয়েকটা দিন কাটানোর ইচ্ছে আমাদের অনেকদিনের। সেটা বাস্তব হতে চলেছে ভেবেই ভালো লেগে গিয়েছিল শহরটাকে।

কোনও শহর ঠিক কেমন, তার বর্ষা বা শীত কেমন, তার মানুষজন, তার রং আর গন্ধ কেমন, তা লিখে বোঝানো যায় না। যেমন পুরোটা বোঝানো যায় না ফোটোগ্রাফেও। তার মধ্যে, তার সমস্ত আয়োজনের মধ্যে একবার গিয়ে না-দাঁড়ালে তাকে টের পাওয়া যায় না ভেতর থেকে। যেমন আমি সারা শরীরে-মনে টের পেয়েছিলাম সেই বৃষ্টির বন্দর-শহরকে। বহু পুরোনো একটা বাড়িকে একটু ঠিকঠাক করে নিয়ে বানানো এক হোটেলে আমাদের ঠাঁই হল। আমি চেয়েছিলাম রাস্তার দিকে ঘর, কপালজোরে পেয়েও গেলাম। দেওয়ালজোড়া জানলা, জানলাজোড়া আকাশ, আকাশজোড়া মেঘ, মেঘজোড়া বৃষ্টি, আর বৃষ্টিজোড়া শহর। একটাকে আরেকটার থেকে আলাদা করা যাচ্ছে না কিছুতেই। আর জানলা থেকে বাঁদিকে তাকালেই, সব বাড়ির মাথা পেরিয়ে, ঝাপসা হয়ে আসা, তবু দেখতে পাওয়া সেই বন্দর। বড় বড় ক্রেন উঠছে নামছে, বিরাট সব জাহাজ দাঁড়িয়ে আছে, আবার ভেসে পড়বে বলে। ওখানে যাওয়া যায় না একবার?

মন কিন্তু খুব খারাপ তখন। কলকাতা ছেড়ে, বাড়ি ছেড়ে এতগুলো দিন বিদেশে পড়ে থাকতে কিছুতেই ভালো লাগছে না আর। তার মধ্যেও ওই বৃষ্টি আমার মন ধুইয়ে দিতে লাগল একটু একটু করে।

একটাই ছাতা নিয়ে এসেছিলাম দেশ থেকে, সেটাকে সম্বল করে বেলাবেলি বেরতাম রোজই। ভাবতাম অনেক হাঁটব, কিন্তু দৌড় তো মসজিদের বেশি নয়। হোটেলের কাছাকাছি কয়েকটা খাবারের দোকান চিনে নিয়েছিলাম প্রথম দিনই, দু-বেলা হেঁটে হেঁটে সেইসব দোকানের কোনও না কোনও একটা থেকে সস্তার খাবার কিনে নিয়ে আবার হোটেলে ঢুকে পড়তাম। আর এই বাইরে থাকার সময়টুকু অক্টোবরের ঠান্ডা বৃষ্টি আমাকে অল্প ভিজিয়ে দিত। আর সেইসঙ্গে তুমুল জোর ঠান্ডা হাওয়া। বুঝতাম, এই হাওয়ার গায়ে মহাসমুদ্রের নাম

লেখা আছে। নইলে তার গন্ধ আর স্পর্শ এমন হত না। বেশিক্ষণ থাকতাম না বাইরে, কারণ বৃষ্টি ভেজার মতো ডাকাবুকো বা রোমান্টিক, কোনওটাই আমি ছিলাম না, আজও নেই। কিন্তু রোজ চেষ্টা করতাম নতুন কোনও রাস্তা দিয়ে হোটেলে ফেরার। নতুন কোনও বৃষ্টির সঙ্গে পা মেলাতে মেলাতে। আর এই একটু একটু করেই, মেঘ বৃষ্টি আর হাওয়ার মধ্য দিয়েই আমি একটা শহরকে ভালোবাসতে শুরু করলাম। তার বাজারহাট, তার দোকানপাট, তার মানুষজন, তার সারাক্ষণ...সব।

একদিন ভাবলাম, যে করেই হোক, বন্দরটা দেখে আসি। পকেটে পয়সা বিশেষ নেই যে ক্যাব চড়ব, আর হোটেলের জানলা থেকে যখন দেখাই যাচ্ছে, তখন একটু দূরে হলেও হেঁটে একটা চেষ্টা নেওয়াই যেতে পারে। এই ভেবেই, ছাতা মাথায় পড়লাম বেরিয়ে।

সেদিন ঝাপসা করে নেমে আসা বৃষ্টি পোর্টল্যান্ডে। বেলা এগোরোটা হবে, লোকজনকে জিগ্যেস করতে করতে এগোতে থাকলাম। একটা সময়ের পর, প্রায় সাড়ে বারোটা নাগাদ বুঝলাম, পুরো ভুল দিকে চলে এসেছি। এবার হেঁটে হোটেলে ফেরাই ভালো, কারণ বৃষ্টি বাড়ছে। বন্দর পরের দিনও দেখা যাবে না হয়। কিন্তু ফেরার পথেই হল বিপত্তি। ঝড় উঠল খুব জোর। পাশে সমুদ্র বিছিয়ে রয়েছে, তাই যে কোনও হাওয়াই খুব তাড়াতাড়ি প্রশ্রয় পায় এখানে... আর ঝড়ের তো কথাই নেই। প্রথম দু-একটা হাওয়ার ঝাপটাতেই অর্ধেক ভিজে গেলাম, ছাতার নীচে হেঁটেও। তারপর এক ঝটকায় ছাতাটা গেল উড়ে...।

ভেজার আমার অভ্যেস নেই মোটে, ইচ্ছেও থাকে না তেমন। কিন্তু সেদিন নিরুপায় হয়ে ঝমঝমিয়ে ভিজে গেলাম। আর ভিজতে ভিজতেই দেখলাম আমার ছাতাটা হাওয়ার তোড়ে ওলট-পালট খেতে খেতে ঠিক সেই বন্দরের দিকেই উড়ে চলেছে, যাকে দেখা হল না সেইদিন।

খুব ভিজে হোটেলে ফিরলাম, বিকেলের মধ্যে শরীরটা বেশ খারাপ হয়ে গেল। হাতে আর দুটো দিন রয়েছে। কিন্তু পরের দু'দিন টানা তোড়ে বৃষ্টি চলল...বন্দর দেখতে যাওয়া আর হল না আমার।

আজ হঠাৎ নিজেদের সেলিমপুরের বাড়ির জানলাতে বসে খুব দূরে হলেও আমি সেই না দেখতে পাওয়া বন্দরটাকে দেখতে পাচ্ছি। দেখতে পাচ্ছি প্রায় অচেনা সেই শহরটাকে

ভাসিয়ে নিয়ে যাওয়া অক্টোবরের এক নাম-না-জানা বৃষ্টিকে... আর দেখতে পাচ্ছি বেকুব বনে যাওয়া এক বিদেশি পথিককে, যে ভিজেই যাচ্ছে খামোকা...এখনও। কেবল দেখতে পাচ্ছি না আমার হারিয়ে যাওয়া ছাতাটিকে। আমার হয়ে যে সেদিন উড়ে গিয়েছিল ঝাপসা সেই বিশাল বন্দরের দিকে... ছাতাদেরও কি বন্দর হয় তা হলে?

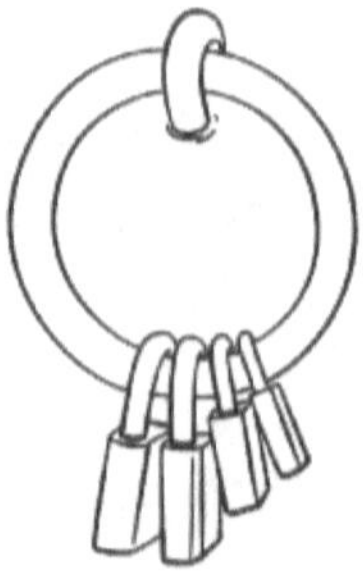

বসন্তের নতুন ক্যালেন্ডার

বয়স দিচ্ছে পিছিয়ে পড়ার ডাক
সময়ে রাখছে চোখের সামনে স্ক্রিন
ফাল্গুন তবে টানাপোড়েনেই যাক—
শাখে শাখে ডাকে ভার্চুয়ালের দিন

আমাকে বরং প্রান্তিক বলে ভেবো
বসন্ত আর সামলাতে পারছি না।
মাঝে মাঝে শুধু আড়চোখে দেখে নেব
আমার স্টেটাস শেয়ার করছ কি না।

গন্ধ আমাকে আলাপ করতে শেখায়
হাওয়া ডেকে বলে—'আছো নাকি FB-তে?'
তবু পারিনি পিছল সময়রেখায়
প্রতি মুহূর্ত আপলোড করে দিতে।

এই অবধি লিখে থেমে যাই।

জানলা দিয়ে বাইরে তাকাই আর দুম করে ২০ বছর আগের নিজেকে মনে পড়ে।

কেন?

কেননা বাইরে ভরপুর হাওয়া দিচ্ছে বসন্তের। বিকেল হয়ে এসেছে, সামনের চিলতে মাঠটায় উইকেট পুঁতে হইহল্লা জুড়ে দিয়েছে কচিকাঁচারা। মাঠের ধারের বেঞ্চিতে বুড়ো বয়সের খোশগল্প জুড়েছেন ক'জন প্রবীণ, মাঝেমধ্যে মাঠের পাশ দিয়ে তিরতির করে বয়ে যাচ্ছে সাইকেল-যুবা আর তার মুখচোরা বান্ধবী।

এ সবই বসন্তের অব্যর্থ লক্ষণ।

কয়েক দিন আগেই একপশলা বৃষ্টিতে মনমরা হয়ে গিয়েছিল শহর। তারও আগে শীতের লাগামহীন ওঠাপড়ায় দিশেহারা। কেমন যেন মনে হচ্ছিল, এ বার বসন্ত আদৌ আসবে তো? মনে হওয়ার আর দোষ কী। গত এক দশকে ছয় ঋতুর স্কোর বোর্ডে বসন্তের নামের পাশে গুটিকয় রান ছাড়া কিছু নেই। ও দিকে গ্রীষ্ম ডাবল সেঞ্চুরি ছুঁই ছুঁই। বর্ষাও মন্দ নয়। যে বসন্তের জন্য কৈশোর থেকে যৌবন পর্যন্ত টানটান অপেক্ষায় কেটে যেত সারা বছর, যে বসন্ত একবার চলে এলে নিজেকে নিয়ে কী করব, কোথায় যাব বুঝে উঠতে পারতাম না, যে বসন্তের গন্ধের পিছনে পিছনে টো টো করে বেড়াতাম পাড়া-কে-পাড়া, যে বসন্তে কারও সঙ্গে তেমন ভাব না-থাকলেও প্রেম পেত খুব—সেই বসন্ত আর কোথায়? সেই পাগল করা গন্ধ, সেই ফতুয়া-ওড়ানো সন্ধেহাওয়া... সব কিছুই গত এক দশকে ফিকে হয়ে এসেছে। বসন্তের বড় ঘের ছোট হতে হতে দাঁড়িয়েছে কয়েক দিনে। সেই সব ছোট ছোট টিমটিমে পাড়ায় বড় বড় অ্যাপার্টমেন্ট উঠে গিয়েছে। বান্ধবীদের ঠিকানা বদল হয়েছে রাতারাতি। ফতুয়াগুলোও হারিয়ে গিয়েছে কখন। আর খোদ বসন্তরাজও। ভূগোলের ভাষায় যাকে বলে 'জলবায়ুর পরিবর্তন'-এর চাপে লম্বা ছুটিকে কাটছাঁট করে ঝটিকা সফর বানিয়ে নিয়েছেন। অতএব, এই চল্লিশের চৌকাঠের সামনে দাঁড়িয়ে জানলা দিয়ে দেখতে পাওয়া ওই এক ঝলক বসন্তই এখন অনেকখানি।

বাইরে তাকিয়েই ২০ বছর আগের এক রোগাসোগা উস্কোখুস্কো কলেজপড়ুয়াকে মনে পড়ে। ফাল্গুনের সারাবেলা যে কলেজের সিঁড়িতে কয়েকটা লাল চা'র বিনিময়ে বন্ধুদের শুনিয়ে গিয়েছে খোলা গলার গান। কলেজ থেকে ফিরেই কবিতার খাতা ঝোলায়

পুরে যে উঠে পড়েছে বন্ধুগামী কোনও একটা অটোতে। রাতে বাড়ি ফেরার পথে যে অটোর বদলে ধরেছে হাঁটাপথ। শিকারি কুকুরের মতো বাতাসের শরীর শুঁকে শুঁকে চিনে নিচ্ছে আততায়ীর ঠিকানা। আততায়ীর নাম তখনও বসন্ত।

হ্যাঁ, তখনও এমনই ছিল কোনও এক মধ্যবিত্ত যুবকের বসন্তযাপন। কারণ, তার বেঁচে থাকায় তখনও অনেকে এবং অনেক কিছু জুড়ে ছিল না। জুড়ে যাওয়ার সুযোগ ছিল না বলেই হয়তো। সারাক্ষণ বয়ে বেড়ানোর মতো সেলফোন ছিল না, ছিল না নিজের দিনযাপনকে উপস্থাপিত করার মতো সোশ্যাল মিডিয়ার স্ক্র্যাপবুক, সে চাইলেই বসন্তকে অনুসরণ করতে পারত, সারাক্ষণ নিজেকে অনুসরণ করতে হত না। সে চাইলেই যে-বন্ধুর সঙ্গে আড্ডা দিতে গিয়েছে, কেবল তারই সঙ্গে আড্ডায় মশগুল হয়ে থাকতে পারত। দু'জনের আড্ডার ফাঁকে ঢুকে পড়তে পারত না চার জনের মেসেজ বা তেরো জনের আপডেট। মোট কথা, অন্যের গতিবিধি জানবার আর সারাক্ষণ নিজেকে জানান দেওয়ার উপায় ছিল না। আর উপায় ছিল না বলেই হয়তো তাগিদও ছিল না কোথাও। ফলে ২০ বছর আগের সেই যুবক আর তার মতো সমস্ত যুবক-যুবতী সে ভাবেই পার করেছে অনেকগুলো বসন্ত।

পাশাপাশি এ-ও ঠিক, কলকাতা অনেক দিল-খোলা আর দরাজ ছিল সে সময়ে। রাজপথে তার বুকের বোতাম কুড়িয়ে পাওয়া যেত আকছার। দিগন্তে হেলাফেলা করে হাওয়াকে খেলাতে পারত সে। এখন তো তার দিগন্তই দেখা যায় না আর। চাকায়-কংক্রিটে- আলোয়-বিজ্ঞাপনে-পার্টিতে ভরে গিয়েছে তার শরীর। মনের বসন্ত কি একটুও মনখারাপ করেনি তাতে? কিন্তু আজ এত দিন পর বসন্তকে নিয়ে একটা কবিতা লিখতে গিয়ে এই যে তৃতীয় স্তবকে এসে থমকে গেলাম আমি, সে কি কেবল জানালার বাইরে চোখ চলে যাওয়ার জন্য? নাকি মাথার মধ্যে কোথাও এই প্রশ্নও দেখা দিয়েছে— আমি আজকের সময়টাকে, আজকের ছেলেমেয়েদের বুঝতে ভুল করে ফেলছি না তো?

এ কথা তো অস্বীকার করার কোনও প্রয়োজন নেই যে একটা ভার্চুয়াল জগৎ তৈরি হয়েছে, এবং গত কয়েক বছরে তা রমরম করে ছড়িয়ে পড়েছে দূরে দূরে... বহু মানুষকে

একটা বিশাল মহাদেশের বাসিন্দা করে ফেলেছে দেখতে দেখতে। যে যত দূরেই থাক, তার বেঁচে থাকা কখনওই আরেক জনের থেকে খুব বেশি দূরে নয় যদি সে নিজের যাপনকে ভাগ করে নেয় পর্দায়।

নিউ ইয়র্কের একটা মেয়ের দৈনন্দিনের সঙ্গে নৈহাটির একটা ছেলের রোজনামচা মিশে যায় অনায়াসেই। এমনকী আমিও জেনে যাই, কোরিয়ায় গবেষণারত আমার কবিবন্ধু কী ভাবছে এখন। বা হায়দরাবাদে চাকরি করা আরেক কবিবন্ধু কোন কোন বই পড়ছে? সবই তাদের আপডেট থেকে জানা। আগে মনে হত এই আপডেশন-য়ের কি সত্যিই কোনও দরকার আছে? আমি কী ভাবছি বা কি পড়ছি বা এমনকী কোন অভিজ্ঞতার মধ্যে দিয়ে যাচ্ছি, তা অন্যদের জানিয়ে দেওয়া কি খুব জরুরি? এতে কি মানুষের প্রাইভেট স্পেস ক্ষতিগ্রস্থ হচ্ছে না? তার পর এক সময় মনে হয়েছে এই যে লেখালেখির চেষ্টা করি আমরা, সে-ও কি এক ধরনের আপডেশনই নয়? এই যে কবিতা লেখা, সে তো একান্ত ব্যক্তিগতকে প্রকাশ করে ফেলাই। তা হলে? তখন বুঝলাম আমার আপত্তিটা আসলে ভাগ করে নেওয়ায় নয়, আত্ম-বিজ্ঞাপনে এবং ব্যক্তিগত প্রর্দশনে। এই যে সারাক্ষণ নিজের এবং নিজের নিজের কাজ ও অকাজের তুমুল প্রচারে সোশ্যাল মিডিয়াকে ব্যবহার করা, এই যে প্রতি মুহূর্তে নিজেকে বিপণন করার একটা প্রাণপাত প্রচেষ্টা, এই যে দিনভর 'যা কিছু আজ ব্যক্তিগত'-র পণ্যায়ন, সেটাকে ঘিরে আমার অসুবিধে রয়েছে। একদিকে যেমন 'আমাকে দেখুন, কিনুন এবং ভোগ করুন'-এর নির্লজ্জ মাতামাতি, আরেক দিকে তেমনই দুরন্ত আদিখ্যেতা। 'পৈতের ঠিক আগে আমার মাসতুতো ভাই', 'রাঙাজেঠিমার ৩৫তম বিবাহবার্ষিকীর ফ্যাব ক্র্যাব' অথবা 'গুল্লু আজও টিফিন খায়নি' জাতীয় ক্যাপশন এবং ততোধিক অসামান্য সব ছবি। নিজের ছোট পরিসরের জীবনে ঘটে চলা প্রতি মুহূর্তের এই কমিক স্ট্রিপ কি সত্যি আমাদের আদত জীবন? জানি না। কিন্তু এ সবের বাইরেও সোশ্যাল মিডিয়ার যে বৃহত্তর ও সঠিক ব্যবহার, সেটা কিন্তু মন্দ নয়। নিজের সময় ও তাকে ঘিরে ভাবনাচিন্তাকে একটা বড় পরিসরে অন্যদের সঙ্গে ভাগ করে নেওয়া, বহুস্তরীয় প্ল্যাটফর্মে ডিসকোর্স এবং ডায়ালগের একটা বারান্দা খুলে দেওয়া—ভালোই তো! তাই শেষমেশ ভাগ বসাতে আমিও নিজের নাম এবং ছবিতে হাজির হলাম একটা সাইটে। ঢুকেই দেখি কমবয়সিদের ঝাঁক, ঠিক

কলেজ-করিডরের মতো। ঝলমলে, হুল্লোড়ে, টগবগে! তখনই প্রশ্নটা এল মাথায়— ভার্চুয়াল পৃথিবীতে কি তা হলে ভার্চুয়াল বসন্তও রয়েছে? এই দূর দূর অবধি বিছিয়ে থাকা নেট-পাড়ায় কি তা হলে বসন্তের আয়ু বাইরের পৃথিবীর চাইতে বেশি? চাইলেও তার ফতুয়ার খুঁট ধরে বেঁধে রাখা যায় পোস্টে আর ট্যুইটে? অনলাইন অঞ্জলির মতো ইন্টারনেট আবিরও কি চালু রয়েছে তবে? ২০ বছর আগেকার আমার মতোই আজ যাদের বয়স, তার কি বানিয়ে নিতে পেরেছে পলাশ আর কৃষ্ণচূড়ার চিরহরিৎ ফ্যানপেজ? আজ যারা যাদবপুর-প্রেসিডেন্সি-স্কটিশ-আশুতোষ, আজ যারা বাবুঘাট-মোহর কুঞ্জ-রবীন্দ্র সরোবর-নন্দন, আজ যারা রাজনীতি-রক ব্যান্ড-টি টোয়েন্টি-গ্রুপ থিয়েটার, তাদের বসন্ত এখন কোথায়?

'ভার্চুয়াল পৃথিবীতে সারা বছর কি বসন্তকে বেঁধে রাখা যায়?'—প্রশ্নটা মাথায় না রেখে পোস্ট করলাম। তারপর সারা দিনের অপেক্ষা। আমাদের পরের প্রজন্মের অনেকেই তার উত্তর দিলেন। শেষমেশ কুড়িয়ে বাড়িয়ে যতগুলো কমেন্ট পেলাম, তাতে কোনও একটা সিদ্ধান্তে আসা বেশ কঠিন। কেউ বলছেন, 'বসন্তের হাওয়া তো মনে লাগে...সোশ্যাল নেটওয়ার্কিং-য়ের ভার্চুয়াল পৃথিবীতে হাওয়া কি মনে লাগে?' আবার কেউ বলছেন, 'রাখাই যায়। কিন্তু তা হলে বর্ষা আসবে না ভেবে আমি শিহরিত হলাম।' কারও বক্তব্য, 'জানি না, তোমার পরের প্রজন্ম কতখানি বসন্ত বোঝে বা বেঁধে রাখতে পারে।' তবে দুই মেরুর দু'খানা উত্তর পেলাম আরও একটু পরে। খুব কমবয়সি একটি মেয়ে লিখল, 'বেঁধে হয়তো রাখা যাবে। তবে বোধহয় বাড়িতে সাজানো প্লাস্টিকের গাছের মতো। আর একটা প্রবাসী যুবতীর মতে, 'সোশ্যাল নেটওয়ার্ক তো একরকম ইচ্ছেঠাকরুনের দেশ। এখানে শীত চাইলে শীত, বসন্ত চাইলে বসন্ত। সব আমাদের হাত!' আমি পড়ে গেলাম ধাঁধায়। এরা তো একই প্রজন্মের দু'জন কমবয়সি মানুষ। অথচ দু'জন ভাবছেন একেবারে আলাদা রকম। হতেই পারে তা। কিন্তু তা হলে আমার মাথায় হঠাৎ গজিয়ে ওঠা এই খামখেয়ালি প্রশ্নের জুতসই উত্তর কি পাওয়াই হবে না শেষমেশ? তারপর মনে হল, এই দুটোই তো আসলে ঠিক উত্তর! এই তো সেই জায়গা, যেখানে কোথাও আমার হারিয়ে যাওয়ার নেই মানা। তবে হ্যাঁ, মনে মনে। তাই শীত চাইলেই শীত, বসন্ত মনে হলেই বসন্ত। সেই বসন্তের সব ঝাপটা বন্ধুদের সঙ্গে

ভাগ করে নিতে চাইলেই বা আটকাচ্ছে কে? আবার এও ঠিক, কম দিনের অতিথি হলেও আজকের ছেলেমেয়েরা বসন্তকে এখনও পিঁড়ি পেতে আদরযত্ন করতে চায়। ভার্চুয়ালি সাজিয়ে রাখা বসন্তের বাইরে গিয়ে লাগামছাড়া হাওয়ার সামনে সাহসী বুক পেতে দাঁড়াতে চায়। এক সন্ধের জন্য হলেও নিজের সুতো ছেড়ে দিতে চায় সুগন্ধের মুঠোয়। আজকের প্রায়-চল্লিশ আমি যেমন নেট-পাড়ায় নিজের ঠিকানা খুলেছি, তেমনই আজকের এই কুড়ি-বাইশের দল চার দিনের বসন্তে সত্যিকারের ভাগ বসাচ্ছে, কেবল লাইক আর শেয়ারের বাইরে বেরিয়ে। সুতরাং বদল যতই হোক, জয় শেষমেশ বসন্তেরই। নিজেকে এ কথা বললাম বটে, কিন্তু এ-ও বুঝলাম সিদ্ধান্তটা একটু নড়বড়েই হয়ে গেল। মোদ্দা কথা, আমার মনের মতো হল না। আক্ষেপটা হয়তো থেকেই যেত, যদি না বেশ কিছুক্ষণ পর বিশ্ববিদ্যালয়ের এক ঝলমলে ছাত্রী আমায় লিখিত, 'বসন্ত মনে। আর কোথাও তাকে আটকে রাখা যায় না। তাই বসন্ত সারা বছর।' এইটাই তো আমার মনের মতো উত্তর! আমিও বসন্তের অলিগলি ঘুরে ঠিক এই মোড়েই এসে দাঁড়াতে চাইছিলাম। যতই কলকাতার ধুলোময় আকাশরেখা ফিরিয়ে দিক বসন্তকে, যতই ভার্চুয়াল পৃথিবীর দেওয়াল ভরে যাক চৈত্রলিখনে, আসল বসন্ত তো ভেতরেই থাকার কথা। কেবল বছরের ওই কয়েকটা দিনই নয়, জীবনের যে কোনও ভালো থাকার নাম যদি দিই বসন্ত...সে তো আমাদের ভেতরেই। আমি আবার জানলা থেকে চোখ ফিরিয়ে আনি খাতার পাতায়। কেন কে জানে, মনে পড়ে যায় এক চিরযুবকের কথা। দোলে তার সঙ্গে শান্তিনিকেতনে গিয়েছি কত বার। আবির মেখে ভূত হয়ে যাওয়া সেই যুবককে আজও দেখতে পাই আমি...জীবনের সব গ্রীষ্ম-শীতের ঊর্ধ্বে উঠে তার গায়ে সারাক্ষণ সেঁটে থাকত বসন্তরং ফতুয়া...ওই তো, শান্তিনিকেতনের বাড়ির বারান্দায় বসে দোলের ছমছমে রূপোলি রাতে খোলা গলায় গান ধরেছে সেই যুবক, 'আজ জ্যোৎস্না রাতে সবাই গেছে বনে'...তাকে তো আমি একটু হলেও দেখেছি। কোনও খ্যাতি, কোনও বিপণন, কোনও ব্যস্ততা তার সবুজ কেড়ে নিতে পারেনি।

সারা জীবন তরুণতম প্রজন্মের প্রতিনিধিত্ব করে গেলেন সেই চির-সাতাশ নীললোহিত...তাঁর মতো কি হতে পারব কখনও আমরা কেউ? পারলে কিন্তু ভালো হত

খুব। একদিন-দু'দিন নয়, বারোমাসই বসন্তের হাওয়ায় মুখ ডুবিয়ে থাকা যেত বেশ। কে জানে কেন, এ কথা মনে হওয়ার পরেই পেয়ে গেলাম থমকে থাকা কবিতার শেষ স্তবকটা—

যদিও এখানে ভালোই লাগছে বেশ,
কৃষ্ণচূড়ায় ভরে গেছে চারপাশ...
মুখের আড়ালে লুকিয়ে রেখেছি ফেস—
বুকের ভেতরে বসন্ত বারোমাস!

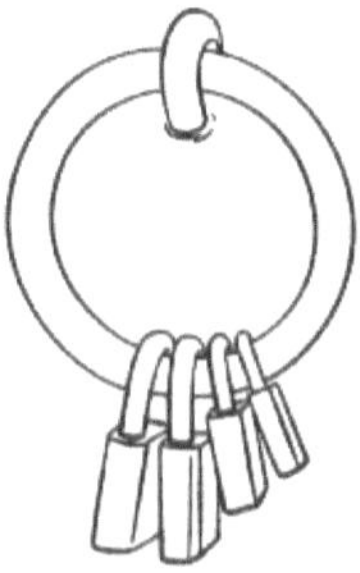

শুধু রাত থাকবে

শীতের শুরু যদি বলি, তো বলব ফিল্ম ফেস্টিভ্যাল। শেষ যদি বলি, বইমেলা। কিন্তু বছর কুড়ি আগে এ সবের আঁচ তো লাগেনি গায়ে, তখন কমলালেবুর খোসার গন্ধই ছিল প্রেমিকা। এক দুপুর চিড়িয়াখানা, এক সন্ধে সার্কাস, এক রোববার পিকনিক আর এন্তার পাড়া ক্রিকেট। এই তো মোদ্দা শীত। রুশদেশের রূপকথায় আয়েশ করে মুখ ডুবিয়ে থাকা একটা ছোট্ট ছেলের কাছে শীতকালে তার পাড়াটাই হয়ে উঠত রুশদেশ, যেখানে তার সঙ্গে খেলতে আসা বন্ধুদের নাম হয়ে যেত ইভান, তাতিয়ানা, সেরগেই বা মানিউশকা। তারপর, আমরা জানি, সব রাশিয়াই একদিন ভেঙে যায়। নামগুলো উপকথা থেকে ছিটকে অনেক দূরে গিয়ে পড়ে... কুড়িয়ে আনা যায় না...শুধু এক-ই মাসে এক-ই তারিখ বছরের পর বছর আঘাত হয়ে ফিরে আসতে থাকে। এ বারও তো এসে গেছে। ক্লান্ত, বুড়ো রাজার মতো শীত চুপচাপ ঢুকে এসেছে কলকাতায়। সঙ্গে কিছু নতুন ফ্লাইওভার, গোটাকয়েক মেলা আর শাহরুখ খানের দুটো তাজা ছবি। আর হ্যাঁ, শীতের সবচেয়ে বড় উপহার। বড়দিন।

বড়দিন ছিল আমার ছোটবেলায়। একটু বেশিই বড় ছিল, কারণ সে দিন আমার মায়েরও জন্মদিন। ছোট থেকেই তাই যিশুকে খুব ভাল্লাগত। মায়ের সঙ্গে একই দিনে জন্মদিন যার, সে তো ঘরেরই লোক। মনে আছে, আগের বাড়িতে থাকতে, মা'র ঘরটা জানালা বন্ধ করলেই বেশ অন্ধকার, মা লেপ টেনে ঘুমোত অনেক বেলা অবধি (এখনও ঘুমোয়), আমি মা'র মশারির ওপর কখনও লতা মঙ্গেশকরের ক্যাসেট, কখনও ছোটগল্প সংকলন, আবার কখনও

এক সেট রুমাল ফেলে রাখতাম। মায়েরই টাকায় কেনা, তবু, অদ্ভুত আনন্দ হত। নিজেরও কপালে জুটত উপহার। ভোর-ভোর বালিশের তলা থেকে বেরোত ক্যাডবেরি, ডিউস বল, টিনটিনের বই। কে দিত এ সব? কেন? সান্তাক্লস? সেই বুড়ো লোকটা, যার কাজই হল পৃথিবীর সব বাচ্চাদের খুশি করে দেওয়া। না, ঠিক সব বাচ্চাদের নয়, যারা শোওয়ার সময় মাথায় বালিশ পায় শুধু তাদের। যাদের বালিশ নেই, তাদের জন্য উপহারও নেই। কারণ কীসের নীচে সে লুকিয়ে রেখে যাবে ছোট ছোট খুশির খেলনা? তাই পৃথিবীর অনেক অনেক বাচ্চা ছেলেমেয়ে সান্তাক্লসকে চেনেও না।

যদিও আমরা, মধ্যবিত্ত বাঙালি সমাজ, খুব চিনেছি তাকে। ও মা, এ তো রবিঠাকুরের যমজ ভাই, বিদেশে সেটল্‌ড। ছোটবেলায় দু'ভাই কুম্ভমেলায় হারিয়ে গেছিল। বড় হয়ে এক জন হল রবিঠাকুর, আর এক জন সান্তাক্লস। হুবহু সেই দাড়ি, সেই আলখাল্লা, আহা। তাই বড়দিন আমাদের প্রাণের উৎসব। শীতকালের পঁচিশে বৈশাখ।

বড় হয়েছি যত, আমার বড়দিনও পাল্টে গেছে। দেখেছি ঝাঁকে ঝাঁকে কার্ড কী ভাবে বিক্রি হয়ে যায়, আর একটু বেশি উৎসাহী মানুষ ক্রিসমাস ট্রি কিনে রিক্সায় চেপে ঘরে ফেরে লক্ষ্মী ঠাকুর কিনে ফেরার মতোই। দেখেছি কমবয়েসি ছেলেমেয়েরা গা ঘেঁষাঘেঁষি করে গিটার আর গান নিয়ে ঠান্ডা পোহাচ্ছে, যেন বান্ধবীকে জানতে না দিয়েই তার সোয়েটার থেকে হাতে তুলে নেবে আশ্চর্য কোনও নকশা... দেখেছি দু-তিন মাসের জন্য এই গরমের দেশেও কী জনপ্রিয় হয়ে উঠছে এসপ্রেসো। তারপর মধ্য কলকাতা শিখেছি। যেখানে শীতের টুকিটাকি আড্ডায় জমে উঠছে ছোট ছোট রেস্তোরাঁগুলো, নরম কেকের তপ্ত গন্ধে ম ম করছে চওড়া পিঠের রাস্তারা, রাত হলে আলোয় আলোয় সাজিয়ে দেওয়া শহরের বুকের বাঁ দিকে হঠাৎ উপচে পড়ছে মানুষজন, তাদের খুশিতে ধাক্কা লেগে বাড়িঘর নড়ছে, আরেকটু বেশি রাতে হাল্কা হাল্কা টলতে শুরু করছে হিংসুটে হোটেলগুলো... সেই মুহূর্তে পার্ক স্ট্রিটের উপর দিয়ে কোনও প্লেন উড়ে গেলে নীচে তাকিয়ে যাত্রীরা ভাববে, গায়ে আগুন লাগা জায়ান্ট টারানটুলা আস্তে আস্তে নড়ছে... আর এই এত সবের ঠিক মাঝখানে খুশির অজুহাত হয়ে, মস্তির বাহানা হয়ে কাকাতাড়ুয়ার মতো দাঁড়িয়ে আছে একটা দিন। বড়দিন।

তা হলে শুধু একটা জিনিসই বাকি থেকে গেল আমাদের বড়দিনে। হ্যাঁ। বরফ। দেখতে দেখতে এতগুলো ফ্লাইওভার মাফলারের মতো জড়িয়ে গেছে শহরের গলায়, এতগুলো

ঝকমকে মার্কেট, এত বড় বড় হাইরাইজ হয়ে গেছে... কিন্তু বরফ পড়ার কোনও ব্যবস্থা করা হয়নি। ছোট বরফ বলতে আমরা বুঝি আইস কিউব, যা মদের গেলাসে গল্পের লেজঝাপটা খেয়ে এ দিক ও দিক টুংটাং করে বেড়ায়, মাঝারি বরফ... যার উপর মাছওয়ালা মাছ রাখে, আর শ্রেষ্ঠ, সিনিয়র বরফ, কারও মহাপ্রয়াণ হলে তাঁর মরদেহ সেই বিরাটাকার বরফের উপর শুইয়ে রাখা হয় লাগাতার শ্রদ্ধা সংগ্রহের জন্য। কিন্তু সেই চার্চবেল, পপলারের সারি আর বল্গা হরিণের কাহিনিওয়ালা ঝিরঝিরে, শান্ত, বিষণ্ণ বরফ কবে ঝরে ঝরে পড়বে এই ধুলোর কলকাতায়? হয়তো সেই দিনও আর বেশি দূরে নেই...

ছোট ক্লাসে পড়েছিলাম, ২২ ডিসেম্বর, এই গোলার্ধের দীর্ঘতম রাত। ভেবে মজা লাগত, তার দু'দিন পরই বড়দিন। দীর্ঘতম রাতকে বুড়ো আঙুল দেখাবার একটা জুতসই অজুহাত পেতাম। এখন মনে হয়, আর কত কত দিন পাশাপাশি বসে থাকবে এই ঝলমলে বৈপরীত্য? সূর্য নাকি নিভে যাবে একদিন, নিন্দুকেরা বলে। শুনেছি, আর কখনও শেষ না হওয়া রাত ছাউনি ফেলবে পৃথিবীতে। সত্যি সত্যি দীর্ঘতম রাত কাকে বলে, তখন বোঝা যাবে। হাজার হাজার, লক্ষ লক্ষ মাইল লম্বা সে রাত পেরোতে পেরোতে গাছপালা, পশুপাখি আর মানুষ ক্লান্ত হয়ে ফুরিয়ে যাবে। জন্মাবে না আর। আস্তে আস্তে গোটা পৃথিবীটা বরফের তলায় চলে যাবে। নয়তো জলের নীচে। কবিতা-প্রেম-গান-ভোট-শত্রুতা-হোটেল কিচ্ছু থাকবে না। শুধু বরফে গেঁথে যাওয়া বা জলে ভেসে থাকা অগণন আধভাঙা ফোকলা টিভি-তে মাঝেমধ্যে খরখর করে উঠবে অবুঝ কোনও উপগ্রহ থেকে পাঠানো মেগা সিরিয়াল... আর পৃথিবী দখল করে নেবে কোটি কোটি আরশোলা। সকলের প্রতিনিধি হয়ে শুধু এ দুটোই টিকে থাকবে অনন্তকাল। অনন্তকালই থাকবে শুধু। গ্রীষ্মকাল, শীতকাল... থাকবে না। তাই বড়দিন থাকবে না আর।

শুধু রাত থাকবে। বড় একটা রাত। বিরাট।

বসন্ত এসে গেছে

একটা হাওয়া ছিল, যার নাম আমি রাখতে পারিনি কোনও দিন। নাম রাখতে গেলে তো বুঝতে হয় তাকে, সেই বোঝাটা হয়ে ওঠার আগেই সে দিব্যি পালিয়ে যেত। কেননা সে ছিল বসন্তের হাওয়া। খুব বেশি দিন এক জায়গায় তার থাকবার কথা নয়। কেবল এইটুকু বুঝতাম, সে এলে সব কিছু ওলটপালট হয়ে যেতে পারে এক লহমায়। পাহাড়ি ঝর্না যেমন ভাসিয়ে নিয়ে যাবার মুহূর্তটুকুও টের পেতে দেয় না, ঠিক তেমনই সে পলক ফেলবার আগেই আমাকে নিয়ে চলে যেতে পারে বুকের চিনচিন ব্যথা আর টিমটিম আলোর পাশে, যেসব রাস্তা আমি এড়িয়ে চলেছি সারা বছর।

ভেসে যাবার মুহূর্তটায় আর কিছু করবার থাকে না ঠিকই, কিন্তু এও ঠিক, শীত কমতে থাকাকালীন আশ্চর্য সেই হাওয়ার অপেক্ষা শুরু হয়ে যেত ভেতর ভেতর। আমাদের কম বয়সে কলকাতায় ভালোই শীত পড়ত, তার ওপর আমার জ্বরজারির ধাত। অতএব আপাদমস্তক মুড়ি দিয়ে রাস্তার বেরনোটাই ভবিতব্য ছিল। সে একরকমের বন্দিদশাই। তাই শীত পেরিয়ে বসন্ত এলে আমি স্বাধীনতার স্বাদ আর গন্ধ পেতাম। সমস্ত ধড়াচুড়ো ছেড়ে ফিনফিনে একখানা ফতুয়া পরে পাড়া চষে বেড়ানোর স্বাধীনতা। বাড়িতে ফিরে রেগুলেটর ২-এ দিয়ে ফ্যান চালানোর স্বাধীনতা। এবিটিএ-র টেস্ট পেপারকে নেহাত বসন্তের তাচ্ছিল্যে সল্‌ভ করার স্বাধীনতা। আর হ্যাঁ, তার বাড়ির গলির অশেপাশে বুক চিতিয়ে হেঁটে বেড়ানোর স্বাধীনতাও বইকি।

ওই মাথাখারাপ-হাওয়াই আমার কানে কানে দুঃসাহসের মন্তর দিত। ঝিরঝিরে বসন্তের ওই পাগল হাওয়াই আমাকে ছুটিয়ে মারত। আমি রোজ সন্ধেবেলা অটো ধরতাম, সাড়ে তিন টাকা ভাড়া দিয়ে নামতাম স্বপ্নের পরের স্টপেজে। তখন অবশ্য জানি না, পুরো রাস্তাটাই ঘুমিয়ে পড়বে একদিন, যে-শীতঘুম আর কখনও ভাঙবে না। জয় গোস্বামী তাঁর কবিতায় একবার লিখেছিলেন, 'ছোট ছোট বাড়ি, একতলা পাড়া / ভোরবেলা বাবা ডিউটিতে গেলে / বাড়িতে মায়ের কোমল পাহারা'। পাহারা'র আগে কোমল বসানোর জাদু জয়ই জানেন কেবল। সেই জাদু আমি তখন চোখে দেখতে পেতাম। তখনও এত আলো ঝলমলে হয়ে ওঠেনি মধ্যবিত্ত কলকাতা। তখনও লোডশেডিং ছিল ছোট ছোট পাড়াদের অলংকার। তার পাড়াটাও ছিল ঠিক তেমনই। ছোট ছোট একতলা বাড়ি দিয়ে সাজানো মধ্যবিত্ত ঝুলন, যার সন্ধেবেলার নাম বিনুনি। আর তার বাড়িতেও মায়ের কোমল পাহারাই থাকত সারাক্ষণ। আমরা তার মাকে একটু সমঝেই চলতাম। সেইসঙ্গে ইঞ্জিনিয়ারিং-পড়া তার গম্ভীর দাদাটিকেও। কিন্তু পরিখা বা পরীক্ষা, প্রেম কোনও কিছু দিয়েই আটকানো যায় না। তাই আমার অন্তত কয়েকখানা বসন্ত ছদ্মবেশী রাখাল সেজে সেই পাড়ার মাঠেঘাটেই কেটে গেছিল।

সেই ছোট বয়েসে, প্রেমে পড়া আর প্রেমে পড়ে থাকাকেই এত অনিবার্য সুন্দর আর রহস্যময় মনে হত আমার যে, প্রেমিকা পাত্তা দিচ্ছে কি দিচ্ছে না, সে নিয়ে কমই ভাবতাম। অবশ্য আমাকে যে কোনও মেয়েই বিশেষ পাত্তা দেবে না, এ আত্মবিশ্বাস আমার বরাবরই ছিল। কিন্তু আমি তো পাত্তা দিচ্ছি তার আধখোলা জানলাকে, বসন্তের হাওয়ায় উড়তে থাকা গোলাপি সুতির পর্দাকে, জানলার ওপাশে চেয়ারে বসে মাথা নীচু করে তার অঙ্ক কষাকে। আর হঠাৎ ক্যালকুলাসে ভুল হলে চুল সরিয়ে জানলার বাইরে তাকানোকেও। এই সবই তো ধরা থাকছে আমার বসন্তের কবিতার পাতায় পাতায়। এই সবই তো আমার চেনা বানানগুলো ভেঙে দিচ্ছে বারবার। এই সবই তো সেই স্বপ্নের অন্তর্গত, যার ডাকনাম বাসন্তী।

এই যে আমি আমার কথাই বলে চলেছি এতক্ষণ, এ আসলে আমাদের সক্কলের কথা। আমরা বন্ধু-বান্ধবীরা ওই ক্যালকুলাসের রাফ খাতায় কত যে গোপন চিঠি লিখেছি, তার কোনও ইয়ত্তা নেই। প্রেয়ারের জাফরি কাটা বারান্দায় কত খোলা পিঠের রোদ্দুর যে আমাদের চোখ অন্ধ করে দিয়েছে, তার হিসেব কে রাখবে? গার্জেন কল-এর পরের পিরিয়ডে কত

ঠান্ডা হাত আমাদের জলপট্টি পরিয়েছে, তা কি আর মনে আছে? এসবের মধ্যেও কিছু পিঠে আমরা নাম লিখেছি, কিছু হাতে গুঁজে দিয়েছি ভুল বানানোর চিঠি, কিছু ইউনিফর্মের আঁচলে নির্দ্বিধায় মুছেছি ঘেমো কপাল। যে-কপাল আদতে পোড়াই ছিল গোড়া থেকে।

তখন কিন্তু পলাশ ফুটত খুব। হাওয়ার সঙ্গে পাল্লা দিয়ে সে ছোটাত তার রঙের জেল্লা। ফুলের যে কতখানি আগুন থাকতে পারে, পলাশ না থাকলে আমরা কি তা বুঝতাম? প্রতি বসন্তের পলাশের রুটম্যাপ আমাদের ঠোঁটস্থ ছিল। ঠোঁটে আগুন না নিতে পারলে প্রেমিকজন্ম বৃথা যে! তাই আগুনের ওপর দিয়ে হেঁটে যাওয়ার শখ আমরা মিটিয়ে নিতাম পলাশের দৌলতে। একেকটা রাস্তায় পলাশ পড়ে থাকত অগুনতি। দূর থেকে দেখে মনে হত রাস্তায় কেউ আগুন ঢেলে দিয়েছে। কাছে গেলে বুঝতাম আগুনের রাস্তাটা আসলে বুকের ভেতর দিয়ে শর্টকাট করেছে। আগে বুঝতে পারিনি।

কত কত স্কুলফেরত বসন্তের হু হু বিকেলবেলা পলাশের বিলাসিতা কুড়িয়ে নিতে নিতেই বাড়ি ফিরেছি। একটু না হয় ঘুরপথই হবে, কিন্তু সেই অছিলায় তার সঙ্গে সঙ্গে থাকা তো হবে আরেকটুক্ষণ। কোনও কোনও দিন তার মর্জি হলে, মেজাজ ভালো থাকলে দু'একটা পলাশফুলের সুযোগ জুটে গেছে তার ছোট্ট খোঁপায় হাজিরা দেবার। আর সেইসব অভিজাত গাছের নীচে দাঁড়িয়ে আমরা একটা করে লাল চা খেয়েছি, সঙ্গে মিঠে আঠার প্রজাপতি বিস্কুট।

তখন সবে সন্ধে নামছে। হাওয়াটা আমাকে ঠেলে তার এত কাছে নিয়ে যাচ্ছে যে একটু পরে জড়িয়ে ধরা ছাড়া উপায় থাকবে না আর। কিন্তু ওই ঝড়ের মুখে ঠোঁটকে কেবল চায়ের চুমুকে আটকে রাখাটাই তো প্রেমিকের শিল্প, শিল্পীর সংযম। তখন, ঠিক তখন যে-হাওয়াটা দিত, পরে বুঝেছি, রবীন্দ্রনাথ ঠিক সেই হাওয়াটার কথাই লিখে গিয়েছেন তাঁর গানে। ওই যে, যেখানে লিখছেন, 'ফাগুন করিছে হা হা ফুলের বনে'...আমি তো দেখেছি সেই ফুলের বন! সেসব অস্থির হয়ে ওঠা অপারগ ফাগুনকেও আমি দেখেছি তো। তখন গানটা শুনে ভাবতাম, এমন চমৎকার একখানা প্রেমের গানে দুম করে 'হা হা' কথাটা লিখে বসলেন কেন রবীন্দ্রনাথ? এখন, এই চল্লিশে এসে বুঝি, হাওয়ার ওই অস্থিরতার পাগলামোকে 'হা হা' ছাড়া আর কোনও ভাবেই বোঝানো যেত না। হাওয়া দিত ফুলের বনে আর সত্যি সত্যিই বুকের ভেতরটা হা হা করে উঠত। ঠিক যেমন এর আগের লাইনেই উনি লিখছেন, 'বিধুর বিকল

হয়ে খ্যাপা পবনে'। বিধুর আর বিকল-কে পাশাপাশি বসাতে গেলে একজন মানুষকে রবীন্দ্রনাথ হতে হয়। আর ফাগুনের পবন? তাকে খ্যাপা ছাড়া আর কীই বা আখ্যা দেওয়া যায়? আমাদের সক্কলের বসন্তের বিকেলবেলার চিনচিন বুকের বাঁদিকে ওই দুটো লাইনেই বেঁধে দিয়ে গিয়েছেন চিরপ্রেমিক রবীন্দ্রনাথ।

আমাদের সেইসব ফুল কুড়নোর রাস্তার শেষ মোড় ছিল দোল। ঠিক দোল নয়, দোলের আগের দিন। তখনও বাতাসে একটা শিরশির রোমাঞ্চ ডাক দিচ্ছে, তখনও রুমালগুলো ভেজা ভেজা। দোলে তো ছুটি থাকবে স্কুল, তাই আগের দিন স্কুল ছুটির পর প্রাণের শখ মিটিয়ে স্কুলের মাঠে দোল খেলে নেওয়া। এখনও নিশ্চয়ই সব স্কুলেই হয় এমনটা। আর ওই একটা দিনই আনমনা অধিকার এনে দেয়, নির্দ্বিধায় তার দূরতম গাল আর কপালে হাত ছোঁয়ানোর। এই রাজকীয় অথচ রাখালিয়া সুযোগ কেবল বসন্তই দিতে পারে প্রেমিককে, আর কেউ না।

আমি অবশ্য আবিরে একটু ভয়ই পেতাম, কিন্তু ওই একটি দিন সুযোগ নিতাম অজুহাতের। জানি না, বাড়ি ফিরে আর পাঁচজন বন্ধুর থেকে আমার ছোঁয়াকে আলাদা করে মনে করতে পারত কিনা সে। পারার কোনও কারণ ছিল না যদিও। আমি গোড়া থেকেই জানতাম, বসন্তের সেই ছদ্মবেশী পাড়া আসলে মিথ্যে ছিল। মিথ্যে ছিল আমার সেই জানলার বাইরে দাঁড়িয়ে থাকা। মিথ্যে ছিল আমার একফোঁটা আশা যে সে একদিন হলেও চিঠির উত্তর নিয়ে এসে দাঁড়াবে সামনে, নিজেই আমার সমস্ত চিঠির উত্তর হয়ে। সত্যি ছিল কেবল খ্যাপা পবনের সেই বসন্ত, যে পরিযায়ী পাখির মতো প্রতি বছর ঠিক ওই সময় আমাদের পাড়ার রাস্তা চিনে এসে পড়ত, আর আমাকে টানতে টানতে বার করত ঘর থেকে। সত্যি ছিল সেই পলাশে ছেয়ে থাকা রাজপথ, যা কোনও দুঃখের তোয়াক্কা করত না কোনও দিন। আর সত্যি ছিল ক্যালকুলাসের সেই মিলতে-না-চাওয়া অঙ্কটা, যে সাক্ষী ছিল এই সমস্ত কিছুর।

তারপর কেটে গেছে অনেকগুলো দিন। এখন বুঝতে পারি, বিস্কুট বিস্কুটই। তার প্রজাপতি সাজা মানায় না। সুমন গেয়েছিলেন, 'চল্লিশ পেরোলেই চালশে'। আমার ৩৭ থেকেই সব ঝাপসা। কাছেরও, দূরেরও। আর সে জন্যে যে-চশমা পরতে হয়, তার লেন্সের নাম প্রগ্রেসিভ'। দৃষ্টির প্রগতিশীলতার এর চাইতে ভালো উদাহরণ আর কীই বা হতে পারে।

এখন আমাদের সেলিমপুরের বাড়ির বারান্দায় দাঁড়ালে দূরে টিমটিম করে হাইরাইজের

উষ্ণ আলো। এবার ফেব্রুয়ারি'র শেষে বসন্তের তাপমাত্রাও ছিল সেই ৩৭। বসন্তেরও কি তাহলে চালশে পড়ল চোখে? কে জানে। কেবল এটুকু বুঝতে পারি, এই চল্লিশের ঝাপসা বসন্তে পলাশের চেয়ে লাশ চোখে পড়ে বেশি। দূরের রাস্তায় বিছিয়ে থাকা সেই আগুনকে কাছে গেলে চিনতে পারি, টাটকা রক্তের ছোপ হিসেবে। কিন্তু তা বলে কি নতুন করে পাগল হচ্ছে না কেউ? উচ্চ মাধ্যমিক বাজি রাখছে না সন্ধেবেলার একটা গলির কাছে? টুকরো চিঠির জুয়ার হাত পাকাচ্ছে না আস্তে আস্তে? ডুবন্ত জাহাজের রেলিং ধরে হাওয়ার সামনে বুক চিতিয়ে চিৎকার করে বলছে না, 'আমি ভালোবাসি তোমাকে'? বলছে। আর বলছে বলেই আজও কিছু জানলা খোলা, যাদের ডাকনাম বসন্ত।

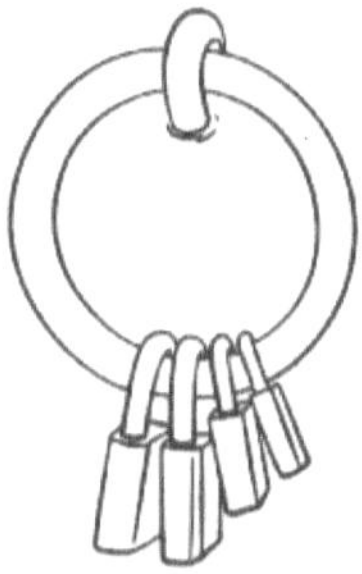

বাস স্টপ-এ তিন মিনিট

'ব্যাপারটা ঠিক তা নয় জানো, আসলে কখনও এতটা অবসর পাইনি।' মেঘ সরে গেছে একটু আগে, হালকা বৃষ্টির ছাটের পর এক-চাদর কুয়াশা ছড়িয়ে ছিটিয়ে আছে এদিক-ওদিক। কফিতে ছোট্ট একটা চুমুক দিয়ে কথাটা বললেন মল্লিকাদি।

পাথরের ওপর নামিয়ে রাখা কাপটার থেকে ধোঁয়া উঠে মিশে যাচ্ছে কুয়াশায়। কোনটা ধোঁয়া, কোনটা কুয়াশা, আলাদা করে চেনা যাচ্ছে না তখন আর। 'লিখছেন?' আলতো করে জানতে চাইলাম আমি।

কিছুক্ষণ চুপ করে থেকে বললেন, 'লিখব বলে ভাবছি। আগে তো সময় মেনে চলতে হত, ঘড়ির কাঁটা সারাক্ষণ মনে করিয়ে দিত, ফুরিয়ে আসছে সময়। যা করার, সব তাড়াতাড়ি করে ফেলতে হবে। মনে হত, ইশ, আজ দুপুরটাও গড়িয়ে গেল, আরও একটা কবিতা যদি লেখা যেত...কিন্তু এখন তো তাড়া নেই কোনও, ভাবছি লিখব।'

মল্লিকাদির গলায় অল্প ক্লান্তির সঙ্গে অনেকখানি নিস্পৃহতা মিশে। অল্প ধোঁয়ার সঙ্গে অনেকখানি কুয়াশা যেমন। পাহাড়ে বেড়াতে এসেছি আমি, নাকি পাহাড় বেড়াতে এসেছে আমার ঘুমের ভেতর, এই দৃশ্য ঠিক কোথাকার, ঠাহর হচ্ছে না। সামনে নীলচে বাদামি খাদ, ওপারে আবছা পাহাড়ের চুড়ো। চড়াইয়ের পথের বাঁকে হঠাৎ দেখা। খুব সাধারণ পোশাকে একলা চুপচাপ একটা টিলায় হেলান দিয়ে বসে আছেন। কপালের সেই বড় টিপটা আছে। সারাটা দুপুর টিপটিপ বৃষ্টি হয়েছে, একটু শীত শীত করছে আমার। কফি দেখলাম তৈরিই

ছিল, আমার দিকে একটা কাপ এগিয়ে দিলেন, যেমন দিতেন বরাবর। চুমুক দিয়ে জানতে চাইলাম, 'কী করছেন আপাতত?'

'বিশ্রাম।' মল্লিকাদি'র চোখদুটো বন্ধ হয়ে থাকল কিছুক্ষণ। তারপর বললেন, 'জানো তো, আজ সন্ধেবেলা কোথাও যাওয়ার নেই আমার। কোনও কবিসভা, কোনও টক শো বা কোনও পার্টি, কোথাও যাওয়ার নেই। কোনও সন্ধেতেই যাওয়ার নেই আর। কোনও সকালবেলায় কলেজ যাওয়া নেই আর, দুপুরে ডাক্তার দেখাতে যাওয়ার নেই, আর কখনও কোথাও যাওয়ার নেই আমার।'

'ভালো লাগছে এভাবে?' জিগ্যেস করলাম।

বললেন, 'এমনটাই তো চাইতাম। মাথায় একটার পর একটা লাইন আসতে থাকত যখন, ধাক্কা মারতে থাকত, আমি হয়তো কোনও চ্যানেল-এর ফ্লোরে তর্ক করছি, হয়তো ক্লাস নিচ্ছি কলেজে, বা হয়তো প্রিয় ওয়াইনের গ্লাস হাতে হেসে কথা বলছি কোনও দূরবন্ধুর সঙ্গে। কিন্তু সারাক্ষণ ভাবছি, ইশ, এই লাইনগুলো লিখে ফেলার সুযোগ কি কেউ দেবে না আমায়? এই এত এত অপ্রয়োজনীয়তার ভিড়ে আমার সবচাইতে প্রয়োজনের লেখালেখির কি জায়গা নেই তাহলে? এক চিলতে রাত ফাঁক করে সেই কখন লেখার টেবিলে পৌঁছব, তবে? তবে লিখতে পারব? এই ভয়টা এখন চলে গেছে। ভালোই তো লাগছে। আমার আর আমার লেখালেখির মধ্যে কেউ নেই আর। কিচ্ছু নেই। এখানে দিব্যি আছি।'

স্মিত হাসলেন মল্লিকাদি, হাওয়া দিল একটু। মনে হল প্রশ্নটা করেই ফেলি। বললাম, 'এখানে মানে?'

আরেকটু হেসে বাচ্চাদের পড়া বুঝিয়ে দেবার মতো করে বললেন, 'মানে তোমার ঘুমের ভেতর। আগে তো একসঙ্গে অনেক জায়গায় থাকতে পারতাম না, এখন পারি। যারা আমাকে ভালোবেসেছে, ভালোবাসে, তাদের প্রত্যেকের ঘুমের ভেতর, স্বপ্নের কোনও এক কোণায় আছি আমি। তুমি যেমন পাহাড়ের স্বপ্নে পেয়ে গেলে আমায়, হয়তো সুবোধের ঝমঝম করতে থাকা স্বপ্নে দুপুরের ফাঁকা লোকালে কলকাতা আসছি আমি, হয়তো রোরোর স্বপ্নের ভেতর এখনও চলছে আমার টিফিন গুছিয়ে দেওয়া, বাবু আমাকে দেখছে কলেজস্ট্রিটের রাস্তাগুলোয় ঘুরে বেড়াতে। এভাবে বেশ কিছু মানুষের ছোট ছোট ঘুম সেলাই করে থেকে গেছি আমি। মন্দ কি।' আরেক কাপ কফি ঢাললেন মল্লিকাদি।

পাহাড়ে তখন সন্ধে নেমে আসছে, পরের বাঁকটাই কুয়াশায় ঢেকে গেছে। আমি কোথাও যাচ্ছিলাম, না ফিরছিলাম কোথাও থেকে, কিছুতেই মনে পড়ছে না। ঠান্ডা বেড়ে যাচ্ছে বেশ, শীতল, নিস্তব্ধ আইসিইউ-র মতো। কেবল মনিটরে পালস-এর বিপ-এর বদলে দূরে কোথাও অচেনা একটা পাখির ডাক। 'একা লাগছে না?' জানতে চাইলাম।

বললেন, 'হয়তো লাগছে, কিন্তু ভিড়ের মধ্যে থাকাও তো অনেক হল। আসলে কী জানো, এই এখানে, ঘুমগুলোর মধ্যে কোনও ঈর্ষা নেই, কুৎসা নেই, দৌড় নেই, ছোট পত্রিকা-বড় পত্রিকা নেই, ঠেস দেওয়া সম্পাদকীয় নেই, পুরস্কারের জন্যে ছুরি চমকানো নেই, যোগ্যতাকে গলা টিপে মেরে ফেলার হাস্যকর চেষ্টা নেই, যেসব অতি ছোটখাটো বিষয় নিয়ে বেশির ভাগ মানুষ সারাক্ষণ মেতে থাকে, তার কিছুই নেই এখানে। আছে কেবল অপেক্ষা। ভালোই তো।'

কলকাতায় হয়তো পুরোপুরি সন্ধে নেমে গেছে এতক্ষণে, ভাবলাম আমি। ট্র্যাফিকের বেপরোয়া ছুরিকাঁচিতে রোজকার মতো চিরে যাচ্ছে চেনা রাস্তাগুলো, আজও কেউ না কেউ বেলুন উড়িয়েছে, তার দাগ লেগে আছে কার্নিশে। আমার ঘুমের বাইরেটাই কি কলকাতা?

মল্লিকাদি জানতে চাইলেন, 'কফি নেবে আরেক কাপ?'

কুয়াশা অনেকটা এগিয়ে এসেছে, যেন শো শেষ করতে হবে, এমন ভাবে চতুর অথচ ক্লিশে হয়ে যাওয়া সাংবাদিকের মতো একখানা প্রশ্ন করলাম, 'কোনও আক্ষেপ?'

মল্লিকাদি দূরের দিকে তাকিয়েছিলেন, মুখ না ফিরিয়েই বললেন 'একটাই। রোরোর জন্যে একটা সোয়েটার বুনছি, কিছুতেই শেষ হতে চাইছে না। ও কি বড় হবে না?'

কুয়াশার চাদরটা আমার ওপর দিয়ে, ভেতর দিয়ে পেছন দিকে চলে গেল। সামনে সন্ধের কলকাতা। বাসের জন্যে দাঁড়িয়ে আছি। গরমকালেও শীত করছে। এক কাপ কফি হলে মন্দ হত না।

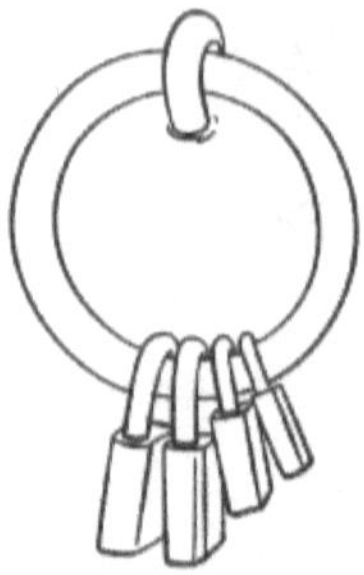

টাকিলা সানরাইজ

শেষমেশ খোঁটাটা তাহলে মাথা পেতে নিতেই হল। অবিশ্যি এ-খোঁটার উপযুক্ত আশ্রয় মাথাই বটে, অন্তত আমার ক্ষেত্রে। লোকে যে আড়ালে-আবডালে হাসিঠাট্টা করছে, শুভানুধ্যায়ীরা যে পিঠপিছে সকরুণ দৃষ্টি দিচ্ছে, এমন ধারণা আমার ছিলই। তবে কিনা, হ্যাঁ, মুখের ওপর জাহির করেনি কেউ কখনও। নেহাত আলটপকা প্রসঙ্গ উঠে এলে 'তোমাকে এইরকমই ভালো লাগছে' বা 'বাদ দাও তো, এটাই এখন ইন' বলে মোটামুটি ম্যানেজ করেছে। কিন্তু খোঁটাটা বিঁধল, যখন এই লেখাটার জন্যে ভাস্করের ফোনটা পেলাম। কেউ যখন কোনও লেখা চেয়ে ফোন করেন, বিশেষত খবরের কাগজ বা পত্রপত্রিকা থেকে, তখন কোনও না কোনও বিষয় তাঁদের আগে থেকেই ঠিক করা থাকে। বসন্ত থেকে লোকসভা, রবীন্দ্রনাথ থেকে শ্যাম্পেন—বিষয়ের রেঞ্জ নিঃসন্দেহে বিপুল। আর আমরা যারা ফোনের এপারে থাকি, তাঁদের অনেকেই ধরে নিই, সে-বিষয়ে নির্ঘাৎ দুর্দান্ত দখল এবং অভিজ্ঞতা আছে বলেই লেখাটার ফরমায়েশ করা হচ্ছে। দখল বা অভিজ্ঞতা থাকুক না থাকুক, কথাটা ভেবে একটা আত্মপ্রসাদ লাভ হয়। এই প্রথম, সবচাইতে নিবিড় অভিজ্ঞতার বিষয়টি নিয়ে লেখার ফরমায়েশ পেয়ে সেরকমটা মনে হয়নি। ফোনের ওপার থেকে 'আমাদের এবারের বিষয় ইন্দ্রলুপ্ত'—বলে থেমে রইল ভাস্কর। অর্থাৎ, এর বেশি আর কিছু কি বলার প্রয়োজন আছে? এ নিয়ে তোমার চাইতে বেশি আর কে-ই বা জানে? এই প্রথম, অথরিটি হওয়ার দুঃখ পেলাম। এবং সময়ের হাতে পাঠানো খোঁটাটি মাথা, থুড়ি, ইন্দ্রলুপ্ত পেতেই নিলাম অবশেষে।

'আজ সেই ঘরে এলায়ে পড়েছে ছবি/এমন ছিল না আষাঢ় শেষের বেলা'—বহু আগে শক্তি চট্টোপাধ্যায় এই দু'লাইনে আমার জন্যে সেরা সাফাইটি লিখে রেখে গেছেন। সত্যিই কিন্তু এমনটা ছিল না। লুপ্ত হওয়ার আগে ইন্দ্র ঢের দিন শাসন করেছিলেন। সেসব দিনকালের গুটিকয় সাক্ষী এখনও রয়েছে। স্কুলে থাকতে আমার মাথাভর্তি চুলের বেশ নামডাক ছিল। উচ্চতায় একটা লিমিটের পর বাড়তে পারিনি বলে চুলটাকে দেদার ছাড় দিয়ে রাখতাম। তাই বলে ঘাড় পেরিয়ে চুল নেমে আসাটা মোটেই পছন্দ ছিল না, কিন্তু সব মিলিয়ে মোটা মাথার যথাযোগ্য বহিঃপ্রকাশ করতে পারত আমার চুল। পকেটে রাখার অভ্যেস না থাকলেও, বাড়িতে একটা আস্ত চিরুনি আমার নামে বরাদ্দ ছিল, যা দিয়ে আমি নিয়মমাফিক চুল আঁচড়াতাম। আয়নার দিকে তাকিয়ে নিজেকে অক্ষয়কুমার মনে করার দুঃসাহস আমার কোনওদিনই ছিল না, তবে অচিরেই ক্ষয়কুমারে পরিণত হওয়াটা কিছুতেই আন্দাজ করতে পারিনি।

ব্যাপারটা বেশ এগোচ্ছিল, কিন্তু কলেজ থেকে পালিয়ে শহর ছেড়ে চলে যাওয়ার পরপরই চুল আর টাক একসঙ্গে পড়তে শুরু করে। কেউ কেউ হয়তো ভাবতেও পারত, মধ্যবিত্ত বাবা-মা'র স্বপ্নকে চুরমার করে দেওয়ার এই শাস্তিই ভগবান নির্ধারিত করে রেখেছিলেন—কিন্তু আমার ছোটখাটো চকচকে টাককে আমি অতখানি ঐশ্বরিক ভাবতে পারিনি কোনওদিন। বরং, মিথ্যে বলব না, প্রথম দিন থেকেই তাকে শরিক ভাবতে শুরু করেছিলাম। আমার কবিতা লেখার ব্যর্থ চেষ্টায়, আমার ফ্যা ফ্যা করে ঘুরে বেড়ানোয়, আমার চাকরি খোঁজার হার্ডল রেসের পাঁকে, আস্তে আস্তে বাড়তে থাকা টাককেই আমি শরিক ভাবতাম। কারণ এ এমন জিনিস, যে কোনওদিন, কোনও অবস্থাতেই ছেড়ে যাবে না। আর আমিও, একে ছাড়াতে পারব না চাইলেও। চাইতামও না অবশ্য। কেন কে জানে, ৩০ বছর বয়সে আসার আগেই আমার চোখে পড়ার মতো টাক পড়ে যাওয়া সত্ত্বেও, আমি মনখারাপ করিনি তাই নিয়ে। সে-বয়সের যে-কোনও ছেলের মাথায় তখন নতুন কবিতার মতো ফুটে ওঠা চুলের গুচ্ছ। কিন্তু সেসব দেখে হিংসে হয়নি কখনও। তার কারণ বোধহয় এই যে, জীবনের অন্যান্য এত বিষয়ে আমি পিছিয়ে ছিলাম এবং আজও আছি, একটা চকচকে টাক সেসবের তুলনায় নেহাত মামুলি ব্যাপার। আসলে তো আয়নার সঙ্গে নিজের বোঝাপড়া। সেখানে অস্বস্তি না থাকলেই হল। আর সত্যিকারের আয়নার সামনে যখন দাঁড়াই রোজ,

এত এত খামতি চোখে এসে আছড়ে পড়ে যে লুপ্তেন্দ্রিয় নিয়ে মাথা ঘামানোর অবকাশ থাকে না।

কিন্তু 'ফুলগুলো সব ঝরল, সে কি পাতার শোকেই?' আবার অবিস্মরণীয় শক্তি চট্টোপাধ্যায়। আক্ষেপ মাখানো এই প্রশ্ন আমি আর না করলেও, এই এত বছর পরেও আমার মা নিয়মিত করে থাকেন। 'সত্যি! তোর চুলগুলোর কী হল বল তো?' আমার বিএসসি পার্ট টু থেকে পালিয়ে যাওয়ার চেয়েও আমার মাথা থেকে চুলের পালিয়ে যাওয়া মাকে আলোড়িত করে বেশি। সত্যি বলতে কী, মাঝেমধ্যে কি আমিও ভাবিনি? এই যে কালে কালে একটা সুডৌল বারমুডা সার্কল তৈরি হয়েছে, একের পর এক চুল নিখোঁজ হয়ে যাচ্ছে যার অভিশপ্ত আওতায় এসে—কী রয়েছে এই রহস্যের কেন্দ্রে? উত্তর মেলে না।

স্কুলের শেষবেলায় বান্ধবীদের হাতে যথেষ্ট নিপীড়িত হয়েছি। ঘুঁষি, কিল, গাঁট্টা থেকে দেওয়ালে কলার ধরে ঠেসে দেওয়া পর্যন্ত। ইলেভন আর টুয়েলভ—ওই দু-বছরে মেয়েদের কমনীয়তা বিষয়ক যাবতীয় মিথ ভেঙে গেছে খানখান হয়ে। তবে সবচাইতে বেশি অত্যাচার সহ্য করেছে আমার ঘন কালো চুলের রাশি। ফলে তারও মিথ হয়ে যেতে বেশিদিন লাগেনি অন্তত এই একটা গ্রহণযোগ্য সেমিকারণ আমি নিজে আবিষ্কার করতে পেরেছি। কিন্তু জীর্ণ পাতা ঝরার বেলায় তারাও টিটকিরি করতে ছাড়েনি। আর শেষমেশ যখন ব্যাচেলরশিপকেই নিয়তি বলে মেনে নিতে শুরু করেছি, তখন দূর্বা এগিয়ে এসে আমায় বিয়ে করতে চেয়েছে অবাক কাণ্ড, করেওছে। কিন্তু আমার ঘনঅরণ্যের দিনরাত্রিতে বিলি কেটে দেওয়ার সুযোগটা আর পায়নি। তাই ওর দাম্পত্য জীবন গোড়া থেকেই বেশ নিরিবিলি।

আমি কিন্তু ভেঙে পড়িনি। ৮৬-তে মারাদোনায় মজে থেকে ৯৬-এ শঙ্খ ঘোষে শিফ্ট করেছি। এ ধরনের স্ট্র্যাটেজি অনেকেই নিয়ে থাকেন, একে বাংলায় বলে জীবনধারণের কৌশল। টাকের জন্যে কখনও যা হয়নি, উচ্চতার জন্যে সেটা বেশ কয়েকবার আমার হয়েছে। লম্বা বন্ধুদের অভিনব জীবন দেখে মনখারাপ হয়েছে কতবার...৮৬-তে মারাদোনা সেই দুঃখকে গোলা পাকিয়ে শট মেরে জালে জড়িয়ে দিয়েছে। এই তো, পাওয়া গেছে বেঁটে মানুষদের ঈশ্বর! ৯৬-তে সেই আমিই একইরকম বেঁটে, এবং নিকেশ হতে শুরু করেছি। অতএব, শঙ্খ ঘোষ। অনেকে আবার এসবের সঙ্গে ফুটবল বা কবিতার যোগাযোগ খুঁজতে শুরু করেন, কিন্তু না। এ নেহাতই আত্মরক্ষার স্ট্র্যাটেজি।

তবে এ-বিষয়ে লজ্জার মাথা খেয়ে যখন লিখছিই, তখন খুব সাম্প্রতিক একটা ঘটনার কথা না বলে পারছি না। দিনকতক আগে খবরের কাগজে আমার একখানা সাক্ষাৎকার ছাপা হয়েছিল, ছবিসহ। দিনভর ভালো-মন্দ বহুরকমের প্রতিক্রিয়া শুনেছি। কিন্তু দিনের শেষে যেটা শুনলাম, তাতে আমারই প্রতিক্রিয়া দেওয়ার মতো অবস্থা রইল না। দূর্বা সেদিন ফেরার পথে গেছিল সল্টলেকে, ওর মামাবাড়িতে। সেখানে যে-ভদ্রমহিলা সান্ধ্য কাজকর্ম করে দিতে আসেন, তাঁর সঙ্গে আমার কখনও মুখোমুখি দেখা হয়নি। তা সেদিনের সেই সাক্ষাৎকারটা দেখিয়ে দূর্বার দিদা তাঁকে বলেন—'এই দ্যাখো, এই হচ্ছে আমার নাতজামাই। আজ কাগজে ছবি বেরিয়েছে।' মহিলা কাগজটা হাতে নিয়ে কিছুক্ষণ তাকিয়ে থেকে আক্ষেপের সুরে দূর্বাকে বলেন—'এ কী গো দিদি, কাগজে ছবি বেরোয় যখন, কেশপরী মাখতে বলো না!' আমার কোনও সাক্ষাৎকারের এমন ব্যাক ভলি আমি কখনও পাইনি।

কথায় কথা বাড়ে। আর কথারাও তো আমার চুলেরই মতো। ময়দান ফাঁকা করে দিয়ে চলে যেতে চায়। ঘাস খেতে এসে মহীনের ঘোড়াগুলি ফিরে যায়। চাঁদের প্রান্তর একা হয়ে পড়ে থাকে। কখনও সখনও সেখানে একলা পড়ে থাকে একখানা ধূসর চিরুনি, যার ডাকনাম আজ আমারও মনে নেই। আছে বলতে শুধু একখানা টাক, আর তাকে ঘিরে এক ছটাক। সেই ছটাক নিয়েও আমার কেরামতি কম না। চুল কাটানোর বাহানায় আমি আজও ফিরে যাই আমার পুরোনো পাড়ায়, অশোকদার সেলুনে, গড়িয়ায়। বাড়ি বিক্রি করে দিয়ে ফ্ল্যাট কিনে উঠে এসেছি সেলিমপুরে, সেও আজ বছরতিনেক হল। পুরোনো পাড়ার অলস বিকেলগুলো আজও পা টেনে নিতে চায়। কিন্তু পা-ও সেয়ানা, সহজে ভিড়বে কেন? তাই তাকে টোপ দিতে হয় আমার। চুল কাটানোর টোপ সে আজও ভালোই খায়। আর সেই ফুরসতে বেলা গড়ালেই আমি হাজির হই অশোকদার দোকানে। পাশের দোকান থেকে দুটো লাল চা অর্ডার দিয়ে আনাই। অন্য খদ্দেররা চলে যাওয়ার অপেক্ষা করতে করতে হিন্দি খবরের কাগজে আলতো চোখ বোলাই। সেলুনের রেডিওয় তখন পুরোনো হিন্দি গানের স্টেশন বাজছে। অশোকদা নতুন গান শোনে না। সেই কবে বিহারের কোন এক গ্রাম থেকে কলকাতায় চলে এসেছিল। আমি যখন হাফপ্যান্ট, যখন আমার মাথায় ডেনকালির জঙ্গল, তখন থেকে অশোকদা আমার চুল কাটছে। 'ভাই' বলেই ডাকে। বেলা আরও গড়ালে আমি

চেয়ারে উঠে বসে আয়নার মুখোমুখি হই। পরপর কতগুলো আমি বসে আছি। কোনটা আসল? উত্তর খোঁজার বদলে অশোকদাকেই প্রশ্ন করি নানান। গ্রামে এবার ভালো ফসল হল কি না, মেয়ের রেজাল্ট কেমন হল, এ-পাড়ার বাকি বাসিন্দাদের খবরাখবর কী...এইসব। আর অশোকদাও এ-সব কথার ফাঁকে প্রতিবারের মতো বলে ফ্যালে—'খামখা কেন চুল কাটাচ্ছো ভাই? এ তো কিছু আর বাকি নেই'। আমি চুপচাপ হাসি। কত খামোখাই তো জড়িয়ে গেল জীবনে, সব কি ঝেড়ে ফেলতে পেরেছি, না চেয়েইছি? কাঁচির খুচরো খচাখচ শেষ হলে অশোকদার দক্ষিণা মিটিয়ে আমি পুরোনো পাড়ার ভেতর দিয়ে হাঁটাপথ ধরি। ততক্ষণে এডিটিং-এর ফলে আমার ইন্দ্রলুপ্ত আরও প্রশস্ত এবং প্রকাশ্য। পাড়ার অলিগলি দিয়ে হাঁটতে হাঁটতে টের পাই, বেলা বারোটা পেরিয়ে যাওয়া কড়া আর চড়া রোদ জ্বালিয়ে দিচ্ছে বারমুডা সার্কলকে। কিন্তু সূর্যের প্রতি আমার কোনও অভিযোগ নেই। খেয়াল হয় সুমনদার সেই গানটা—'প্রতিদিন সূর্য ওঠে তোমায় দেখবে ব'লে'...আর আমি মনে মনে বাঙালি উচ্চারণে তার ইংরিজি অনুবাদ করে ফেলি—'টাকিলা সানরাইজ'।

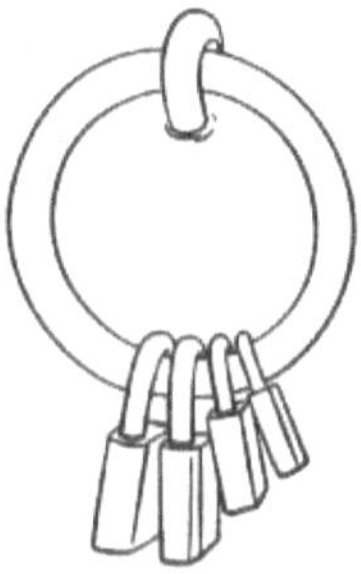

মনখারাপ করা

বিরতি

'মনখারাপ করা বিকেল মানেই মেঘ করেছে/দূরে কোথাও দু-এক পশলা বৃষ্টি হচ্ছে। মনখারাপ করা...' ৯২সালই তো বোধহয়, সুমন এলেন। সঙ্গে এল এই গানগুলো। আমরা তখন ইলেভনে পড়ি, সদ্য টুয়লভে উঠেছি হয়তো বা। এমন একটা বয়েস, যেখানে সবকিছুকেই সত্যি বলে মনে হয়। রোমান্টিকও। আসলে সত্যিই যে সবচাইতে বিখ্যাত রোমান্টিসিজম, সেটা বুঝতে দেরি ছিল তখনও। ওই বয়েসটাকে, এখন আমার মনে হয়, বিরতি। ইন্টারভ্যাল। হাত-পা ছড়িয়ে নেওয়া, পপকর্ন আর চিপস খাওয়া, দ্রুত বাথরুম থেকে ঘুরে আসা...এইসব। আগেই কাহিনি জমে উঠেছে, বিরতির পর এগোবে ক্লাইম্যাক্সের দিকে, তখন নড়াচড়া চলবে না। তো, ওইরকম একটা বিরতি-রঙের সময়ে আমরাও শিখছিলাম নতুন অনেক কিছু। গন্ধ, রং আর স্পর্শ ওই সময়ে যেভাবে চিনেছি, আগে বা পরে তেমন হয়নি কখনও। ওই দুটো বছর যেন আলাদা কোনও জায়গা দিয়ে তৈরি, পঞ্চম কোনও ডায়ামেনশন যার সাক্ষী।

এমন এক সময়ে ওই গান। মনখারাপ করা বিকেল মানেই মেঘ করেছে। তখন আমাদের বিকেলগুলোও মনখারাপ করাই ছিল। কেন ছিল, তা জানত কেবল কয়েকটা চিরকূট, দুটো বারান্দা আর জল ঝরতে থাকা একটা কালো ছাতা। কিন্তু চমকে দিল ওই গানটা, তার প্রথম দুটো লাইন। সাধারণ কথা, ছড়া আউড়ে যাবার মতো যেন, যেন কারও শোনা-না শোনার

তোয়াক্কা না করেই এমনি ভেসে বেড়ানো একটা লাইন, তবু যেখানে ধাক্কা দেবার, ঠিক দিচ্ছে। কত সহজে বলে ফেলা কথাগুলো, অথচ আমাদের সবকিছু বুঝে ফেলেছে যেন। আরও বিস্ময়কর লাগত ওই 'মানেই' শব্দটা। মনখারাপ করা বিকেল মানেই মেঘ করেছে। যেন মনখারাপ করা বিকেল হলে মেঘ করতেই হবে, হবেই হবে। তাছাড়া আর কিচ্ছুটি হবার জো নেই। কোনও বাছাবাছির ব্যাপার নেই, অন্য কোনও অপশন নেই। ব্যাস, ওই একটাই। অপরিহার্য, অব্যর্থ। মেঘ করেছে। দুপুর থেকেই অল্প স্বল্প ঠান্ডা হাওয়া দিচ্ছিল, এ রাস্তার পাতা হালকা উড়ান দিয়ে চলে যাচ্ছিল ও রাস্তায়, কে যেন ইরেজার দিয়ে রোদ্দুরটাকে মুছতে মুছতে একেবারে এক ফালি করে এনেছে...আর এই বিকেলের দিকে যাকে বলে সাজিয়ে এসেছে আকাশ। স্লেট, ছাই, হালকা ছাই আর ধূসর রঙে জমাট আকাশ যেন সকালের থেকে অনেক কমিয়ে এনেছে তার ঘের, যেন আমার, আমাদের পাড়ার বাইরে আর কোথাও কোনও আকাশ নেই। মেঘ করেছে খুব। হাওয়ায় বৃষ্টির ভেজা গন্ধ। কিন্তু বৃষ্টি নেই। হয়তো দূরে কোথাও দু-এক পশলা বৃষ্টি হচ্ছে। এমন বিকেলে মনখারাপ হবে না তো আর কবে হবে? অন্তত তখন তা-ই হত। মন খারাপ করে আসত খু-উ-ব। কারণ থাকত হয়তো কোনও, যেভাবে খাওয়ার ঘরে বেড়াল বসে থাকে, আবার হয়তো থাকতও না কখনও। কে জানে... আসলে তখন খুব অল্প পাওয়ায় ভরে উঠতে পারতাম আমরা। মন যে খারাপ হয়েছে, এই তো অনেক। তার উৎস কোথায়, কেন... এইসব বিস্তারিত ব্যাখ্যায় যেতে ইচ্ছে করত না। প্রয়োজনও ছিল না তার। কেবল ওই মেঘ করে আসাটুকু তারিয়ে তারিয়ে উপভোগ করতাম, সেলিব্রেট করতাম মনখারাপকে। আকাশকে মনে হত আয়না, ওই মেঘ করা বিকেলবেলাগুলোয়। আমার মন ভর্তি যেরকম রোদ মরে আসা ঠান্ডা ছাই রং, সেইরকম রংই দেখা যাচ্ছে সেখানে। বৃষ্টি দূরে হওয়াই ভালো। তার এখানে না-আসার মধ্যে যেন ওই মেঘেরই জিত। সত্যি বলতে কী, মনখারাপের কবিতা হিসেবেই আমার আলাপ হয়েছিল গানটার সঙ্গে।

আরও একদিনের কথা মনে পড়ছে। সেদিনও বিকেল, সেদিনও বেশ মেঘ। কী কারণে যেন স্কুল যাইনি, দুপুর থেকে এলেবেলে হয়ে বিছানায় শুয়ে রয়েছি। কিচ্ছু করতে ভাল্লাগছে না। কিচ্ছু না। কেবল অলস, অবসন্ন এক শুয়ে থাকাই যেন এমন দুপুরের সার্থকতা। তখন 'তোমাকে চাই' দিনরাতের সঙ্গী। বিকেলের দিকে চালিয়েছি, আবার ওই গানটাই। সে গানও

দেখি আমারই মতো অলস ঢঙে চলেছে, যেন তারও 'কোথাও যাবার নেই, কিচ্ছু করার নেই।' দিব্যি চলছিল, হঠাৎ মাঝখানের দুটো লাইন এবার ধরা দিল। এতদিন এড়িয়ে গেছে, এবার ধরা দিল। 'ঘর আবছায়া আর ভিজে ভিজে ধোঁয়ায় মাখা'—এই হল একখানা। এই অব্দি বোঝা যায়, একটা বৃষ্টি না হওয়া মেঘের বিকেল, খোলা জানলার কোনও ঘর তো এমনই হবে...এই যেমন আমার ঘরটাই। এই অব্দি ঠিক ছিল। তার পরেই—'মাথার ওপর মিছিমিছি ঘুরছে পাখা'। কেমন হল ব্যাপারটা? এই নিছক দৃশ্যকে গানটা আদৌ ধরল কীভাবে? বিছানায় শুয়ে তাকালাম সিলিং-এর দিকে। হ্যাঁ, পাখা ঘুরছে। কিন্তু ওকে তো ঘোরা বলে না। না ঘোরার মতো করে, এক ধরনের আওয়াজ তুলে ঘুরে চলা। এইমুহূর্তে কোনও প্রয়োজনীয়তা নেই তার, উঠে বন্ধ করে দিলেই হয়, কিন্তু কোন এক হালকা আলস্যের অজুহাতে সেটাও করা হয়ে উঠছে না। তাই ঘুরছে। আর ওই না ঘোরার মতো করে ঘোরাটাই বলে দিচ্ছে, আমার এখন মনখারাপ। পাখাটারও মনখারাপ। তাই বন্ধ হলেও হয় জেনেও, যেন খানিকটা অনিচ্ছেতেই, ঘুরে চলেছে। ঠিক আমার মন যেমন, কী একটা নিয়ে যেন খামখেয়ালিপনা করছে, না করলেও হয়। তবু, করছে আজ।

এইভাবেই আমি পেয়েছি মনখারাপকে, কাছ থেকে দেখেছি তার মুখ। ওই একটা গান আমাকে অনেকটা জানিয়েছে, যাকে আমি পুরোদস্তুর কবিতা বলেই মনে করি। মনখারাপের একটা কবিতা। গুনগুন করে চলা, ছিমছাম, বাতাসে ভাসিয়ে দেওয়া কাগজের মতো একখানা কবিতা, যে জানে একটা মনখারাপের কথা।

প্রথমার্ধ

আমাদেরও ছোটবেলা ছিল একসময়, ভাবতে অবাক লাগে এখন। আমরাও ভ্যানে চড়ে নার্সারি-প্রাইমারি স্কুল যেতাম, টফি-খেলনা পেলে খুশি হতাম, গল্প না শোনালে ঘুমোতে চাইতাম না, এসব আর বিশ্বাস হতে চায় না যেন। মনখারাপের কবিতা নিয়ে লিখতে বসে ভাবি, তখনও, ওই ছোট্ট বয়েসেও তো মনখারাপ হত আমাদের, বড় বয়েসের চেয়ে অনেক বেশিই হত, তখন কোথায় পেতাম কবিতাকে? নানা জনের নাম লেখা নানা বই, তাতে বাহারি সব কবিতা...এসব কোথায় ছিল তখন? ছিল কি? কোনও ছোট ছেলে বা মেয়ের পৃথিবীতেই কবিতা থাকে না। থাকে হয়তো, পাঠ্য বইয়ের কিছু কবিতা, কিন্তু যে-কবিতা

নিয়ে এখন আমরা নাড়াচাড়া করি, সে কবিতা তো থাকে না সেই ছোট্ট পৃথিবীতে। যে কোনও মানুষের জীবনেই মনখারাপ আসে কবিতার অনেক অনেক আগে। অনেকের, হয়তো বেশিরভাগের জীবনে কবিতা আসেই না কখনও, তবু মনখারাপ আসেই। সে কোনও কবিতার তোয়াক্কা করে না। নিজের মতো করে আসে, যায়। কবিতা বেছে বেছে অনেক পরে আমরা তার চেহারা আঁকি যার-যার মতো করে।

কেমন ছিল তখনকার সেই কবিতাহীন মনখারাপ? খুব ছোটবেলায়, মনে পড়ে, প্রথম-প্রথম স্কুল যেতে গেলে মনখারাপ হত খুব। রোজ। ভোরবেলা উঠতে হত, তখন সবে আলো ফুটছে। জলখাবার খাইয়ে দিত মা, ইউনিফর্ম পরিয়ে দিত বাবা, কলারে ব্যাজ এঁটে, জুতো-মোজা পরে তৈরি হয়ে বসে থাকতাম। কখন বাস আসবে। পুরোনো ধাঁচের ভ্যানের মতোই একটা বাস একসময় এসে দাঁড়াত দরজায়, হর্ন দিত। তৈরি হবার পর থেকে ওই বাস আসার সময়টুকু ছিল আমার মনখারাপের। কী বিচ্ছিরি যে লাগত, কান্না ঠেলে আসত গলার কাছে। রোজকার ওই মনখারাপের সময়টায় আমি কোনও কবিতাকে পাইনি কারণ সেটা আমার কবিতার সময় নয়, কেবলই মনখারাপের সময়। শীতকালে তো আরও খারাপ লাগত। মনে হত ভোর পাঁচটায় লেপের ভেতর থেকে টেনে তোলার চেয়ে যে কোনও বাচ্চাকে মেরে ফেলা ভালো। কিন্তু সেই কাজের জন্যে দায়ী যে বাবা-মা, প্রতিবাদ হিসেবে কোনও কবিতার লাইন তাদের শোনাতে পারিনি আমি। কারণ সেটা আমার কবিতার সময় নয়, কেবলই মনখারাপের সময়। নেভি ব্লু রঙের প্যান্ট আর সোয়েটার পরে যেতে হত স্কুলে। সে রংটার ওপর এত রাগ আর অশ্রদ্ধা জন্মেছিল যে ভবিষ্যতে কখনও ওই রঙের পোশাক পরিনি আর। ওই রংটা আমার একরকম মনখারাপের, যার কোনও কবিতা ছিল না।

আরও কত কী কারণ ছিল তখন মনখারাপের। সব ঠিকঠাক মনেও নেই। মনে থাকা কি সম্ভব? ধারাবাহিক কিছু মনখারাপ যদি বা স্মৃতিতে থেকেও যায়, হঠাৎ এক দুপুরের জন্যে জানলার কাছে এসেই মিলিয়ে গেছিল যে মনখারাপ, তার কথা কী করে মনে রাখব? না রাখতে পেরে ভালোই হয়েছে, যে কোনও তালিকা যত ছোট হয়, ততই মঙ্গল।

ইন্দ্রজাল কমিকস জমাতাম খুব। অরণ্যদেব আর ম্যানড্রেক। একের পর এক অ্যাডভেঞ্চারগুলো গোগ্রাসে গিলতাম। অনেকগুলো জমে গেল যখন, বাবা বাঁধিয়ে এনে

দিল। সে-বই নিয়ে খুশি আর ধরে না। কিন্তু কোনও খুশিই দীর্ঘস্থায়ী নয়। বইটি গেল হারিয়ে। সেই মনখারাপের কথা আজও মনে আছে আমার।

বাড়ির সামনের একচিলতে বাগানে কয়েকজন ক্রিকেট খেলতাম, বিশেষত শীতকালে, তখনও ক্রিকেট শীতের খেলা ছিল। দেড় টাকা দামের পাতি রবারের বল, দু'দিন অন্তর হারাত। একই সিজন-এ প্রায় গোটা দশেক বল হারাবার পর ভাবলাম এভাবে আর চলতে পারে না। অনেক কসরত করে বাবাকে রাজি করালাম। সন্ধেবেলা জয়গুরু স্পোর্টস-এ নিয়ে গিয়ে বাবা কিনে দিল একখানা বেশ ভারী ক্রিকেট বল। নাম ছিল রাবার ডিউস। এখন আর পাওয়া যায় কিনা জানি না, গোটা বলটাই রাবার দিয়ে ঠাসা, কোথাও ফাঁপা নেই। হালকা মেরুন রং ছিল সেটার। পরদিন থেকে সেই বল দিয়ে খেলা শুরু হল। একটু ভারী বলে চট করে চার-ছয় হচ্ছে না, তবু খেলা মন্দ জমছিল না। এইভাবে চলল দিন সাতেক। তারপর একদিন কে যেন ছয় হাঁকাবার মতলবে এমন জোরে ব্যাট চালাল, বল উড়ে গিয়ে পড়ল দু'তিনটে বাড়ি পরের ঝোপে। সঙ্গে-সঙ্গে সার্চ অপারেশন শুরু। সবাই মিলে ব্যাট-উইকেট হাতে নিয়ে ঝোপের আগাছা তোলপাড়, কোথাও বল নেই। একে-একে বাড়ি ফিরে গেল সবাই, রয়ে গেলাম কেবল আমি। বলটা আর খুঁজে পাওয়া যাবে না, এটা বিশ্বাস করতে না পেরে রয়ে গেলাম। শীতের সন্ধে নেমে এসেছে ততক্ষণে, বাড়ি-বাড়ি শাঁখের আওয়াজ, ঝিঁঝি ডাকতে শুরু করেছে জোর। মশা কামড়ে শেষ করে দিচ্ছে, তবু আমি ঝোপের মধ্যে অনর্থক ব্যাট চালিয়ে যাচ্ছি। একেবারে অন্ধকার হয়ে যাবার আগে পর্যন্ত খুঁজেছিলাম, পাইনি। তারপর অনেক শীত ক্রিকেট খেলেছি দামি বল দিয়ে, কিন্তু সন্ধে হয়ে আসা ঝোপের ভেতর চিরতরে হারিয়ে যাওয়া হালকা মেরুন বলটার জন্যে মনখারাপ মোছেনি আমার। এই রংটাও আমার একরকম মনখারাপের, যার কোনও কবিতা ছিল না।

এরকম অনেক মনখারাপের কথা বলতে পারি, কবিতা আসার আগেই যারা চলে এসেছে আমার জীবনে। তখনকার মনখারাপে কোনও মিশেল ছিল না, ভেজাল ছিল না। কোনও হিসেব বা জটিলতায় ঘেরা থাকত না সেসব মনখারাপ। তখনও কবিতার সঙ্গে পরিচয় হয়নি ভেবে আপশোষ হয় মাঝে-মাঝে। আবার এও মনে হয়, ভালোই তো হয়েছে, জীবনের অন্তত কিছুটা সময় কবিতাকে কষ্ট না দিয়ে থাকা গেছে। একটা সময়ের পর তো যে কোনও মনখারাপে টেনে এনেছি কবিতাকে। বারবার পড়েছি, আউড়েছি, ভেবেছি। নিজের

মনখারাপের সঙ্গে রং মিলিয়ে বেছে নিয়েছি কবিতা, যেমন জামার সঙ্গে মিলিয়ে স্কার্ফ নেয় মেয়েরা। কিছু মনখারাপ না হয় স্কার্ফ ছাড়াই থাকল।

দ্বিতীয়ার্ধ

কবিতা সেই এল, কিন্তু অনেকটা দেরি করে। অনেকগুলো মনখারাপ তখন আমার হাত ছাড়িয়ে পেছনদিকে হেঁটে চলেছে। তাদের নতুন করে ডেকে আনার উপায় নেই আর। নেই, কারণ খারাপ হওয়ার মতো সেই নির্ভেজাল, নিঃসংকোচ মনটাই তো উধাও ততদিনে। বদলে তার জায়গা নিয়ে বসে আছে জটিল, বাঁকা, ভাঙাচোরা, অনেক কিছু দেখে আর বুঝে ফেলা সন্ত্রস্ত একটা মন, নেহাতই মনখারাপের জন্যে মনখারাপ যার কাছে অহেতুক, দুঃসাহসিক, ব্যায়সাপেক্ষ। কিন্তু সেই মন কবিতাকে জানার চেষ্টা করে, নিজের নানারকম দরকারে অদরকারে তাকে কাজে লাগাবার চেষ্টা করে, চেষ্টা করে কবিতার শরীর দিয়ে বহু বিষয়কে ছুঁয়ে দেখবার। তাকেই বা বাতিল করি কী করে।

বেশ একটু মন দিয়ে কবিতা পড়তে শুরু করেছিলাম কলেজে ওঠার পর-পর। ইউনিফর্ম ছাড়াই পড়াশুনো করতে যাওয়ার যে স্বাধীনতা, তার সঙ্গে ঝেঁপে এসেছিল কবিতার দল। বাংলা কবিতাই। একেকজনের একেকরকম ভঙ্গি, একেকরকম বলতে চাওয়া। তারই মধ্যে কিছু কিছু অংশ যেন মিলে যাচ্ছে আমারও ভাবনার সঙ্গে। এটা ভেবেই অবাক হওয়া যেত দিব্যি। তখনও অবাক হওয়ার একটা ক্ষমতা বাকি রয়ে গেছিল কোথাও। আর সেই কারণেই, তখনও, প্রেম ভেঙে যাওয়ায়, বন্ধু ছেড়ে যাওয়ায় প্রাণান্তকর কষ্ট পেতাম। মনে হত, আর সেরে উঠব না। মনের এই খারাপ থাকা নিয়েই বেঁচে থাকতে হবে আমায়। দিনের পর দিন গেছে এমন করে। সারা সন্ধে নিজের ছোট্ট ঘরের জানলা খুলে অন্ধকারে বসে থেকেছি, সেরে ওঠার অপেক্ষায়। আর পড়েছি কবিতা। নিজের জীবনের সঙ্গে, বেঁচে থাকার ওঠাপড়ার সঙ্গে হুবহু মিলে যায়, এমন সব কবিতাকে কাছে টেনে নিতে চেয়েছি বারবার। তারা কি তখন জোর দিয়েছে আমাকে কোথাও? মনের অসুখ ভুলিয়ে দিতে চেয়েছে? হবে হয়তো। কিন্তু সেই অসুখকেই আরও গভীর করে তুলেছে, এমন কবিতাও সংখ্যায় কম ছিল না কিছু। বিশেষত জীবনানন্দ। খুব অদ্ভুত সম্পর্ক ছিল তখন ওঁর সঙ্গে আমার। খুব মনখারাপের এক সন্ধেয় হয়তো আরাম পাব ভেবে তুলে নিলাম বইটা, কিছুদুর গিয়েই দেখি কোথায় আরাম।

এ তো আমারই অন্ধকার আরও বাড়িয়ে দিতে চাইছে, আরও ঘন নীল কোনও শীতল মনখারাপের মধ্যে নিয়ে যেতে চাইছে সম্মোহন করে...পড়তাম না আর। তুলে রেখে দিতাম দেরাজে। কিন্তু মাতাল যেমন বারবার যে কোনও ছুতোয় মদের কাছে ফিরে যায়, ক্ষতি করবে জেনেও যায়, তেমনই বারবার ফিরে যেতাম জীবনানন্দের কাছে। আবার পড়তাম, কষ্ট পাবার জন্যেই, মনখারাপকে আশকারা দেবার জন্যেই পড়তাম। টের পেতে চাইতাম প্রতিটা কবিতার আবহ, হতাশা আর কষ্টকে দু'পাশে রেখে এঁকেবেঁকে চলে যাওয়া একটা সরু ধোঁয়াটে পথ টের পেতে চাইতাম। পেতামও। জীবনানন্দকে নিজের নায়ক করে নিয়ে, আইডল করে নিয়ে একেকটা সন্ধে কাটাতাম, যেন বা আর কোনও সন্ধে নামার অপেক্ষা নেই। সে সময়, আজ ভাবি, এই দুঃখবিলাসটুকু করতে পেরেছি। না, মনখারাপের যে দিনগুলো একের পর এক কাটিয়েছি তখন, তাদের প্রতি কোনওরকম অসম্মানে এ কথা বলছি না। সেসব মনখারাপের পুরোটাই ছিল খুব সৎ, খাঁটি। কিন্তু মনখারাপকে দিনের পর দিন এতটা সময় দেওয়া, আজ ভেবে দেখলে, বিলাসিতাই মনে হয় একরকম। কারণ আজ, এই মুহূর্তে, কোনও একটি বা দুটি বিষয়ে মনমরা হয়ে কাটিয়ে দেবার মতো অবকাশ নেই আর, সেই মানসিক পরিস্থিতিও নেই। আছে কেবল পুরোনো সেই সন্ধেগুলোকে হিংসে করা, ব্যর্থ, হতাশ, উজ্জ্বল জীবনানন্দ যাদের সাক্ষী।

এখন তাহলে কী আছে? এই তিরিশ পেরোনো ব্রিজের ওপর দাঁড়িয়ে সন্ধেবেলা কী দেখতে পাই আমি? মনখারাপ? না, সে আর নেই। নীচ দিয়ে ট্রেন আসা-যাওয়া করছে, লেভেল ক্রসিং-এ গাড়ির ভিড়, পাশের বস্তিতে ঝগড়া...এসবের মধ্যে মনখারাপ নেই আর কোথাও। থাকার কথাও নয় তার। সব পাখি সব আবহাওয়ায় বাঁচে না। সেই জীবনও তো নেই আর আমার। আমাদের কারোরই নেই। সন্ধের পর সন্ধে তো দূর, গোটা একখানা সন্ধের নিজের জন্যে, নিজের সঙ্গে কাটানো দুষ্কর। রাতে বিছানায় শুয়ে যখন ভাবি কী করে কেটে গেল আরও একটা দিন, দেখতে পাই অদরকারি সব কাজের জঙ্গল, অপ্রাসঙ্গিক সব আলোচনার পাহাড়, আমি নিজে যেখানে নেই কোথাও।

নাহ্, এর মধ্যে মনখারাপ আসতে পারে না। যখন মাথার মধ্যে ঢুকে পড়ে ব্যাখ্যাহীন হিংসার খবর, যখন অবাক হয়ে যেতে হয় চারপাশের রূপান্তর আর প্রতিক্রিয়া দেখে, যখন মিথ্যে না বলে একটাও দিন কাটে না, তখন আসতে পারে না মনখারাপ। তবু কবিতা আসে।

কবিতাই আসে। এই জঙ্গল-পাহাড় ছানবিছান করে একটা একলা হয়ে যেতে পারা লোক খুঁজতে থাকি, যে আসলে আমি। সুনীল গঙ্গোপাধ্যায় যখন লেখেন—'একলা ঘরে বসে রইলে কারুর মুখ মনে পড়ে না,' তখন বুঝি আমি, এই খারাপ হয়ে যাওয়া মনে আর মনখারাপের ক্ষমতা নেই। ওই কারুর মুখ মনে না পড়াই তার শাস্তি, ভবিতব্য। ঠিক পরের লাইনেই—'মনে পড়ে না মনে পড়ে না মনে পড়ে না মনে পড়ে না'...যেন নিজেকেই বলা, নিজের প্রতিই আউড়ে যাওয়া এক ব্যর্থতার আবর্ত, যেন বুঝিয়ে দেওয়া, আর তো মনে পড়বে না, পড়বেই না। এইরকমই এখন আমার দিন। মনখারাপ পারি না, প্র্যাকটিস চলে গেছে।

এই একেকটা দিন টেনে নিয়ে চলি আরেকটা দিনের দিকে, সেখানে জমা করি। ভার বাড়ে রোজ। সেই যে লিখেছিলেন শক্তি চট্টোপাধ্যায়—'একটা দিনের মধ্যে আমার সমস্ত দিন, থুবড়ে থাকে'...এর চেয়ে ভালো দৃশ্যকল্প, এর চেয়ে বড় সত্যি কথা আর নেই। 'থুবড়ে' থাকা— এই একটি কথায় তিনি বুঝিয়েছেন। দিনগুলোকে আর আলাদা করে চিনতে পারি না, একই ছাঁচে মর্যাদাহীন ভাবে থুবড়ে পড়ে আছে যারা, সুপার ইমপোজড হতে-হতে যাদের আর কোনও আলাদা অস্তিত্ব নেই, আছে শুধু কোটরে জমা হওয়া। আমিও সেভাবেই দিনগুলোকে দেখতে পাই এখন, চাইলেও কোনও একটা দিনকে বেছে তুলে আনতে পারি না আর, পারি কেবল ওই কবিতাটা আরেকবার পড়তে।

আসলে এমনই হয়তো হয়। এমনই হওয়ার কথা থাকে। অন্তত আমার ছিল। আজ বুঝতে পারি, অন্ধকার হয়ে নেমে আসা শীতের ওই সন্ধেবেলা বলের সঙ্গে খারাপ হওয়ার মতো একটা মনও হারিয়ে ফেলেছি আমি, একে-একে ফিরে গেছে সকলে, আমি একা দাঁড়িয়ে আছি হাবার মতো, ঝিঁঝি ডাকছে...বাড়ি-বাড়ি শাঁখের আওয়াজ...আর আমি ব্যাট চালিয়ে তোলপাড় করে যাচ্ছি একটা ঝোপ...যদি একবার ওই মনটা খুঁজে পাওয়া যায়... যার রং হালকা মেরুন...।

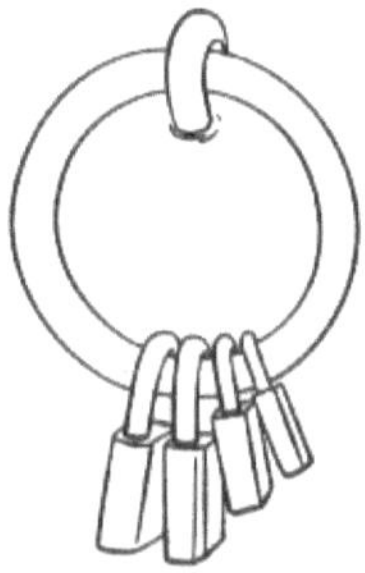

একঝলক কোমল ধৈবত

‘দাঁড়াও, একটু দাঁড়িয়ে যাও, এক্ষুনি একবার শুদ্ধ গান্ধার লাগাবেন, দ্যাখো, এক্ষুনি!’

১৯৯৮ সাল, জানুয়ারি। আজ থেকে ঠিক কুড়ি বছর আগের শীতকাল ছিল অন্যরকম, তার রোদ্দুরের রংও ছিল আলাদা। সেই রোদ্দুর বিছিয়ে আছে মেঝে জুড়ে, মোজেইকের দানার নানা আকারে মিশিয়ে দিচ্ছে নিজেকে। আর জয় গোস্বামী, সেই শান্ত মেঝের উপর ব্যস্ত হয়ে পায়চারি করতে করতে বলছেন এ কথা। বলছেন এক পাশে চুপ করে দাঁড়িয়ে থাকা বছর তেইশের এক মুখচোরা যুবাকে, যে নিজের বিস্ময় লুকোতে হিমশিম খাচ্ছে।

ভারি ছোট্ট বুকুনকে নিয়ে জয় গোস্বামী আর কাবেরী গোস্বামী তখন থাকেন যাদবপুরের সেন্ট্রাল পার্কের একখানা অ্যাপার্টমেন্টে। অবশ্য তাঁদের চেয়ে কবিতালেখা তরুণ-তরুণীরাই বেশি জায়গা জুড়ে রাখে সে-বাড়ির। এই যে তরুণের কথা বললাম, সেও তখন ডাইরি ভর্তি করে লিখছে, আর রূপকথার রাজপুত্রের সঙ্গে দেখা হয়ে যাওয়ার অবিশ্বাস্য এক জীবনে ঢুকে পড়ছে আস্তে আস্তে। জয় গোস্বামীর সঙ্গে যে তার আলাপ হয়েছে সত্যিই, তিনি যে তার সঙ্গে দু’এক দণ্ড সময় কাটাচ্ছেন সকালবেলায়, এমনকী যেচে তার এবড়ো-খেবড়ো লেখাগুলো দেখেশুনে দিচ্ছেন মাঝেমধ্যেই, এসব তার বিশ্বাস হতে চাইছে না কিছুতেই। ’৯৬ সালে আলাপ, তারপর দু’বছরে সেই আলাপ সম্পর্কের দিকে গড়িয়েছে, কিন্তু আজও তার মনে হয়, দু’বছর-দীর্ঘ কোনও স্বপ্নের মধ্যে নেই তো সে? সেইরকম অবিশ্বাসে ভরা

একজোড়া চোখ নিয়েই সেই শীতের সকালে সে দাঁড়িয়েছিল, যখন জয় গোস্বামী বেশ উত্তেজিত গলায় বলছেন এই কথা—

'দাঁড়াও, একটু দাঁড়িয়ে যাও, এক্ষুনি একবার শুদ্ধ গান্ধার লাগাবেন, দ্যাখো, এক্ষুনি!'

ক্যাসেট প্লেয়ারে মিশ্র কাফি চলছে, উলহাস কোশলকর গাইছেন। গোয়ালিয়রের রাস্তাঘাটে একখানা তীব্র শুদ্ধ গান্ধারকে তাড়া করে বেড়াচ্ছেন জয়দা, এই কলকাতার এক চারদেওয়াল থেকে। দীর্ঘ কবিতার মতো লম্বা এক রোদ সেই জানলা থেকে এসে পড়েছে তাঁর অবিন্যস্ত সাদা পাজামা পাঞ্জাবিতে। সেই রোদ গায়ে বসিয়েই পায়চারি করছেন তিনি, কখন একবার শুদ্ধ গান্ধারকে দেখাবেন উলহাস কোশলকর। সেই তরুণের মধ্যেও চারিয়ে উঠছে অপেক্ষা, শুদ্ধ গান্ধারের। খেয়াল করে দেখেছে সে, এ বাড়িতে সকালবেলা গান চলবেই। সে-গানের মধ্যে দিয়েই কথা হবে, কবিতা আসবে, চা চলবে দু'তিন দফা, রোদ পড়ে যাবে, এইসব হবে। কিন্তু গান বাজবে। আর উলহাস কোশলকর তখন নেশা ধরিয়ে রেখেছেন, জয় গোস্বামীও তাঁর সঙ্গ ছাড়তে চাইছেন না কিছুতেই।

শেষমেশ লাগল সেই শুদ্ধ গান্ধার। তেইশের সেই তরুণ প্রথমবার শুনছে সেই গান সে তো শিউরে উঠবেই। কিন্তু বহুবার-শোনা জয় গোস্বামী, পরিচিত এক শুদ্ধ গান্ধারকেই পুনরায় অপ্রত্যাশিতের মতো আবিষ্কার করলেন যেন, এমনভাবে প্রায় লাফ দিয়ে উঠে বললেন—

'এই! এই যে! দেখলে, দেখলে একবার কাণ্ডটা? কী সাংঘাতিক ব্যাপার বলো তো?'

সাংঘাতিকই বটে। এই এক ঝলক শুদ্ধ গান্ধারকে এতক্ষণ আড়াল করে রেখে একবার মাত্র তাকে বাইরে আনার জন্য একটা গোটা জীবন পেরিয়ে যায়। উলহাস কোশলকরের জীবন বয়ে যাচ্ছে সেই ভাবে। আর তার সমান্তরালে, দেখতে পাচ্ছে সেই তরুণ, বয়ে চলেছে জয় গোস্বামীর কবিজীবন। এক কাব্য থেকে অন্য কাব্যে, ওইসব দীর্ঘ বুননের নকশায়, হঠাৎ কোনও এক কোণায় ঝলসে ওঠবার বিস্ময়ের মতো তিনিও লুকিয়ে রাখছেন কোনও না কোনও শুদ্ধ গান্ধার। ৯৮ সালের সেই শীতসকালে সে ভাবছে, সত্যিই তো! সে যখন খুলে বসে জয় গোস্বামীর কবিতাসংগ্রহ, কয়েকশোবার পড়ে ফেলা কবিতায় যখন চোখ বসায় আবার, কোথায় বিস্ময় লুকিয়ে আছে জানা সত্ত্বেও প্রতিবার বিস্মিত হয়। এও কি কম বিস্ময়ের?

'নতুন লেখা এনেছ?'

গান্ধারের রোদ মধ্যমের দিকে সরে গেছে একটু আগেই, লম্বা একখানা কাপভর্তি চা নিয়ে জানলার পাশের বেতের চেয়ারে বসেছেন জয়। সেই তরুণের শীর্ণ কাঁধঝোলার মধ্যে সত্যিই অবশ্য লুকিয়ে আছে রোগামতো ডাইরি, আর সে-কথা জয়ও বেশ ভালোভাবেই জানেন। এও জানেন, সে নিজে থেকে নতুন লেখা খুলে সামনে ধরার সাহস কুড়িয়ে পায়নি এই দু'বছরেও। তবে হ্যাঁ, বললে দেখায়।

'কই, দেখি?'

তেইশের তরুণ কালচে-লাল মলাটের ডাইরি খুলে ধরল মাঝবরাবর। এর আগের লেখাগুলো সে পড়িয়ে নিয়েছে তাঁকে। তিনি, জয় গোস্বামী, সেসব লেখা সারিয়ে দিয়েছেন ছোটখাটো টোটকায়। যেমন অসহ্য হাতের ব্যথা এক মোচড়ে ঠিক করে দিতে পারেন কেউ কেউ, সেরকম সব মোক্ষম মোচড় হেলায় বলে দিতে পারতেন জয়। আর সেরে উঠত বাঁকাচোরা লেখারা। এই লেখাটিও, জানে সে, সেইরকম হয়ে আছে। এখন যদি কোনও উপায়ে একে সারিয়ে নেওয়া যায়, সেই আশাতেই সে এগিয়ে দিল খাতাখানা।

'যদি না দেখে রাখি পুরনো কৌশলে ফেরার পথ / যদি না মনে থাকে জলের নীচুদিকে ছুটির দিন...' এইভাবে শুরু হচ্ছে সে-লেখা। আরও ছিল বেশ কয়েক পঙক্তি, সবই 'যদি না' দিয়ে শুরু। যেন কেউ শর্ত দিচ্ছে। শেষ হচ্ছে এইরকম—'যদি না ছেড়ে দিই বন্দি-রাজহাঁস, মুঠোর গম / যদি না চোখে পাই নিজের বাড়িঘর, তোমার গ্রাম / আমার ফেরা নেই, আমার ফেরা নেই, ফিরতে নেই...'। এই শেষ পঙক্তির আগে একখানা স্পেস। লেখার শিরোনাম 'যখন ঘর ছাড়ি', তারিখ ২৮ জানুয়ারি, ১৯৯৮। লেখাটা পড়ার পর, কুড়ি বছর আগের মোলায়েম রোদে বেশ কিছুক্ষণ চুপ করে বসে থাকলেন জয়। এই চুপ করে থাকার সময়টুকু তরুণ কবিতালেখক নিজের হৃৎস্পন্দন শুনতে পায়। সে ভালোই জানে, নেহাত দৈবের বশে হচ্ছে এসব। নইলে এমন হাতমকশো করা লেখা নিয়ে কেউ জয় গোস্বামীর ছায়া মাড়ানোর সাহস রাখে না।

কিছুক্ষণ চুপ থেকে, চায়ে বেশ দীর্ঘ চুমুক দিয়ে জয় বললেন, 'বুঝলে, ঠিকঠাকই যাচ্ছিল, শেষ লাইনটায় গিয়ে গন্ডগোল হয়ে গেল সবটা'। অথচ সেই তরুণ ভেবেছিল, এই লেখার শেষ লাইনটাই বুঝি সবচাইতে জোরালো হয়েছে, যে নাকি ধরে রেখেছে বাকিদের, নিজের

মাথার ওপর। হয়নি তাহলে সেরকম, বোঝা গেল।

'তাহলে কী হবে এখন?' রাত জাগিয়ে রাখা একখানা লেখাকে বাতিল করে দেবার আগাম মনখারাপ নিয়েই এই প্রশ্ন করল সে। 'আসলে কী জানো, শেষ লাইনটায় অনেক বেশি জোর চাইছে। অনেক বেশি কনভিকশন। একটা শপথে যেরকম থাকে, সেইরকম। বোঝাতে পারছি তো?' জয়ের এই প্রশ্নের উত্তরে তরুণ ঘাড় কাত করল। 'দাঁড়াও, দেখি...' ব'লে চেয়ার ছেড়ে উঠে ফের পায়চারি করতে লাগলেন জয়। এই ভঙ্গি অবশ্য সেই তরুণের চেনা। কবিতার কাজ চলাকালীন জয় কিছুতেই স্থির হয়ে থাকেন না। একবার বসেন, একবার দাঁড়ান, একবার ছুটে যান, একবার পায়চারি করেন—যেন কবিতা তাঁর সামনে সামনে হাঁটছে, আর তিনি পিছু নিয়েছেন তার।

'বলো তো আরেকবার লাইনগুলো?' বললেন জয়। ছেলেটি কাঁপা গলায়, নেহাত কুণ্ঠার সঙ্গে আউড়ে গেল নিজের সেই লেখা। শেষের আগেই হাতের তীব্র ইশারায় তাকে থামিয়ে দিলেন জয়। তারপর বললেন, 'এই লাইনটা লেখো—তাহলে আমি আর মাটিকে মাটি বলে মানব না'। ঝটপট টুকে নিল ছেলেটি, নিজের লেখা শেষ লাইনটা কেটে দিয়ে। 'এইবার পড়ো তো, দ্যাখো, কীরকম শোনাচ্ছে!'—মুখে জাদুকরের মৃদু হাসি নিয়ে বললেন জয় গোস্বামী। ছেলেটি অবাক হয়ে পড়ে দেখল, এবার লেখাটা শেষ হচ্ছে এইভাবে—'যদি না ছেড়ে দিই বন্দি-রাজহাঁস, মুঠোর গম / যদি না চোখে পাই নিজের বাড়িঘর, তোমার গ্রাম / তাহলে আমি আর মাটিকে মাটি বলে মানব না'। কী আশ্চর্য! এই তো সেই হাত-মুঠো-করা শপথ, যা সে লিখতে চেয়েও পারেনি কিছুতেই। এইবার তো সত্যিকারের শর্ত বলে মনে হচ্ছে আগের সবক'টা পঙক্তি! মাটিকে অস্বীকার করবার চাইতে বড় নাকচ আর কী-ই বা হতে পারে? অথচ কত সহজে বাতাস বুনে এই একখানা পঙক্তি তৈরি করে দিলেন জয়! 'কী, এবার আগের লাইনগুলো একটু বেশি জোর পাচ্ছে না?' চেয়ারে হাঁপ ছেড়ে বসে পুনরায় চায়ের কাপ তুলে নিয়ে জিগ্যেস করলেন জয়। 'আর নামটা বদলে শর্তলিপি করে দাও, দেখবে, ভালো লাগবে'। ছেলেটি তার সেরে ওঠা লেখা হাতে নিয়ে হেসে উঠেছিল একগাল।

সেই সকালবেলার পর কুড়িটা বছর পার হয়ে গেছে, খাতার পাতায় পাক ধরেছে, বহু পাতা নিখোঁজ, শীতেরও বয়স বেড়েছে খানিক। রোদ্দুরও এখন অত সহজে দীর্ঘ হতে চায়

না। বরং ক্লান্ত হয়ে পড়ে তাড়াতাড়ি। কোথায় যেন পড়েছিলাম, আমাদের এই শরীর আসলে নক্ষত্রের গুঁড়ো দিয়ে তৈরি। অত সহজ নয় সে-তত্ত্ব। তবুও, সোজা ভাষায় বলতে গেলে, যে-মহাবিস্ফোরণ থেকে এই ব্রহ্মাণ্ডের উদ্ভব, আমাদের প্রত্যেকের শরীরে আজও সেই বিস্ফোরণের অবশেষ বয়ে চলেছে। ধাতু হিসেবে, উপাদান হিসেবে, মৌল হিসেবে। এই প্রাণিজগৎ, এই উদ্ভিদজগৎ, সকলেই তাদের বহমান শরীরে কোনও না কোনও ভাবে ধারণ করছে প্রথম দিনের সেই মহাবিস্ফোরণকে। আর সেইভাবেই এই অনন্ত মহাজগতের সঙ্গে জুড়ে আছি আমরা প্রত্যেকে।

আমার কাছে জয় সেই মহাবিস্ফোরণ। যার চিহ্ন আমি আজও বয়ে বেড়াচ্ছি আমার লেখার শিরায় শিরায়। বয়ে বেড়াচ্ছি আমার লেখায় তাঁর কাটাকুটি, তাঁর সংশোধন, তাঁর শব্দ-বদল, তাঁর পংক্তি-রচনা। যত দূরেই যাই, যেখানেই থাকি, আমার লেখাই আসলে সেই মহাজগতের সঙ্গে আমার যোগসূত্র, যার নাম জয় গোস্বামী। যেমন ওই একটি পঙক্তির মাধ্যমে জয়ের অংশ স্থায়ী হয়ে থেকে গেছে আমার মধ্যে, যাকে আর তুলে ফেলা যাবে না কিছুতেই, তেমন আরও অনেক অনেক আছে। তারা সব তারার গুঁড়ো, নক্ষত্রের ছাই, আমার সাধারণ বইপত্রের মুড়ে রাখা পাতার মধ্যে আজও জ্বলজ্বল করছে তারা। আজ কী এক কারণে নিজের একখানা বই ওল্টাতে গিয়ে চোখে পড়ে গেছিল সেই পঙক্তি —'তাহলে আমি আর মাটিকে মাটি বলে মানব না'। আর আমি এক লহমায় পৌঁছে গেছিলাম ১৯৯৮-এর সেই শীতকালে। তাক ঘেঁটে খুঁজে বার করলাম কালচে-লাল সেই শীর্ণ ডাইরি, আর একবার হাত বোলালাম ২৮ জানুয়ারি, ৯৮-এর সেই হাতের লেখার গায়ে। ঠান্ডা। অথচ বিস্ফোরণের রক্ত যার শরীরে বইছে।

জয়দা অবশ্য পইপই করে বলেছিলেন, 'এসব কথা কাউকে বলবে না!' বলিনি এতদিন। এই কুড়ি বছরে একদিনের জন্যেও কাউকে বলিনি। কিন্তু আগুন তো আজ শুরু হয়নি, কুড়ি বছর ধরে সে আমার অন্ধকার লেখায় জ্বলন্ত ছায়া ফেলে চলেছে। তাকে আমি লুকবো কোথায়? আর লুকবো কেনই বা। জয়দাকে দেওয়া কথা ভেঙে, আজ তাই বলে ফেললাম।

আজ। ১০ নভেম্বর, ২০১৮। জয়দার জন্মদিন। কী দেবো আমি মানুষটাকে? কবিতার কাছে সব পেয়ে যাওয়া একজন মানুষকে, কবিতার জন্য সব হারানো একজন মানুষকে কেউ

কী-ই বা দিতে পারে আর? আমারও তো হাত খালি। কেবল হাতের কাছে ভেসে যাচ্ছে একখানা স্বর, তাকেই তুলে আনতে পারি উপহার ক'রে। এ বয়সে এসে টের পাই, এক স্বর থেকে অন্য স্বরে পৌঁছতে অনেকগুলো বছর পেরিয়ে যায় মানুষের। তাও হয়তো ঠিকঠাক পৌঁছনো হয়ে ওঠে না। শুদ্ধ গান্ধার হয়ে, শুদ্ধ আর কড়ি মধ্যম পার ক'রে, পঞ্চম ছুঁয়ে কোমল ধৈবতে পৌঁছতে যেমন লেগে গেল এই কুড়িটা বছর। সেই মিশ্র কাফি। সেই উলহাস কোশলকর।

এতদিন পরে তিনি ফিরে এসেছেন কবিতার পাশে বয়ে চলা সমান্তরাল সেই স্রোত নিয়ে, কেবল তাঁরও বয়স বেড়েছে বছর কুড়ি, শীতের রোদ্দুর একটু হেলেছে বিকেলের দিকে যেন। এই ক'দিন আগে আমি আবিষ্কার করেছি আবারও তাঁকে, আরেকরকমের মিশ্র কাফিতে। প্রায় চোদ্দ মিনিট ধরে গাইছেন সেই বন্দিশ— 'দেখো দেখো জি সঁইয়াঁ ধূম মচাওয়ত'... গোয়ালিয়রের পথে-প্রান্তরে আবারও পিছু নিচ্ছেন পড়ন্ত রোদের, সেসব নাহয় আমাদের চেনা। কিন্তু অন্তরা শেষ করে মুখড়ায় ফেরার সময়ে একবার কীভাবে যেন এক ঝলক কোমল ধৈবত লাগাচ্ছেন মিশ্র কাফিতে! কড়ি মধ্যমের অদেখা বাঁক ঘুরে একবার কোমল ধৈবত। ব্যাস। এ জিনিস, আমি অন্তত আগে শুনিনি। দাঁড়াইনি কখনও এমন কোমল বিস্ময়ের সামনে গিয়ে। কুড়ি বছর আগে এই বিস্ময়েরই নাম ছিল শুদ্ধ গান্ধার। বয়স তাকে ভাসাতে ভাসাতে কোমল ধৈবতে এনে ফেলেছে। সেই গানটুকুই নাহয় এবার উপহার দেব জয়দাকে। শুনব একসঙ্গে আরও একবার, মিশ্র কাফি, হেমন্তকালের সন্ধেবেলায়। আরেকবার জয়দার পাশাপাশি গিয়ে দাঁড়াব সেই লুকিয়ে থাকা অপ্রত্যাশিতকে দেখবার লোভে, স্রোতে ভেসে যাওয়া নক্ষত্রের গুঁড়োকে আবিষ্কার করার অছিলায়...কুড়িটা বছর, কবিতার কাছে এমন কী আর? এটুকু কি সে ফিরিয়ে দেবে না আমাদের?

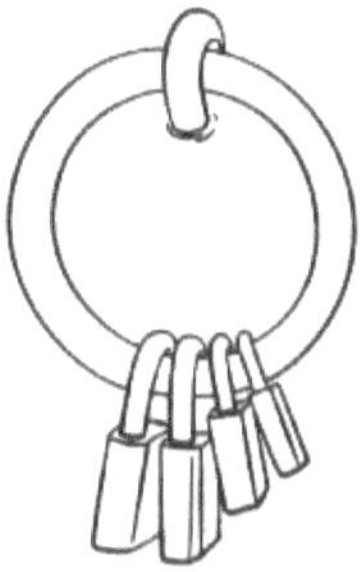

হায় স্বর্ণযুগ

'সে ছিল একদিন আমাদের যৌবনে কলকাতা'—কী কুক্ষণে এই অসামান্য লাইনখানা লিখেছিলেন শঙ্খবাবু। এ টু জেড পঞ্চাশোর্ধ্ব বাঙালির মনের অন্তরতম বাক্যি এই লাইনে এফোঁড়-ওফোঁড় গাঁথা হয়ে গিয়েছে। শুধু কলকাতার জায়গায় ইচ্ছেমতো শব্দ বসালেই মনের ভাব ঠিক ঠিক প্রকাশ হয়ে যাচ্ছে। ফুটবল থেকে ইলিশ, মূল্যবোধ থেকে পুরীর বিচ—কিছু একটা বসিয়ে নিলেই হল। ছন্দে মিলবে না, কিন্তু বক্তব্য পারফেক্ট। একমাত্র প্রথম বিয়েটা ছাড়া, বাঙালির সব কিছুই অতীতে ভালো ছিল। এখন আর ঠিক জমছে না। এমনকী প্রেমও, সেই যে সেই প্রথমটি, আহা, তেমনটি আর হল না। তার পর যত জন এল গেল, ঠিক ওই ব্যাপারটা আর যেন ফিরে পাওয়া গেল না। বিয়ের অবশ্য গুণগত রকমফের হয় বলে শুনিনি, কিন্তু অনিবার্য কারণে এগজিস্টিং বিয়েকেই সেরার শিরোপা দিতে বাধ্য বাঙালি। পৃথিবীর বাকি সব কিছু স্বর্ণযুগ সিনড্রোমের আওতায়।

'আহা, ঘনশ্যাম চক্কোত্তির মতো শ্যামাসঙ্গীত, কে গাইবে বলতে পারো আজ?' অথবা উফ, '৬৩-র মলিনা ট্রফির সেমিফাইনালে হরিৎ পোদ্দারের সেই লং পাস। এখন ভাবা যায়?' যে কোনও পাড়ার যে কোনও প্রৌঢ় আড্ডায় এ-জাতীয় বাক্যের কোনও অভাব নেই এই বঙ্গে। সঙ্গে একগুচ্ছ সুদূরগামী দৃষ্টি, যা ব্যাক করে আসার পরেই মুখে একরাশ বিরক্তি, যার একমাত্র কারণ আজকের বাংলা ও বাঙালির চূড়ান্ত অপদার্থতা। হতভাগ্য পরের প্রজন্মের লোক-হাসানো পারফরম্যান্স, যারা আসলে কিস্যু পারে না। আর তারা না-পারার ফলেই

টোটাল সমাজ-সংস্কৃতি ব্যাপারটা অধঃপতনের পথে দ্রুত গতিতে ধাবমান। মজা হচ্ছে, প্রত্যেক প্রজন্মের প্রৌঢ়রাই বিকেলের দিকে বাঙালির গৌরবের শেষ দিগন্তটা দেখতে পান, যেটা আজও পেরনো হয়নি।

সন্ধ্যা মুখুজ্জের মতো দরদ, স্যর আশুতোষের মতো মরদ, আলি অকবরের মতো সরোদ, আর বিয়ের পাঞ্জাবির মতো গরদ—কোনওটাই আজ আর নেই। যে-জাতির কবির হাত থেকে গীতবিতান বেরিয়েছে, সেই জাতির উচ্ছন্নে যাওয়া ছোঁড়াছুঁড়িরাই গিটার হাতে চুল ঝাঁকাচ্ছে। যে-জাতির নেতার মাথা থেকে আজাদ হিন্দ ফৌজ বেরিয়েছে, সেই জাতির নেতারা এখন ব্যক্তিগত বাইট-কাদায় মাখোমাখো। যে-জাতির পরিচালক সিনেমাকে নিজের থেকেও উঁচু হাইটে নিয়ে গিয়েছেন, সেই জাতির প্রায় সকলেই এখন ডিরেক্টর। অতএব, বাঙালিকে বাঁচাতে পারে, এমন দম অন্য গ্রহের প্রাণীদেরও নেই। এই সিদ্ধান্তে বহু আগেই উপনীত হয়েছেন আজকের পঞ্চাশপার বাঙালিরা, কেবল রকে, চা-দোকানে, বিয়েবাড়িতে বা পার্টিতে দেখা হয়ে গেলে সেই সিদ্ধান্তটাই আর এক বার ঝালিয়ে নেওয়া। তার পর চির-আক্ষেপের ভঙ্গিতে দু'দিকে মাথা নেড়ে দীর্ঘতম শ্বাসটি ফেলে সলিলোকি—'উফ! এ-ও দেখতে হল!' নাহ্, মোটেই একতরফা নয় এই লেখা। হাফ-সেঞ্চুরি পেরিয়ে যাওয়া সকলেই অতীতমুখো হয়ে বসে রয়েছেন, এমন একপেশে ভাবনা পুষে রাখার মতো বোকামিও ঠিক নয়। কাজের সূত্রে বহু বয়স্ক মানুষের সঙ্গেই আলাপ হয়, যাঁরা বাঙালির তথাকথিত স্বর্ণযুগ পেরিয়ে এসেও এই সময়ের সব রকম চেষ্টাগুলোকে প্রশ্রয় দিচ্ছেন, প্রশংসা করছেন মন থেকেই। রক ব্যান্ডের গান যে-কথা বলছে, ফেসবুক যে-কবিতা বিলি করছে, কলেজ-পাস মেয়েটি যে-সিনেমা বানাচ্ছে—সে-সবই তাঁরা আগের মতো উৎসুক মন দিয়েই বোঝার চেষ্টা করছেন। 'কিস্যু পারে না' বলে দেখার আগেই উড়িয়ে দিচ্ছেন না। কিন্তু একটা কথা বোধ হয় ঠিক, তাঁরা সংখ্যায় বেশ কম, স্বর্ণযুগ সিনড্রোমটা বাঙালি ইনহেরিট করে, সুতরাং অধিকাংশ লোকজন জন্মগত ভাবেই পরের দিকে হতাশ হয়ে যাওয়ার জন্যে প্রোগ্রাম্‌ড। জানতে ইচ্ছে করে, লালনের গানে মেতে ওঠা মানুষজন রবীন্দ্রসংগীতে কী ভাবে রিঅ্যাক্ট করেছিলেন? 'কিস্যু পারে না' বলেছিলেন কি? কিংবা বঙ্কিমের উপন্যাসে বেড়ে ওঠা পাঠকেরা বিভূতিভূষণের এন্ট্রিতে তওবা তওবা করেছিলেন কি না ভাবি। কেননা তখন এই 'সে ছিল একদিন আমাদের' ব্যাপারটা শুরু হয়নি, এটা মানতে মন চায় না। বরং পুরোনোকে

অন্ধ স্যালুট জানানোটা বাঙালির এতখানি মজ্জাগত যে 'সোনার কেল্লা' ছবিতে মুকুলের আগের জন্মটাই বেটার ছিল বলে দাবি করেন অনেকে। আর গৌরবোজ্জ্বল অতীত যে কেবল বাঙালি ক্রেডিটপূর্ণ হতে হবে তা নয়। বরং উজ্জ্বলতার আওতায় তামাম বিশ্বকে ইনক্লুড করেও ইদানীংকার বাঙালির ছোটত্ব প্রমাণে এক অদ্ভুত সুখ রয়েছে। তাই বিষয়ভিত্তিক তালিকা অনেক সময়ে এই রকমও হতে পারে ঃ সেরা সৎ মানুষ—নিজের ঠাকুরদা এবং গৌতম বুদ্ধ, সেরা সুন্দরী—নিজের পুরোনো প্রেমিকা এবং ক্লিওপ্যাট্রা, সেরা সিনেমা—পথের পাঁচালী এবং যিশু ছবি বানালে যা হতে পারত, সেরা প্রতিমা—বাগবাজার সর্বজনীন এবং ডেভিড, এমনকী সেরা সারমেয়—অরণ্যদেবের সঙ্গী বাঘা এবং যুধিষ্ঠিরের পেছনে যমরাজ। এর নীচে বাঙালি নামবেই না। কনটেম্পোরারিও হবে, সেরাও হবে... এর চাইতে সোনার পাথরবাটি বললেই হয়। ভাগ্যিস সিনেমা, অর্থনীতি আর ক্রিকেটে বাঙালির লেগ্যাসি কম দিনের, নইলে সত্যজিৎ রায়, অমর্ত্য সেন আর সৌরভ গঙ্গোপাধ্যায়কে তুলনায় লম্বা ফর্দর সামনে নিরুপায় দাঁড়াতে হত। তবে কিনা, এই তিন ফিল্ডে বাঙালির স্বর্ণযুগ তাঁরাই এস্ট্যাবলিশ করলেন। সুতরাং পরের লোকজনের চাপ আছে। জার্সি খুলে ওড়াতে না-পারলে, সাইকেল করে শান্তিনিকেতন টহল না-দিলে, নিদেন পক্ষে পাইপমুখে পিয়ানো না-বাজালে পাতে দেওয়ার মতো হওয়া মুশকিল। চেষ্টা চলবে, তবে সমস্যা একটাই। আকিরা কুরোসাওয়া একবারই হয়। বাকিরা কুরোসাওয়া হওয়ার চেষ্টা করে। সারা জীবন ধরে।

তবে হ্যাঁ, মাঝেমধ্যে যে আমিও এট্টু অতীতচারী হয়ে উঠি না, তা নয়। লং ড্রাইভে রেডিয়োয় টানা এখনকার গানবাজনা শুনতে শুনতে হুট করে কোনও কারণে পঞ্চাশের দশকের কোনও গান বেজে উঠলে নিজের অজান্তেই 'আহা' বেরিয়ে আসে মুখ দিয়ে। এমনিতে চেঁচিয়ে ফাটিয়ে দিলেও, এই চল্লিশ ছুঁই-ছুঁই আমি বা আমরা কি মনে মনেও অস্বীকার করতে পারব যে, রবীন্দ্রনাথ-জীবনানন্দ, আলি আকবর-রবিশংকর, সত্যজিৎ-ঋত্বিক, সলিল-নচিকেতা বা সুনীল-শক্তির রিপিট হয়নি? সময় যত গড়িয়েছে, মিডিয়া বেড়েছে। তুলনায় মেধা কি একটু...যাক গে। আমরা তবু একটা সুমন চাটুজ্জে আর একটা সৌরভ নিয়ে শেষ বয়সে রক গরম করতে পারব। তার পরের ছেলেমেয়েদের কী হবে?

আমার এই প্রশ্নের মধ্যেও কিন্তু ওই স্বর্ণযুগ সিনড্রোমের ইঙ্গিত লুকিয়ে আছে। আগামীকে দুর্ভাগা না-ভাবলে অতীতকে দিগ্বিজয়ী ভাবাটা কি তা হলে বাঙালির পক্ষে দুষ্কর? এতক্ষণ

তো রক্তমাংসের মানুষ আর তার পারফরমেন্সের খতিয়ান চলল। তার বাইরেও যা-যা হয় এবং হতে পারে, সে-সবও ওই আগেই ভালো ছিল। এখন গোল্লায় গেছে। যেমন, আগেকার বিয়েবাড়ির মেনু, আগেকার সাইকেল রিকশা, আগেকার রেডিয়ো, আগেকার চিড়িয়াখানা, আগেকার পেঁপেগাছ, আগেকার চৌবাচ্চা, আগেকার অন্ধকার, আগেকার ইত্যাদি। সে দশ বছর আগের হতে পারে, একশো বছর আগেরও হতে পারে। মোদ্দা কথা, আগের হতে হবে। তবেই না এখনকার তুলনায় তার প্রশ্নাতীত ভালোত্ব! কখনও সময়ের এতখানি ব্যবধানে 'আগের' না হলেও চলবে। 'আগের ব্যাচে মাছের পিসগুলো বেটার ছিল' বা 'আগের বাসটায় ভিড় কম ছিল'...এও সেই এক সিনড্রোম। সবটাই আগে ছিল। এবং আমি সেই আগেভাগে শামিল হয়ে থাকতে পারলাম না বলে বুকফাটা আক্ষেপ। সেই সঙ্গে এই মুহূর্তের খোকলা আবহাওয়ায় বেঁচে থাকতে হচ্ছে বলে ভাগ্যকে তিরস্কার। অর্থাৎ, আমি বিলং করি স্বর্ণযুগে, কিন্তু লং হতে হতে এই প্রস্তরযুগে এসে ঠেকেছি। সুতরাং বাঙালির সব সোনা-ই আগের জাহাজে বন্দর ছেড়ে বেরিয়ে পড়েছে, বাকি জীবন সে ঘাটে বসে থাকবে আনমনা... বয়ে যাওয়া সুসময় নিয়ে কথা বলবার জন্যে।

এমনকী আমি যে আমি, কুড়ি কুড়ি বছরের পার একটানা কবিতা লেখার চেষ্টা চালিয়ে যাচ্ছি, সেই আমাকেই আমারই স্বর্ণযুগের কথা মনে করিয়ে দিয়ে এই তো সে দিন মেসেজ করলেন এক পাঠক—'দাদা, আপনার এখনকার কবিতাগুলো পড়ছি, কিন্তু ঠিক আগের মতো হচ্ছে না।' বার্তা এক দিক থেকে স্বস্তিরই, কেননা আগের মতোই লিখলে আর লেখার দরকারই বা কী? কিন্তু পরক্ষণেই ব্যাখ্যাও চলে এল—'আসলে আগে আপনার কবিতাগুলোয় চাইলেই সুর দেওয়া যেত। কিন্তু এখন যেগুলো লিখছেন, সুর দিতে পারছি না। খুব অসুবিধে হচ্ছে।' অর্থাৎ কিনা, সেই পাঠকের কাছে আমার কবিতারও একটা স্বর্ণযুগ রয়েছে, যার এক্সপায়ারি ডেট ইতিমধ্যেই ওভার।

আসলে আর একটু তলিয়ে ভেবে দেখলে, আমরা প্রত্যেকেই হয়তো একটু হলেও পিছিয়ে যেতে চাই। কেউ কি দিব্যি কেটে বলতে পারবে, এই যে এখন বেঁচে আছি, তার চাইতে ছোটবেলাটা ভালো ছিল না? সেই শীতকালের ক্রিকেট, সেই মা'র বকুনি, সেই দিদিমণির পড়াতে আসা, সেই ছোট পাড়ার দুপুরবেলায় আচারওলার ডাক, সেই কোচিং থেকে ফেরার পথে আলগা চাউনি-বিনিময়, সেই হাতখরচ থেকে টাকা বাঁচিয়ে কবিতার বই

কেনা, সেই লোডশেডিঙের সন্ধেবেলায় রেডিয়োয় রহস্য-নাটক শোনা, সেই রেনি-ডে ডিক্লেয়ার করার পর স্কুলের মাঠে ভিজতে ভিজতে ঝাঁপিয়ে পড়া... এমন কতশত কুচো সোনা তো ছড়িয়ে রয়েছে আমাদের ভেতরেই। আমরা প্রত্যেকে নিজেদের বুকের মধ্যে, মাথার মধ্যে যার যার ব্যক্তিগত স্বর্ণযুগ বয়ে বেড়াচ্ছি। তার হাত থেকে নিস্তার কোথায়? আর এই যে, এই মুহূর্তে পা রেখে পার হচ্ছি যে-সময়টা, ভুলে গেলে চলবে না, সেটাও কিন্তু আদতে স্বর্ণযুগই। ভবিষ্যতের।

সুতরাং, মানুষমাত্রই অতীতচারী। কিন্তু এও সত্যি, বাঙালি তাতে স্পেশাল ফ্লেভার অ্যাড করেছে। তাই বাঙালিকে এই অঙ্কে কনস্ট্যান্ট ধরলে সব যুগই স্বর্ণযুগ, যে সব যুগ তাদের বর্তমান সময়ে পারফেক্টলি অপদার্থ ছিল। এ-বিষয়ে একটা ঘটনার কথা বলি। তখন কলকাতা জুড়ে জুরাসিক-জ্বর চলছে। স্পিলবার্গের তাক-লাগানো ছবিটি শোলে-র রেকর্ড ভেঙে দেয় আর কী! এই রকম সময়ে আমার পাড়াতুতো এক দাদা সিনেমাটা দেখে খুব বিষণ্ণ হয়ে ফিরে এলেন। আমার আগেই দেখা। জিগ্যেস করলাম, তাঁর কেমন লাগল। তিনি একটা দীর্ঘশ্বাস ফেলে বললেন, 'ওই সময়টাই ভালো ছিল রে...'। বুঝলাম, জুরাসিক এজ-এর কথা বলছেন। আমি কারণটা বুঝতে না-পেরে জানতে চাইতেই আরও দীর্ঘ একটা শ্বাস ছেড়ে বললেন, 'কেন আবার! মানুষ ছিল না।' পৃথিবীর স্বর্ণযুগের এর চাইতে লাগসই সংজ্ঞা আমি আর শুনিনি।

সে দিন চৈত্র সেল

দিব্যি মনে পড়ছে, 'দেখলে হবে? খরচা আছে' নামক প্রবাদটি আমি প্রথম শুনেছিলাম গড়িয়া মোড়ে, ভরপুর সেলের বাজারে। তখন কথাটা নতুন নতুন মার্কেটে পড়েছে, দেদার পপুলারিটি। তবে চিরকালীন হয়ে ওঠার পথে এত দ্রুত ট্র্যাভেল করবে, সেটা তখনও বুঝিনি। উন্মাদ হয়ে যাওয়ার মতো ভিড়, কে কোন দিকে কেন হনহন করে চলেছে তার কোনও ব্যাখ্যা কোথাও নেই। হুড়ুদ্দুম গরম, দুপুরের কালাহারিকে এনি মোমেন্ট এক হাত নিতে পারে... তার মধ্যে বাঙালির এই অত্যাশ্চর্য উতলাপনা।

সেই বোম্বাস্টিক ভিড় ভেদ করে আকাশের দিকে উঠেছে চিরে যাওয়া কণ্ঠের আওয়াজ—'দেখলে হবে? খরচা আছে!' এবং সে দিক থেকে কথাটা শোনা যাচ্ছে সে দিকে উন্নততর ভিড়। ঠেলেঠুলে পৌঁছে দেখা গেল, সিড়িঙ্গিমার্কা প্যাঁচালো একটা লোক এন্তার ফটাশ জল বিক্রি করছে। দক্ষিণ চব্বিশ পরগনা এই পৃথিবীকে অনেক দিয়েছে। তার মধ্যে প্রধান গিফট্ এই ফটাশ জল। স্বাদের ব্যাপারটা পরে আসছে, কোল্ড ড্রিংকের বাতিল বোতলে পুরে রাখা এই সুস্বাদু এবং অবশ্যম্ভাবী অপরিষ্কার জলকে ক্রেতার কাছে পেশ করার ভঙ্গিটাই একটা আর্ট। এবং ছিপি খোলার সময় যে আওয়াজ হয়ে থাকে তারই নামে এই আবিষ্কারের নামকরণ। সেলে অন্য কিছু বিকোক না বিকোক, মারকাটারি গরমের সন্ধেবেলা ফটাশ জলের মার নেই। যিনি দু'হাত ভরে কিনে বাড়ি ফিরছেন, তিনি তৃপ্ত মুখে ফটাশ জল পান করছেন, যিনি কিছুতেই দোকানদারদের সঙ্গে দরদামে এঁটে উঠতে পারেননি, তিনিও চালাচ্ছেন। কিন্তু

এ হেন অমৃতবারি বিক্রির ক্যাচলাইন যে কেন 'দেখলে হবে? খরচা আছে,' তা বোঝা মুশকিল। কিন্তু যাহা সাকসেসফুল, তাহা অকোয়েশ্চেনীয়। সুতরাং ফটাশ জল জিন্দাবাদ।

চৈত্রসেল। সে যে কী বস্তু যে না দেখেছে, তাকে বোঝানোর সাধ্যি নেই। অন্য কোনও জাত হলে যে গরমে ফ্যামিলি নিয়ে ফ্রিজে ঢোকার নাছোড় চেষ্টা চালাত, ঠিক সেই হাড়জ্বালানি গরমে বাঙালি সগৌরব নতুন বছরের কেনাকাটা সারতে বেরোয়। স্টেডি দোকান তফাত যাও। ফুটপাথ বুকে আও। এই রকম একটা দরদী মনোভাব নিয়ে যখন রাস্তা-কে-রাস্তা সেজেগুজে ঝলমল করে ওঠে, গরমের অহঙ্কারী বেলুনকে টোকায় চুপসে দিয়ে এই একটি জাতই পারে গায়ে গা লাগিয়ে ঢল নামাতে। চৈত্রসেল মানেই ফুটপাথের অপেরা। মেন রোডের গঙ্গাসাগর। টেপ জামা থেকে হাতাখুন্তি, চিরুনি থেকে খেলনা বন্দুক, লুঙ্গি থেকে টুথপিক। বিষয়বৈচিত্রে সেরা, স্বপ্ন দিয়ে তৈরি, স্মৃতি দিয়ে ঘেরা। গ্রীষ্মে টাইট খেয়ে মশারাও যেখানে দূরে দূরে উড়ছে পারতপক্ষে গায়ে গা লাগাচ্ছে না, সেখানে বাঙালির গায়ে তখন নিজের চেয়ে অন্যের ঘামই বেশি। সেল সমুদ্রে জীবনবোট ভাসিয়ে সে তখন মহানন্দে মাখোমাখো। এই অবস্থাকেই একজ্যাক্টলি শাস্ত্রে বলেছে তুরীয়। সঙ্গে ভেলপুরিও।

আমাদের ছোটবেলায় এমন ঘামসন্ধে নেহাত কম আসেনি। খেলেধুলে বাড়ি ফিরে পা ধুয়েটুয়ে পড়তে বসব প্রায়, এমন সময় মা ভালো জামা পরে নিতে বলেছেন। ব্যস্ এক লাফ। নির্ঘাত সেল দেখতে নিয়ে যাবে। বাবা বলতেন, সেলে যাওয়ার চেয়ে জেলে যাওয়া ভালো। কিন্তু মা দিন দুয়েক অন্তত গড়িয়ামোড়ে হানা দিতেনই আমার হাত ধরে। যত দূর চোখ যায় বাঙালির তীক্ষ্ণ মাথা গিজগিজ। অটোফটো সাইড হয়ে গিয়েছে। কোনও কারণে ট্যাঙ্ক এসে দাঁড়ালেও ঢোকার রিস্ক নেবে না এমনই ভিড়। সবাই যে কিনছে খুব এমনটা না। কিন্তু এই যে রাস্তা জুড়ে কেনাকাটার একটা জমজমাট যামিনী, তাতেই বা কম আহ্লাদ কীসের? তার ওপর দরদামও একটা শিল্প, সেও তো বাঙালি বৌদিরাই প্রথম প্রমাণ করলেন। একটা শিরশিরে ম্যাক্সির দাম যদি দোকানি বলেন, 'কিলিমাঞ্জারো,' বউদি সটান শুরু করবেন শিলিগুড়ি দিয়ে। ওই উচ্চতা থেকে এক ঝটকায় এই গভীরতায় চ্যালেঞ্জের কারিগরি বাঙালি বউদিদের হাতের পাঁচ। শেষমেশ চরম কাঁচুমাচু টানাপোড়েন বৌদির 'রাখো তোমার ম্যাক্সি' বলে অভিমানী মুখ ঘুরিয়ে চলে যাওয়া, পরমুহূর্তে সন্ধের বাড়ি যাওয়া আশা পারেখের প্রতি রাজেশ খান্নার ডাকের মতো একটা আওয়াজ। ম্যাক্সি-মাম লস খেয়ে শুধু সেই বৌদির জন্য

এই দামে দোকানির রাজি হওয়া, যা কিনা সে আগের বৌদির জন্যও হতে বাধ্য হয়েছে।

সেলের রাজা হল গড়িয়াহাট। দৈবাৎ কোনও বছরে গড়িয়াহাটে যাওয়ার সুযোগ হলে হাতে চাঁদ পেতাম। টানা পাঁচ বছর দিঘার পর গোয়া নিয়ে গেলে যা হয়। ফ্লাইওভারহীনতায় এক সময় বাঁচতে চাইত গড়িয়াহাট। সেই আদিম গড়িয়াহাটের শেষ চৈত্রের সন্ধে যাঁদের স্মৃতিতে রয়েছে তাঁরা জানেন ডাইনোসর-ফাইনোসর কোনও ব্যাপার না। স্পিলবার্গকে একবার গড়িয়াহাট সেলের বাজারে এনে ফেলতে পারলে তিনি শিওর শট 'উন্নাসিক পার্ক' নামে ছবি বানাতেন। সারা পৃথিবী এক দিকে, গড়িয়াহাট এক দিকে। ব্রিগেডকে বলে 'পকেটে থাক', বইমেলাকে বলে 'চেপে যা।'

গড়িয়ায় ফটাশ জল তো গড়িয়াহাটে রোল। বিশেষ করে এগরোল, যা আমাদের ছোটবেলায় দুর্দান্ত জনপ্রিয় ছিল। ওই গরমে হাঁই হাঁই করে রোল খেয়ে আবার ভিড়ে ডুব দিতেও একমাত্র বাঙালিই পারে। সেলের দমকা হাওয়ায় কবিতার টুকরোও কি উড়ত না? ওই গড়িয়াহাটের ভিড়েই শুনেছিলাম অসামান্য উচ্চারণ—'সস্তা আছে টেরেলিন/কেড়ে লিন মেরে লিন।' এমন বিচক্ষণ অন্তমিলযুক্ত দ্বিপদীয় এ হেন বাণিজ্যিক ব্যবহার সেও বোধ হয় একমাত্র বাঙালির পক্ষেই সম্ভব।

এখন প্রশ্ন, সেই বাঙালির, সেই বাংলারই বা কী হল? ফুলের বনে হা হা করে ফিরে গেল ফাগুন। চৈত্রের রাজপথেও পায়ের ছাপ নেই বড় একটা। দোকানিরা পশরা নিয়ে বসেননি তা নয়, কিন্তু উদ্‌যাপনের রাজকীয়তা নেই। বরং কোথাও যেন একটা অভ্যেসের দায় চলে এসেছে। ট্র্যাফিক বয়ে চলেছে নিশ্চিন্তে। চৈত্র সেলের চোখরাঙানির সামনে তাকে হাত জোড় করে দাঁড়িয়ে থাকতে হচ্ছে না।

এ কেমন দিন এল? ঝলমলের মধ্যবিত্ত বানান ভেঙে কেবল মলটুকু নিয়েই কি তবে খুশি থাকল কলকাতা? যেখানে সারা বছর কোনও না কোনও মিহি বাহানায় চলতে থাকে সেল। চৈত্র লাগে না। গরমও লাগে না অবশ্য। ঠান্ডা ঘেরাটোপে ফুরফুরে অবস্থায় দিনভর ঘুরে বেছে নেওয়া যায় মনের মতো জিনিস। দরদামের শিল্পও এখন প্রায় জাদুঘরে। বিক্রির খাতিরে বুক নিংড়ে 'বৌদি' বলে ডেকে ওঠা সেই সব রোগা অন্ধকার দোকানিরাও কোথায় যেন গা ঢাকা দিয়েছে। ট্যাগেই লেখা আছে কোন জিনিসে কত পারসেন্ট ছাড়, ম্যাডাম নিশ্চয়ই পড়ে নেবেন।

তবে চৈত্রসেলের সেই রমরমা হয়তো এখনও জারি, একটু মফসস্লের দিকে। খোদ কলকাতার বুকে সে টিকে আছে টিমটিম করে। হয়তো গাড়িয়াহাটে। হয়তো হাতিবাগানে। কিন্তু তার অহঙ্কারের ফিটন এখন লঝঝড়ে সাইকেল। বেশির ভাগ বাঙালিই সেল ছেড়েছে। সেলফি ধরেছে। ভিড়ে মিশে যাওয়ার বদলে নিজের ভিড়ে মিশিয়ে দিতে চাইছে বাকিদের। প্রহরশেষের রাঙা আলোর নিজের চোখেই সে নিজের সর্বনাশ দিব্যি দেখতে পাচ্ছে।

সে দিন চৈত্র-সেল ছিল। আজ চৈত্র-পার্সেল হয়ে গেছে। কেনার সময় পার। এখন তো বেচার দিন, বিক্রি হয়ে যাওয়ার মরশুম। নিজেকে সস্তায়, যত অভিনব কায়দায় পেশ করা যাবে বাজারে, খদ্দের জুটে যাবে ততই। ফুটপাথের অপেরা নিবে আসবে একে একে...কেউ তার কথা মনেও রাখবে না!

শীতকালে তাজা থাকার ১০টি উপায় (পুং)

১। রোজ মর্নিং ওয়াক করুন

ওয়াক করা খুব গুরুত্বপূর্ণ ব্যাপার। বিশেষত বাঙালিদের ক্ষেত্রে তো বটেই। সেই কারণেই বাঙালি মায়েরা ছোট থেকেই তাদের শিশুদের ওয়াক করতে বলেন। সে সময় শিশুরা ওয়াক-এর যে মানে করে তা অবশ্য সব সময় সঠিক হয় না। যাই হোক, ওয়াক করা খুবই গুরুত্বপূর্ণ। বাঙালির জীবনে এই ওয়াক বরাবরই দারুণ ভূমিকা নিয়েছে, বিশেষত মর্নিং-এর দিকে।

শীতকালে নিজেকে তাজা রাখার খুব ভালো উপায় হল এই মর্নিং ওয়াক। কারণ তখন সূর্য ওঠে, পাখি ডাকে। ঘাসে শিশির পড়ে থাকে, বেঞ্চে রুমাল। কিছু দূরে সিঙাড়া আর জিলিপি ভাজা হয়, শুধু মর্নিং ওয়াক শেষ হবার অপেক্ষা। দামি জুতো পরে নিতে পারেন, কানে ইয়ারফোন গুঁজে নিলে শীতের মর্নিং ওয়াক আরও দমদার। গরিবদের জন্যে রইল শিশির আর পাখির ডাক।

পুনশ্চ ঃ শীতের সকালে, মানে অত সকালে ঘুম থেকে উঠতে অনেকেরই প্রবলেম কারণ, ইচ্ছে করে না। তাঁদের বলি, সকালে যদি না পারেন, দিনের যে কোনও সময় মর্নিং ওয়াকটা সেরে নিন। দুপুরে অফিস থেকে টুক করে বেরিয়ে, সন্ধেতে বাড়ি ফেরার পথে অথবা রাতে খেয়েদেয়ে উঠে হলেও, মর্নিং ওয়াক কিন্তু মাস্ট।

২। অবাঞ্ছিত ভাইফোঁটা অ্যাভয়েড করুন

কোন সেই জিনিস, যা পুরুষকে সবচেয়ে বেশি তাজা রাখে? প্রেম। সে আপনার ২৭ হোক বা ৭২, প্রেম এলে আর দেখতে হবে না। নতুন টমেটোর মতো ফ্রেশ লাগবেই। শীতকাল এমনিতেই ডিপ্রেসিং, কুয়াশা-টুয়াশা হয়, দুপুর না ফুরোতেই সন্ধে...এ সময় মনকে বাঁচিয়ে রাখতে পারে প্রেম। আরও গভীরভাবে বললে, নতুন প্রেম। কিন্তু সাবধান। আপনি যে মেয়েটির প্রেমে পড়বেন, সেও আপনার প্রেমে পড়বে এমন কোনও গ্যারান্টি নেই। সেক্ষেত্রে টুক করে যদি বাইচান্স ভাইফোঁটা দিয়ে দেয় তো হয়ে গেল। আগে রাখি পরিয়ে পুরুষদের আঘাত করা হত। কিন্তু এখনকার মেয়েরা অনেক অ্যাডভান্স। তারা জানে ছেলেরাও ছেলেদের রাখি পরাতে পারে, ব্যাপারটা খুব পুরোনোও নয়, এই তো রবিঠাকুর চালু করেছিলেন...কিন্তু ভাইফোঁটা মারাত্মক জিনিস। একবার ছাপ্পা পড়ল তো চিরতরে ব্র্যান্ডেজ। ধরুন আপনাকে একলা পেয়ে সে কাছে ডাকল, আপনিও কী-না-কী ভেবে গেলেন...সে আরও কাছে এল...আপনি ভাবছেন এমন দিনে তারে বলা যায়... ইন দি মিন টাইম সে দিল কড়ে আঙুল দিয়ে আপনার কপালে চন্দনের ফোঁটা...ব্যস। শীতের শুরুতেই তাজা থাকার শ্রাদ্ধ হয়ে গেল। এমনকী শুধু তাই নয়, প্রতি শীতে ওই একটি চন্দনের ফোঁটা আপনাকে এমন হন্ট করবে যে বলার না। তাই বলি, তাজা থাকতে হলে ভাইফোঁটার পিরিয়ডে কেবলমাত্র নিজের আপন বোন ছাড়া কোনও মেয়েকে কাছে ঘেঁষতে দেবেন না।

পুনশ্চ ঃ এমারজেন্সি সিচুয়েশনে যথাযথ মোকাবিলা করার জন্যে পকেটে সিঁদুরের কৌটো রাখতে পারেন।

৩। অবশ্যই দেখুন ফিল্ম ফেস্টিভাল

শরীরের খিদে আছে, মনের বুঝি নেই? খোরাক না পেলে মন কখনও তাজা থাকে না। আর শীতকালে মনকে সবচেয়ে তাজা রাখতে পারে ফিল্ম ফেস্টিভাল। এটাও এক ধরনের পুজো, কালীপুজোর আশেপাশে হয়। এরও ঠাকুর আছে, তাদের নাম বইয়ে পাওয়া যায়। নভেম্বরের টানা সাতটা দিন ফেস্টিভাল চত্বর বেগুনি আলো আর পতাকায় ঝলমল (পতাকার রং বেগুনি নয়), একবার গিয়ে পড়লে মন ভালো হতে বাধ্য। এর আসল

ব্যাপারটা হল ভালো-ভালো বই দেখা। বিদেশি বই, পাড়ার দোকানে যাদের ডিভিডি পাওয়া যায় না, এনে দেখানো হয়।

তাই বলি, বেকাররা সারাদিন আর চাকুরেরা অফিস ফেরত ফেস্টিভালে যান। নিজের ছবিওলা কার্ড সবাই পায় না, সেক্ষেত্রে লম্বা লাইনে গা ঘেঁষে দাঁড়ান, দু-চার কথায় আলাপ জমান, মনে রাখবেন, এই সাত দিন বিভিন্ন বই দেখতে গিয়ে মেয়েটির সঙ্গে আপনার দেখা হবেই। এও মনকে তাজা রাখে। তবে বারবার একই লাইনে দাঁড়াবেন না, কারণ ফেস্টিভাল শেষ হয়ে গেলে তাকে আর পাওয়া যাবে না। সেক্ষেত্রে মন খারাপ অনিবার্য।

বেছে-বেছে বই দেখবেন, হাতের কাছে যা পাবেন তাইতেই ঢুকে পড়বেন না। যে ভাষা বোঝেন না, মেনলি সেই ভাষার বই দেখুন। আগেই ঠিক করে নিন কোনটা পছন্দ— সিন না সাবটাইটেল ঃ (তা বলে ওইসব সিনে আদিখ্যেতা করে সাবটাইটেল পড়তে যাবেন না, ওতে মনের ওপর চাপ পড়ে।

৪। নিয়মিত ব্যায়াম করুন

ঠান্ডা, আপনারা জানেন, যে কোনও জিনিসকে সংকুচিত, অর্থাৎ ছোট সাইজের করে দেয়। আপনিও তার থেকে বাদ যান না। যাই বলুন, শীতে আপনি একটু ছোট হবেনই। সেক্ষেত্রে উপায়? ব্যায়াম। তবে ওই টিভিতে যেসব ব্যায়াম দেখায় সেসব নয়, এ ব্যাপারে আপনাকে হতে হবে একটু ইনোভেটিভ এবং অবশ্যই সৃষ্টিশীল। সকলের শরীর এক রকম নয়, তাই প্রবলেমও আলাদা। নিজের শরীরের একান্ত চাহিদা অনুযায়ী আপনাকে তৈরি করে নিতে হবে ব্যায়াম।

শীতকালে একটু ঝুঁকে পড়ার প্রবণতা দেখা যায়। তাই ছুটির দিনে শিরদাঁড়া বরাবর বাঁশের রড বেঁধে রাখতে পারেন বা দড়িতে ইট বেঁধে গলা থেকে পেছন দিকে ঝুলিয়ে দিতে পারেন। এ কেবল নমুনা, সকলকে সুট না-ও করতে পারে। তবে একটা ব্যাপার সকলেরই লাগবে, সেটা হল নিজের আসল হাইট বজায় রাখা। শীত যাতে আপনাকে কুঁকড়ে দিতে না পারে সে জন্যে ঝুলতে হবে। পর্দার রড, পিভিসি পাইপ, মোট কথা শক্তপোক্ত জায়গা থেকে দিনের অনেকটা সময় ঝুলে থাকতে হবে। বাড়াতে হবে

নিজের আত্মবিশ্বাস। বিবেকানন্দের মতো দাঁড়ান, উত্তমকুমারের মতো হাঁটুন। আপনি বিবেকানন্দ কিম্বা উত্তমকুমার নন। কিন্তু কমই বা কীসে?

বিঃ দ্রঃ যাঁরা লোকাল ট্রেনে রোজ ডেলি প্যাসেঞ্জারি করেন, তাঁদের এত কিছু না করলেও চলবে।

৫। ক্লাসিকাল গানের ফাংশানে যান (হোল নাইট)

মন আর শরীরের কথা তো বলা হল। যার কথা এখনও বলা হল না সে হল আত্মা। আত্মাই হচ্ছে মানুষের সেরা সম্পদ, মেন পয়েন্ট। এদিককার দর্শন তাই বলে। কিন্তু মাঘের শীত আত্মাকেও টাচ করে। তাহলে কী হবে? এখন আত্মা যেহেতু গভীরে থাকে, তাকে তাজা রাখতেও গভীর ব্যাপার দরকার। আমাদের হাতের কাছে সেরকম বলতে ক্লাসিকাল গানের ফাংশান। তবে যে-সে ফাংশানে গেলে হবে না, সারা রাতের, মানে হোল নাইট ফাংশানে যেতে হবে।

অনেক ফাংশান পাঁচ-ছ'রাত ধরে চলে। যে রাতে শিবকুমার শর্মা আর হরিপ্রসাদ চৌরাসিয়া আছেন, সে রাতের দুটি টিকিট জোগাড় করুন। বউকে সঙ্গে নেবেন না এবং লক্ষ রাখবেন, প্রেমিকার বরও যেন না আসে। সব ক্লান্তি আর দুশ্চিন্তা ঝেড়ে ফেলে দুজনে মিলে সঙ্গীত শুনুন। এক্ষেত্রে সাবটাইটেল না থাকলেও বোঝার চেষ্টা ছাড়বেন না। নাচ একটা হবেই, তখন বেরিয়ে কফি খান, হাঁটুন, ভালোবাসুন। প্যান্ডেলে ফিরে ক্লোজ হয়ে বসুন। এর মধ্যে কেউ বীণা বাজালে সেই সময়টা ঘুমিয়ে নিন। তারপর যখন শিব-হরি হবে, ভাবুন এই জুটিই সিলসিলার সুর দিয়েছিল। অমিতাভ-রেখার কথা ভাবুন (চোখ খুলে নয়) আর নিজেদের আত্মার গভীরতা উপলব্ধি করুন। আত্মা যদি একবার গরম হয়ে যায়, ও আর দেখতে হবে না। ভোরের দিকে অন্য আইটেম থাকলে দুটিতে মিলে বেরিয়ে পড়ুন, ভিকিরি আর পাখিরা জাগছে...দুধওলার নরম পৃথিবী। ওকে বাসে তুলে দিয়ে বাড়ি ফিরুন।

৬। গরিবদের দিকে তাকান

এই উপায়টি একেবারে অন্যরকম, পরোক্ষ এবং বিতর্কিত। তাতে কী? তাজা থাকার এও এক পথ। আপনার হয়তো মনে হয়, শীতে তাজা থাকার জন্যে যা যা লাগে তার অনেক

কিছুই আপনার কাছে নেই। যেমন রুম হিটার, গাড়ি, গরম জলের বাথটাব বা রেগুলার শারীরিক সম্পর্ক। কিন্তু আপনার যা আছে, সেটুকুও যাদের নেই, তাদের দিকে তাকান। একটা সেফ ডিসটেন্স থেকে গরিবদের ওপর চোখ রাখুন। তাদের শারীরিক সম্পর্ক আপনার চেয়ে বেশি হলেও বাড়ি বা সোয়েটার, কোনওটাই নেই। এইবার বুঝতে পারবেন যে আপনি একটু হলেও বেটার আছেন। তবে খেয়াল রাখবেন, খুব কাছে না চলে যান। সেক্ষেত্রে ইনফ্লুয়েন্সড হতে পারেন।

বিঃ দ্রঃ গরিবদের জন্যে এই উপায়টি প্রযোজ্য নয়।

৭। বইমেলা অ্যাটেন্ড করুন।

ফিল্ম ফেস্টিভাল বা ক্লাসিকাল গানের ফাংশান যদি বা মিসও করে থাকেন, বইমেলা যেতে ভুলবেন না। যাবার আগে জেনে নিন কোথায় হচ্ছে। কথায় বলে বই মানুষের শ্রেষ্ঠ বন্ধু কথায় ঠিকই বলে। বই যদি না-ও পড়েন, কিনুন। যদি না-ও কেনেন, নেড়েচেড়ে দেখুন যদি নেড়েচেড়ে না-ও দেখেন, গন্ধ শুঁকুন অন্তত, মন ভালো হয়ে যাবে। এক্ষেত্রে আরও একটা সুবিধে আছে— কোনও সাবটাইটেলের বালাই নেই, শুধু টাইটেল।

বই যেমন মনকে ভালো রাখে, তেমনই বইমেলাও ভালো রাখে। দেখবেন কত কত লোক, দুর্গাপুজোর মতো ভিড়। সবচেয়ে যেটা বড় ব্যাপার, এ হল অন্যতম দুর্লভ জায়গা যেখানে পাটিসাপটা, পপকর্ণ, দমকল আর রবীন্দ্রসঙ্গীত একসঙ্গে পাওয়া যায়। ফুরফুরে এক আমেজ তাই তো ভরে যায় মন।

যেদিনকে খুব ভিড় হবে সেদিনকে একটা মজা করে দেখতে পারেন। ভেবে দেখুন তো শেষ কবে মাইকে নিজের নাম ঘোষণা হতে শুনেছেন? নির্ঘাত সেই নার্সারিতে পড়তে পাড়ার বিচিত্রানুষ্ঠানে রাইমস আবৃত্তি করার সময়? তাও মাত্র খান পনেরো লোকের সামনে আপনি চাইলেই কয়েক লাখ লোকের সামনে আপনার নাম অ্যানাউন্স হতে পারে একবার-দুবার নয়, বারবার। করুন কী, হারিয়ে যান। সঙ্গে কলিগ বা বন্ধু থাকলে হবে না স্ত্রী এবং বাচ্চা থাকতে হবে। বাড়ির চাবি নিজের কাছে রাখুন যাতে আপনাকে খুঁজে পাওয়া ছাড়া বউয়ের রাস্তা না থাকে। কিছুক্ষণ পরেই গমগমে গলায় ওই অতগুলো লোকের মাঝখানে শুনে নিন নিজের নাম। মন তো ভালো হবেই, শরীরটাও ঝরঝরে থাকবে

সুতরাং বইমেলা অবশ্যই।

পুনশ্চ ঃ একা থাকলে আবার ভুল করে হারাবেন না যেন। খোঁজার জন্যে কাউকে পাবেন না। শেষে নিজে গিয়ে নিজের নাম অ্যানাউন্স করানো, সে এক বিতিকিচ্ছিরি ব্যাপার।

৮। বেড়াতে যান দক্ষিণ গোলার্ধে

এই উপায়টি একটু খরচসাপেক্ষ, সকলে হয়তো অ্যাফোর্ড করতে পারবেন না। যাঁরা পারবেন, তাঁদের জন্যে এর চাইতে ভালো আর কিছু হয় না।

নিশ্চয়ই জানেন, দক্ষিণ গোলার্ধ যেহেতু উত্তর গোলার্ধের উল্টোদিকে অবস্থিত, এখানে যখন শীত, ওখানে তখনই গ্রীষ্ম। অর্থাৎ, শীতে তাজা থাকার অন্যান্য উপায়গুলি ফলোই করতে হবে না, যদি শীতকালে ওদিকে চলে যেতে পারেন। কারণ তখন আর শীতই তো থাকবে না।

যেতে পারেন সাউথ আফ্রিকা, লাতিন আমেরিকা, অস্ট্রেলিয়া বা নিউজিল্যান্ডে। আরও নানান জায়গা আছে, ম্যাপ-বইয়ে পাবেন। অসামান্য প্রাকৃতিক শোভার মধ্যে উপভোগ করুন গ্রীষ্ম। ক্যাঙারু, কুয়ালা, কিউই প্রভৃতি দেখুন। হালকা জামাকাপড় সঙ্গে নেবেন, মাফলার বা টুপি কখনোই নয়। ভেবে দেখেছেন কি, ওসব দেশের মানুষেরা শীতেও কত তাজা থাকে কী করে? কারণ ডিসেম্বর-জানুযারি তাদের গ্রীষ্মকাল। উত্তর গোলার্ধে শীত শেষ হলে ফিরে আসুন। প্রসঙ্গত উল্লেখ্য, সাইবেরিয়ার পাখিরা ঠিক এই পদ্ধতিতেই শীতের হাত থেকে নিজেদের বাঁচায়।

পুনশ্চ ঃ অতি দক্ষিণে যাবেন না, অ্যান্টার্কটিকার ওয়েদার ভালো না।

৯। গ্লোবাল ওয়ার্মিং-এর কথা ভাবুন

ভবিষ্যতের কথা ভেবে অনেক সময় বর্তমানকে ভালো রাখা যায়। এ হল সেই পদ্ধতি। যদি জিগ্যেস করি গ্লোবাল ওয়ার্মিং আশীর্বাদ না অভিশাপ? সকলেই বলবেন অভিশাপ, কিন্তু শীতকালের কথা ভাবলে অবশ্যই আশীর্বাদ।

যে রেটে এগোচ্ছে, তাতে আর ২০ বছর পর গোটা পৃথিবীর গড় তাপমাত্রা অনেক বেড়ে যাবে। আপনার পাড়াও বাদ যাবে না। তখনকার শীতকালের কথা ভাবুন একবার—আজকের

শীতে যে রাস্তা দিয়ে কাঁপতে-কাঁপতে ফেরেন আপনি, তখন সেই রাস্তা দিয়েই বুকখোলা জামা পরে শিস দিতে-দিতে আসবেন। গিজারের দরকার হবে না, কারণ এমনি জলই এত গরম হবে যে বরফ মিশিয়ে চান করতে হবে। আরও ২০ বছর এগিয়ে গেলে শীতকালে স্যান্ডো গেঞ্জি গায়ে অফিস যেতে পারবেন (মেয়েরা কী পরে আসবে ভাবতেই তো...)। সব মিলিয়ে সে এক অন্য শীত। এইসব ভেবেই আপাতত চাঙ্গা রাখুন নিজেকে। কারণ টুডে'স পেইন, টুমরো'স গেইন।

বিঃ দ্রঃ এই পদ্ধতিতে গ্রীষ্মকালের কথা ভাবার দরকার নেই।

১০। শেষ উপায় বা ব্রহ্মাস্ত্র

শীতকে ইগনোর করুন।

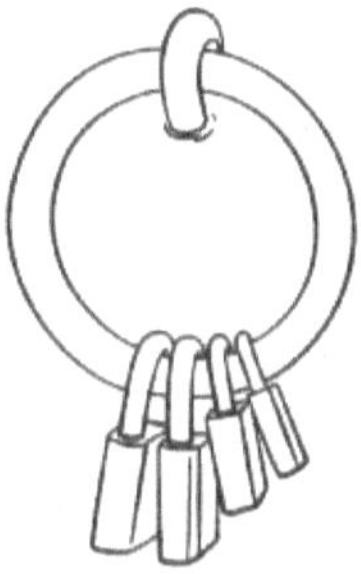

জলে স্থলে অন্তরীক্ষে

ভেলা ঃ দেখলেই বুঝবেন, একটা সময় ছিল, যখন মানুষের এত তাড়া ছিল না। প্রধানত, কলাগাছের গুঁড়ি পাশাপাশি জুড়ে ভেলা বানানো হত এবং তা নদী, বিল, খাল ইত্যাদি জায়গায় সাবলীল ভাবে ভেসে যেত। সমুদ্রে ভেলা একটু ঝুঁকির। বাংলার বিখ্যাত নারী বেহুলা সাপে-কাটা স্বামীকে ভেলায় শুইয়ে নিয়ে অনেক দূর গেছিলেন। এ ছাড়া, বিদেশি চরিত্রদের মধ্যে অরণ্যদেব ও সিন্দবাদকে ভেলা ব্যবহার করতে দেখা গেছে। বর্তমানে এই প্রাচীন, বিষণ্ণ জলযানের স্মৃতির উদ্দেশে শ্রদ্ধার্ঘ্য জানাতে এফেম রেডিও চালু করেছে অভিনব 'গানের ভেলা', যাতে চড়তে পারা (ফোনের মাধ্যমে) খুবই কঠিন ও সৌভাগ্যের ব্যাপার।

নৌকো ঃ নৌকো মানেই গ্রামীন জীবনের প্রতিচ্ছবি। বাচ্যার্থে মন পবনের নাও। ফুলসজ্জিত এই জলযানের মাধ্যমে জোয়ান মাঝি নিজের গ্রামের বিয়ে হয়ে যাওয়া মেয়েদের বর সুদ্ধু পার করে দেয়। সঙ্গে দরাজ গলায় ভাটিয়ালি। এ ছাড়াও, কিছু কিছু নৌকো থাকে, যেগুলো মহাজনের কাছে বাঁধা, রং-চটা, ফুটো হওয়া এবং মাঝির গানের গলা তেমন ভালো নয়।

বজরা ঃ বেনারসের ঘাট, সন্ধে হয়ে আসছে, দূর থেকে ভাসতে ভাসতে এ দিকেই এগোচ্ছে বিরাট একটা বজরা আর সেটার ছাদে আরামকেদারায় বসে ফন্দি আঁটছে একটা

লোক। হ্যাঁ, এক সময়ে বজরা চড়তে হলে মগনলাল মেঘরাজ হতে হত নাম। এখন রাজু খাঁ বা দাশু ঘোষ হলেও চড়া যায়। সে সব মেজাজের দিন আর নেই। তবু কিছু লোক এখনও আছে, যারা সন্ধে হলেই ম্যামথ হয়ে যায় আর বজরা নিয়ে ঘুরতে বেরোয়। বোতল খোলার শব্দের সঙ্গে মিশিয়ে দেয় ঘুঙুরের ছমছম। যে সমস্ত বাইজি স্থলে চান্স পায় না, তারা বজরায় নাচে। এই নাচ খুবই উপাদেয় হয়।

বি.দ্র. বজরায় খুন হওয়া লোককে বলে বজ্রাহত।

স্টিমার ঃ 'স্টিম' এবং 'স্টিমেস্ট'-এর মধ্যবর্তী পদ।

জাহাজ ঃ বিরাট জিনিস। কত বিরাট, ধারণা করার দরকার নেই। কিন্তু, এহেন বড় এলাকায় দিনের পর দিন ভাসন্ত অবস্থায় থাকতে থাকতে মানুষ অগত্যা প্রেমে পড়ে। হতেই পারে, ছেলেটি উস্কোখুস্কো, গরিব, হতেই পারে মেয়েটি সুন্দরী, বড়লোক, তদুপরি কারও বাগদত্তা, কিন্তু প্রেম আসে এবং তারা 'আয় তবে সহচরী হাতে হাতে ধরি ধরি' করে। যতই বিরাট হোক জাহাজ, প্রেম তার ডবল। সুতরাং খেই হারিয়ে জাহাজেরা হিমশৈলে ধাক্কা খায় আর তার পর ডুবে যায়।

সাবমেরিন ঃ ইনকাম ট্যাক্স ফাঁকি দিতে চাইলে একখানা কিনে দেখতে পারেন।

(এ ছাড়াও, স্পিডবোট, ভটভটি, ওয়াটার বাইক ইত্যাদি পাওয়া যায়)

স্থল পরিবহন

প্যারাম্বুলেটর ঃ প্রধানত শিশু-প্রতিভা বিকাশের প্রথম ধাপ—'ওলে বাবালে, ছোনামনিটা, কী হয়েছে' 'গুলু গুলু গুলু গুলু মামনিকে ভয় দেখিয়ে দাও তো', 'কাঁদে না মনা, অলে অলে অলে এই তো আমলা বেউ বেউ যাচ্ছি,' 'পিছিমনিকে চোখ মেলে দাও তো'—ইত্যাদি। এ ছাড়াও, দুজন পরিচারিকা প্র্যাম নিয়ে বিকেলে বেরোলে তাদের মধ্যে কেচ্ছা বিনিময় হয়। দুজনের মধ্যে একজন পুরুষ হলে প্রেম হবার সম্ভাবনা থাকে। সুতরাং, বড়দের প্রতিভা বিকাশের ক্ষেত্রেও প্যারাম্বুলেটর যথেষ্ট কার্যকর।

হুইল চেয়ার ঃ অর্জুন চক্রবর্তী ও লাবনী সরকার অভিনীত বাংলা ছবি। এ ছাড়াও, প্রতিবন্ধী মানুষের যাতায়াতের কাজে লাগে।

রণপা ঃ খুব লম্বা লাঠির গায়ে পাদানি লাগিয়ে তৈরি। সাধারণত, দ্রুত গতিতে হাঁটার জন্য লাগে। প্রাচীন ডাকাতদের খুব প্রিয় ছিল এই রণপা। কারণ এতে করে নিখরচায়, অল্প সময়ে বেশি দূরত্ব অতিক্রম করা যায়। তা ছাড়াও, যারা জীবনে এক বারও প্লেনে উঠতে পারবে না, তারা একটু উঁচু থেকে পৃথিবীকে দেখার জন্য ও রকম করে। যদিও এখন আর রণপা ব্যবহৃত হয় না। অন্তত, শহরাঞ্চলে তার কোনও শো-রুম নেই। তবুও যাঁরা আনন্দবাজার পড়ছেন না, ফলে পিছিয়ে পড়ছেন, তাঁরা রণপা ব্যবহার করে দেখতে পারেন।

সাইকেল ঃ যে কোনও ভাবে দুর্বল মানুষের পক্ষে নিরাপদ, সাদামাটা দু'চাকার যান। তদুপরি বয়স কম হলে কোচিং থেকে ফেরার পথে সামনের রডে তাকে বসিয়ে নেওয়া যায়। মেয়েরা এটা পারে না, কারণ মেয়েদের সামনে (সাইকেলের) কোনও রড থাকে না। এ ছাড়া, সাইকেলের ব্যবহার আর এক দিক থেকেও গুরুত্বপূর্ণ। বেশির ভাগ যৌথ পরিবারেই কিছু মার্কামারা, অকর্মণ্য, অপদার্থ সেজকা-টেজকা থাকে, যারা বউদিদের খোঁটা ও দাদাদের গলা খাঁকরানি শুনতে শুনতে আর থাকতে না পেরে এক সময়ে একমাত্র বন্ধু লজঝড়ে সাইকেলটিকে নিয়ে বেরিয়ে পড়ে। পাড়ায় চাউর হয়ে যায়—অমুকের সেজকা সাইকেলে পৃথিবী ঘুরতে বেরিয়েছে। এ দিকে সেজকা লোকটি শহরের চৌহদ্দির বাইরে একটা ধানক্ষেতে সাইকেলটা শুইয়ে দিয়ে কাকতাড়ুয়া সেজে দাঁড়িয়ে পড়ে। রোদে-জলে পাখি তাড়াতে তাড়াতে এক সময়ে তার চুলে পাক ধরে, চোখের দৃষ্টি ঘোলাটে হয়ে যায়, গলায় গাম্ভীর্য আসে...তখন সে এক দিন সাইকেল চালিয়ে তার শহর, তার পাড়া, তার বাড়িতে ফিরে আসে। তার পর বাকি জীবনটা শুধু সম্বর্ধনা আর হাততালি।

পালকি ঃ লাজুক যান। সাধারণত, বিয়ের পর বাপের বাড়ি থেকে কনেকে শ্বশুরবাড়ি নিয়ে যাওয়ার জন্যে ব্যবহৃত হয়। হারমোনিয়ামের বাক্সের থেকে একটু বড় বাক্সের দু'দিকে

হাতল লাগিয়ে পালকি তৈরি করা হয়। বাক্সের গায়ে দু'দিকে দুটো ছোট ফুটো করে দেওয়া হয়। একটা কনের ঢোকার জন্যে, আর একটা বোঝাই যাচ্ছে। কনে বামন না হলে পালকির মধ্যে মাথা তুলতে পারে না এবং ওই তার মাথা নোয়ানো শুরু। অনেকের মতে, পালকি একটি পুরুষতান্ত্রিক ষড়যন্ত্র। তবে, এও ঠিক, পালকিই হচ্ছে শেষ একান্ত জায়গা, যেখানে একটি মেয়ে নিজের সঙ্গে কথা বলে। জোছনাভরা জঙ্গলের ভেতর দিয়ে পালকি নিয়ে যাওয়ার সময় বাহকরা বিভিন্ন রকম আওয়াজ বার করে (মুখ দিয়ে), তার মধ্যে বিখ্যাত হল 'হুম হুনা রে হুম হুনা'।

রিক্সা ঃ তেচাকা জিনিস। সাধারণত, দুজনের বেশি ধরে না। মিটার বা জানলা, কিছুই নেই। রাত দশটা বেজে গেলে বা বৃষ্টি হলে ভাড়া বেশি চায়। প্রচুর সুন্দরী সুন্দরী মেয়ে রিক্সা চেপে অনেক অনেক দূর যায়। ব্যক্তিগত বাহন হিসেবে রিক্সা কেনার চল নেই। আগে আগে অবহেলিত হলেও, এখন বাংলা গান ও কবিতায় রিক্সাওয়ালারাই শোষিতের জনপ্রিয় প্রতীক ইদানীং তারাও সেটা বুঝতে শুরু করেছে।

খাটিয়া ঃ মূলত মৃত মানুষেরা এই যান ব্যবহার করেন। তবে যাতায়াতের ব্যাপার নেই শুধু যাওয়া। পালকির মতোই চারজন মানুষ হাতল-কাঁধে ছুটে চলে, শুধু 'হুম হুনা রে হুম হুনা'-র বদলে একটু অন্য স্বাদের মন কেমন করা স্লোগান ব্যবহৃত হয়। বিস্তর ফুল-ধূপ-খই-মুড়ি সহ হই হুল্লোড় হয়, কিন্তু বিসর্জনের মতো অত বড় প্রশেসন পাওয়া যায় না। এই যানের মস্ত বড় সুবিধে হল, যিনি চড়ছেন তাঁকে মাথা ঘামাতে হয় না।

বাইক ও স্কুটার ঃ দু'চাকার হলেও ফেলনা নয়। বরং দারুণ আকর্ষক। বিশেষত বাইক বাইক মানেই গনগনে হাইওয়ে, পেছন থেকে জাপটে থাকা ছিপছিপে চিকন কোনও মেয়ে... স্কুটারেও তাই। তবে স্কুটার মূলত শহুরে এলাকাতেই ঘোরাঘুরি করে। বাইকের ক্ষেত্রে অতিরিক্ত হিসেবে গুন্ডাদের হাত থেকে মেয়েটিকে বাঁচাতে হলেও হতে পারে (অন্তত ঝলমলে বিজ্ঞাপনে তাই দেখায়), তাই শারীরিক ও মানসিক ভাবে দুর্বল লোকেরা চট করে বাইক কিনতে চান না।

অটো ঃ তিন চাকাওলা ছোট যান। ধাতুর বডি এবং মাথায় প্লাস্টিকের হুড লাগানো। আগে অটো মিটারে চলত, এখন শেয়ারে চলে। সব রুটে অটো চলে না। সাইজে ছোট হলেও, বাসের দেখাদেখি অটোর পেছনেও প্রচুর ভাবসংক্ষেপ লেখা থাকে, সে আর বলার না। প্রধানত, অ্যাক্সিডেন্ট এবং ওভারটেকিং-এর জন্য বিখ্যাত।

মোটর গাড়ি ঃ মূলত দু'প্রকার।

ক) ট্যাক্সি ঃ সাধারণত অ্যাম্বাসাডর গাড়িতে হলুদ ও কালো রং লাগিয়ে ট্যাক্সি তৈরি করা হয়। বর্তমানে ফিয়াট ও মারুতি ভ্যানকেও ট্যাক্সি বানানো হচ্ছে। ট্যাক্সির মধ্যে বসে চুমু ও ওই সব খুব হয়। এই যানটিকে ব্যবহার করলে মিটার অনুসারে ভাড়া দিতে হয়।

খ) প্রাইভেট কার ঃ এর বহু প্রকারভেদ। নানা আকৃতি ও রঙে পাওয়া যায়। মালিকানা ভিত্তিতে এই গাড়ি বন্টন করা হয়। অর্থাৎ, ভাড়ার ব্যাপার নেই, চড়তে গেলে কিনতে হবে। কিন্তু, ভগবানের কী লীলা! যত দিনে মানুষ এই গাড়ি কিনে উঠতে পারে, তত দিনে তার চুমুর ইচ্ছে চলে যায়, ওই সব ফুরিয়ে আসে। পেছনের সিটে দুটো মানুষ দু'জানালায় মুখ সাঁটিয়ে বসে থাকে। একা।

লিফ্‌ট ঃ চিরকাল একই জায়গায় ওঠে আর নামে। সাধারণত, উঁচু ফ্ল্যাট, বিখ্যাত অফিস, হোটেল বা শপিং কমপ্লেক্সে এক তলা থেকে অন্য তলায় লোক পৌঁছে দেবার জন্যে ব্যবহৃত। আধুনিক মনোবিজ্ঞানীদের মতে, মানুষের পরিশ্রমের দ্বারা ওপরে ওঠার প্রবণতাকে নষ্ট করার মূলে রয়েছে এই যান। প্রসঙ্গত উল্লেখ্য, ১ম, ২য়, ৩য়, যে বিশ্বই হোক না কেন, লিফ্‌টম্যানদের মুখ খুব ভাবলেশহীন হয়।

রোলার ঃ 'রোল' ও 'রোলেস্ট'-এর মধ্যবর্তী পদ বললে কিছুই বলা হয় না। কারণ, প্রচুর রোল খেয়েও এর আকার বা ব্যবহার সম্বন্ধে কোনও ধারণাই তৈরি হয় না, আর রোলেস্ট নিয়ে কথা না বলাই ভালো। দুটো কারণে রোলার খুব গুরুত্বপুর্ণ। প্রথমত, এত বড় চেহারা থাকা সত্ত্বেও কোনও অহঙ্কার না করে এই যান সামান্য রাস্তা সারাইয়ের কাজে

নিজেকে নিয়োগ করেছে; দ্বিতীয়ত, সম্ভবত এটাই একমাত্র যান, যাকে হেঁটে ওভারটেক করা যায়।

ট্রাম ঃ প্রধানত বাতিল বৃদ্ধ লোকেরা, অখ্যাত স্কুলের কালো কালো বাচ্চারা, নিস্পৃহ মহিলারা এবং স্ত্রী-ভীত পুরুষেরা এই যান ব্যবহার করেন। অবসরপ্রাপ্ত ভঙ্গিতে, কাউকে না ঘাঁটিয়ে সারাদিন ধরে এই যান শহরের পথে পথে ঘোরে। আর, কবি শ্রী জীবনানন্দ দাশ ট্রামে কাটা পড়েছিলেন বলে আমরা তাঁর সম্মানার্থে কবিতায় যে কোনও ভাবে ট্রামের প্রসঙ্গ আনার চেষ্টা করি।

বাস ঃ মূলত, তিন প্রকার।

ক) সরকারি বাস ঃ সাধারণত লাল হয়। এ ছাড়াও নীল, কমলা ও মাঝে মাঝে হলুদ রঙে দেখা যায়। দোতলা বাসগুলিও এই বিভাগের অন্তর্গত। মহিলা, শিশু ও প্রতিবন্ধীদের জন্যে আলাদা সিট থাকে।

খ) প্রাইভেট বাস ঃ বেসরকারি টিন পিটিয়ে তৈরি করা হয়, যাতে অনেক দিন চলে। ঘামের গন্ধ এবং পকেটমারের সংখ্যা এই ধরনের বাসেই বেশি। এই সব বাসগুলির সাহিত্যমনস্কতা ও প্রবাদনির্ভরতা সর্বজন বিদিত। কয়েকটি নমুনা—

দেখলে হবে। খর্চা আছে
মেরো না, লাগে না বুঝি।
দেখবি আর জ্বলবি লুচির মতো ফুলবি
যতই করিস চালাকি, পরে বুঝবি জ্বালা কী
মামনি কোথায় চুল কাটো।
R কাছে ৯
শুখ সপনে, সান্তি যশানে ইত্যাদি।

গ) মিনি বাস ঃ এই ধরনের বাসে মেয়েদের চাইতে প্রতিবন্ধীদের বেশি গুরুত্ব দেওয়া হয়। সুন্দরী ও অ্যাক্সিডেন্টের প্রাধান্য।

ট্রেন ঃ মূলত তিন প্রকার।

ক) প্যাসেঞ্জার মেল ঃ এক স্থান থেকে আর এক স্থানে প্রচুর মানুষ ও তাদের মালপত্তর পৌঁছে দেয়। এরও প্রকারভেদ আছে। যেমন, এক্সপ্রেস, লোকাল, টয় ইত্যাদি। বাংলা কবিতার সঙ্গে লোকাল ট্রেনের সম্পর্ক বহু দিনের।

খ) মালগাড়ি ঃ এক স্থান থেকে আর এক স্থানে প্রচুর মালপত্তর ও তাদের মানুষ পৌঁছে দেয়। মালগাড়ির বগি গোনা শিশুদের প্রিয় কাজ।

গ) মেট্রো রেল ঃ পুরোপুরি স্থলযান নয়, বেশ খানিকটা অকুস্থলযান। এটাই সম্ভবত একমাত্র পরিবহন ক্ষেত্র, যেখানে আত্মহত্যা করতে গেলেও টিকিট কাটতে হয়।

রোলার কাস্টার ঃ রোলারের কেউ নয়। আদৌ যান কি না, তা নিয়ে নানা মুনির নানা মত। তবুও এর নাম আসা উচিত, কারণ প্রথম থেকে শেষ অবধি একটাই ছোট বৃত্তে ঘুরপাক খাওয়া এবং সেই বৃত্তেরই বিভিন্ন বাঁকে রোমাঞ্চ, ভয় ও হ্যা হ্যা সৃষ্টি করার সাধ্য একমাত্র এই যানেরই, থুড়ি যন্ত্রেরই আছে। পৃথিবীর বিভিন্ন কার্নিভালে একই জায়গায় ঘুরে ফিরে, নেচে-কুদে অসামান্য জনপ্রিয়তা অর্জন করেছে এই রোলার কোস্টার। এটি বড়লোক শিশুদের মনে মধ্যবিত্ত মানসিকতা জাগিয়ে তোলে। এ ছাড়াও, নামকরা মানুষদের ক্ষেত্রে খুবই উপযোগী, কারণ এটি বার বার প্রমাণ করে বেশি উঁচুতে উঠলে পতন নিশ্চিত।

স্লেজ ঃ অন্যতম স্থলযান, যার চাকা নেই। চাকার বদলে ধাতব পাত লাগানো এই গাড়িকে বরফের ওপর দিয়ে টেনে নিয়ে চলে শিক্ষিত নেকড়ের দল। ভারতে যথেষ্ট পরিমাণে বরফ ও শিক্ষিত নেকড়ে না থাকায় এই গাড়ির তেমন চল নেই। প্রচলিত কিংবদন্তি বলে, উন্নত দেশগুলোয় দুধ-সাদা ইয়াব্বড় দাড়িগোঁফওলা সান্তাক্লজ (এক বিখ্যাত বড়লোক) স্লেজে চড়ে মোজায় ভরে বাচ্চাদের দামি দামি উপহার দেন। তাই উন্নত দেশের মানুষদের মোজায় দুর্গন্ধ হয় না। প্রসঙ্গত উল্লেখ্য, তৃতীয় বিশ্বের বঞ্চনার ইতিহাস বলে, আমাদের দেশের রবি ঠাকুর দুধ-সাদা ইয়াব্বড় দাড়িগোঁফ রাখা সত্ত্বেও এবং বিখ্যাত বড়লোক হওয়া সত্ত্বেও স্লেজ গাড়ি চড়তে পারেননি।

ট্রাক ও লরি ঃ প্রচুর পরিমাণে বস্তু বহন করতে সক্ষম। খুব গম্ভীর যান। এ ছাড়াও বর্তমানে পুলিশজাতীয় প্রাণীর উপরোজগার হিসেবে ব্যবহৃত হয়।

ট্যাঙ্ক ঃ ধ্বংসাত্মক ব্যাপার। মূলত যুদ্ধে আর সিনেমায় ব্যবহৃত হয়। ওয়াটার ট্যাঙ্ক ও থিঙ্ক ট্যাঙ্ক-ও হয়। কিন্তু পরিবহনের কাজে লাগে না।

অ্যাম্বুলেন্স ঃ রোগী ও তার পাড়ার লোককে এক হাসপাতাল থেকে অন্য হাসপাতলে নিয়ে ঘোরার জন্যে ব্যবহৃত। বর্তমানে এত জোরে চলে যে, রোগীকে হাসপাতলে নিয়ে যাওয়া দরকার প্রায় থাকে না। ইঁয় ইঁয় আওয়াজের জন্যে বিখ্যাত।

দমকল ঃ 'সবাই মিলে হই হই করে আগুন নেভাতে যাওয়ার জন্যে এই গাড়ি। টুংটাং আওয়াজ করতে করতে যায়। সম্ভবত এদের উৎসাহ দিতেই 'আগুনের পরশমণি' নামে বিখ্যাত গানটি লেখা। পরে 'আগুন দেখেছি আমি কত জানলায়' নামক গানের মাধ্যমে সুমন আবার বাংলা গানে দমকলের ভূমিকা মনে করিয়ে দেন।

(এ ছাড়াও, গোরুর গাড়ি, পুলিশভ্যান, খচ্চর ইত্যাদি হয়)

বায়ু পরিবহন

রোপওয়ে ঃ এটিকে ট্রামের আকাশ-সংস্করণ বলা যেতে পারে। ট্রামের মতোই ওপরে তার বাঁধা এবং ট্রামের মতোই ধীরগতি। স্থান অনুযায়ী এর উচ্চতা নির্ধারিত হয়। তবে, ভেতরে ছেলেমেয়েদের মধ্যে রোমান্টিক গান বা চুমোচুমি শুরু হতে পারে বা হয় বলেই বাজার বা বস্তির ওপর দিয়ে না নিয়ে নির্জন বরফ-ঢাকা পাহাড় অঞ্চলের ওপর দিয়েই রোপওয়ে নিয়ে যাওয়া হয়। ট্রামের সঙ্গে এর পার্থক্য প্রধানত দুটি—প্রথমত, ট্রাম রোপওয়ের চেয়ে বড় এবং দ্বিতীয়ত, রোপওয়ের নীচে আমাদের কোনও কবি এখনও পর্যন্ত কাটা পড়েননি।

হেলিকপ্টার ঃ ঘাবড়াবার কিছু নেই। লম্বালম্বি ভাবে দেখলেই বুঝতে পারবেন, এগুলো আসলে বড় মাপের টেবিলফ্যান ছাড়া কিছুই নয়।

গ্যাসবেলুন ঃ দেখলেই বুঝবেন, এই বেলুন ফুঁ দিয়ে ফোলানো সম্ভব নয়। সম্ভবত, সিলিন্ডার-টিলিন্ডার ঢুকিয়ে কিছু একটা করা হয়। বেলুন রেডি হলে তার তলায় ছোট্ট ঝুড়ি বেঁধে দেওয়া হয় আর ঝুড়িতে বসে যাদের বেলুন, তারা ঘুরতে বেরোয়। সঙ্গে থাকে শুকনো ফলমূল, নভেলের বই, হাসিঠাট্টা আর হ্যাঁ, অবশ্যই দূরবিন। খুব প্রাচীন, ক্লান্ত কোনও পাখির মতো অস্তে আস্তে এই বেলুন ভেসে ভেসে যায়। নীচে, অনেক নীচে, সবুজ-হলুদ চৌখুপি আর সাদা-রুপোলি সুতো। বিদেশি রাজা-রাজড়াদের ব্যাপার, প্রজাদের দুঃখ দুর্দশা পরিদর্শনের এর চেয়ে ভালো উপায় আর কী-ই বা হতে পারে। তবে, আমাদের মতো একশো কোটির গরিব দেশে, যেখানে অধিকাংশ মানুষ দু'বেলা দুটো বেলুন পায় না, সেখানে এই ধরনের বড় বেলুন খুবই উপযোগী হতে পারে।

বি.দ্র. ছোটবড় বিভিন্ন মেলায় কিছু অজানা, উদাস, কালো, রোগা মানুষ পিচকিরি দিয়ে গ্যাস ভরে ছোট ছোট বেলুন বিক্রি করতে চায়। মনে রাখবেন, ওগুলো দিয়ে ওড়া যায় না। সামান্য বুদ্ধি খাটালে বুঝতে পারবেন, ওই সব ছোট বেলুনে করে উড়তে পারলে ওরা নিজেরাও আর মেলায় আসত না।

প্যারাসুট ঃ ভগবানের আশ্চর্য সৃষ্টি। একমাত্র যান যা ওপর থেকে নীচে নামতে পারে, কিন্তু কিছুতেই নীচ থেকে ওপরে উঠতে পারে না। অসহায় দেখায়, কিন্তু তাতেই তার গৌরব। জানলা, চাকা, স্টিয়ারিং বনেট, ইঞ্জিন বা হর্ন কিছুই নেই। তা হলে আছে কী? আছে সারা জীবন ধরে একের পর এক পতন মেনে নেওয়ার ধৈর্য।

প্লেন ঃ প্রধানত দু'প্রকার—যুদ্ধ প্লেন ও যাত্রীবাহী প্লেন। প্রথম প্রকার নিয়ে কিছু না বলাই ভালো। যাত্রীবাহী প্লেন অনেক বড়। সরকারি বাসের থেকে বড়। এর সুবিধে মূলত তিনটি ঃ প্রথমত, বেশি স্টপেজ দেয় না। দ্বিতীয়ত, ফেরিওলা ওঠে না। তৃতীয়ত, এয়ার-হোস্টেস সংক্রান্ত ওই সব। অসুবিধেও মূলত তিনটি ঃ প্রথমত, রানিং-এ ওঠা বা নামা যায় না। দ্বিতীয়ত, মাঝরাস্তায় খারাপ হলে নেমে ঠেলা যায় না এবং তৃতীয়ত, নীচে রাস্তা বা ওপরে তার বাঁধা না থাকায় খুব সহজেই হাইজ্যাক করা যায়।

রকেট ঃ আগুন দেওয়ার সময়ে বোতলের মুখ কোন দিকে আছে ভালো করে দেখে নেবেন। গত বার বোতল একটু কাত হয়ে গেছল বলে শম্ভুদার পাজামায় ঢুকে যা-কাণ্ড হয়েছে।

(এ ছাড়াও, ইউএফো, উড়ন্ত কার্পেট, গরুড় ইত্যাদি পাওয়া যায়)

পুনশ্চ ঃ যত দিন যাবে, পরিবহন ক্ষেত্র আরও উন্নত হবে। যে কোনও সহৃদয় সংযোজনের জন্য রচনাটি খোলা রইল। ও কে। টা টা।

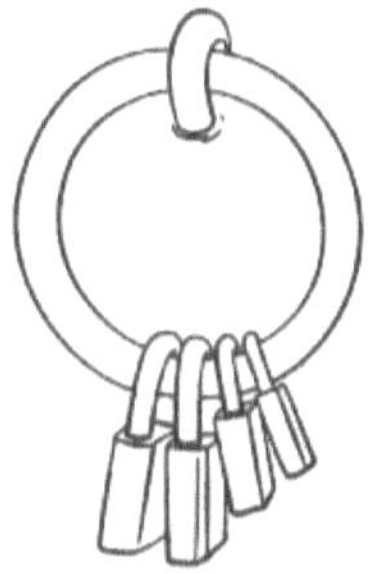

শীতসতেরো

বরফ

শীতের সবচাইতে জনপ্রিয় প্রতীক। সূর্যের তাপে ভূ-পৃষ্ঠের জল বাষ্পায়িত হয়ে আকাশে ওঠে। এই বাষ্প অনেক সময়ে প্লেনের চেয়েও বেশি উঁচুতে উঠে নীচু তাপমাত্রার সংস্পর্শে এসে বরফে পরিণত হয়, তার পর ভূ- পৃষ্ঠে ঝরে পড়ে। অন্তত, এ রকমই জানতাম। সাধারণত বিদেশেই বরফ বেশি দেখা যায়। আমাদের দেশের কিছু অংশেও বরফ পড়ে, কিন্তু সে সব জায়গায় যেতে খরচ অনেক। শুনেছি, শীতকালে বিদেশের অনেক জায়গায় সারা রাত বরফ প'ড়ে বাড়ির বাইরে রাখা গাড়ি পর্যন্ত ঢাকা পড়ে যায়। সকালে অফিস যাওয়ার আগে বেলচা দিয়ে বরফ সরিয়ে গাড়ি বার করতে হয়। তেমন-তেমন হলে বরফের নীচে অচেনা কারও মৃতদেহও পাওয়া যেতে পারে। কিন্তু, বরফের নীচে কখনও কোনও প্রাচীন সভ্যতা পাওয়া যায় না। তাই গরিব দেশগুলোতেই প্রাচীন সভ্যতা বেশি খুঁজে পাওয়া গেছে। এ ছাড়াও বরফ নানা রকম রোম্যান্টিসিজমের কাজে লাগে।

পুনশ্চ ঃ হিন্দি ছবির তুলনা নেই। হিন্দি ছবির নায়িকাদের তো আরওই নেই (তুলনা)। বিদেশি বরফের ওপর নেচে-নেচে যখন প্রেমের গান হয়, নায়ক যখন পিসিমার বোনা সোয়েটার আর ভাইফোঁটায় পাওয়া মাফলার জড়িয়ে আড়ষ্ট লিপিং দেয়, তখনও নায়িকার শরীরে ফিনফিনে শাড়ি। আর, আঁচল সরিয়ে বরফ গুঁজে দিলে সে কী হাসি!

সান্তাক্লজ

এক সময়ে বড়দিনের ডিরেক্টর ছিলেন। পুরো ব্যাপারটার দায়িত্ব ছিল ওঁর কাঁধে। রাত বারোটা বাজলেই বরফের ওপর দিয়ে প্রাইভেট স্লেজগাড়ি চেপে ঘণ্টা বাজাতে বাজাতে হইহই করে বাড়ি-বাড়ি ঘুরে বেড়াতেন, ঘুমন্ত বাচ্চাদের মোজায় উপহার রেখে আসার জন্যে। একমুখ সাদা দাড়ি গোঁফ, মাথায় টুপি, মুখে হাসি, গায়ে ইয়া লম্বা লাল ফার কোট। দিলদরিয়া লোক। আমার দৃঢ় ধারণা, আজ থেকে ১০০ বছর পরে হলেও প্রমাণিত হবে উনি রবি ঠাকুরের ডিরেক্ট ভাই। তখন মজা। কিন্তু, এখন সান্তা রিটায়ার করে গেছেন। বড়দিনের কোনও দায়িত্বই আর তাঁর কাঁধে নেই। ওই সব ছোটখাটো উপহার পেতে হলে বড়সড় কোম্পানিগুলোর সঙ্গে যোগাযোগ করুন। শুধু কিছু সরল কেকের দোকানে ওঁর ছবি এখনও টাঙানো থাকে—বুড়ো কেক খেতে খুব ভালোবাসত।

সতর্কীকরণ ঃ সম্প্রতি 'সান্তা সিং, বান্তা সিং' নামে দুই কাল্পনিক চরিত্র বানিয়ে কিছু ব্যক্তি অসাধু চুটকি শোনাচ্ছে। মনে রাখবেন, ওই সান্তা সিং-এর সঙ্গে এই সান্তাক্লজ-এর কোনও সম্পর্ক নেই (প্রমাণিত)।

চিড়িয়াখানা

'এ কী! টিকিটের দাম এত বাড়ল কবে?'

'বাবুটা সোনাটা, ওই দেখ শিম্পাঞ্জি।'

'বাবারে! হাঁ দেখলি জলহস্তীর?'

'বলো না, মা, ওই বাঘটার গলাতেই মালা দিয়েছিল?'

'রাকেশ, ও জানতে পারলে কিন্তু তুলকালাম হবে।'

...এই সব। এ ছাড়াও, জঙ্গলের মিথ্যে গন্ধ আর কমলালেবুর উজ্জ্বল খোসায় ভরা এই অদ্ভুত পাড়ায় জন্তুরা খুব মনমরা। যারা এসেছে দূর দূর জঙ্গল থেকে আর, অ্যাদ্দিনে বুঝতেও পেরে গেছে বাচ্চাদের ছুড়ে দেওয়া বাদাম-খোসা আর বড়দের অন্যমনস্কতাই তাদের বখশিস। যারা বুঝতে পেরে গেছে আর ফেরা হবে না। ফেরা হয় শুধু বিদেশি পাখিদের। তারা কত দূরের সাইবেরিয়া থেকে পালিয়ে চলে আসে আমাদের চিড়িয়াখানায়। প্রত্যেক বছর। অত

হাজার মাইলের আকাশপথ মনে রাখে কী করে? বার বার? এখন যদিও খুব কমে এসেছে এই বিদেশি পাখিদের আসা, বরং বিদেশি লগ্নি আসছে আগের চয়ে বেশি।

প্রশ্ন ঃ পাখি আর টাকা কি ব্যাস্তানুপাতিক?

মোজা

পায়ে পরে। মানুষেরা। অনেক সময়ে আমোদ হেতু সার্কাসের শিম্পাঞ্জির পায়েও দেখবেন, পাত্তা না দিলেই হল। মোজা বিদেশে উপহারের জন্যে ('সান্তাক্লজ' দ্রষ্টব্য), আমাদের দেশে দুর্গন্ধের জন্যে বিখ্যাত। আমাদের দেশে কোনও অপরাধী মোজা পরে না, কারণ সে ক্ষেত্রে ডগ স্কোয়াড দরকার হবে না, দু'মাইল দূর থেকেও এমনিই ট্র্যাক করা যাবে। এ ছাড়াও, তৃতীয় বিশ্বে মোজার ভিতর থেকে এক সময় বুড়ো আঙুল মাথা তুলতে চায়, পৃথিবীর আলো দেখতে চায়। এত সব কারণেই এ দেশে মোজায় উপহারের তেমন চল নেই।

পুনশ্চ ঃ লক্ষ করে দেখবেন, নার্সরা এক ধরনের মোজা পরে, যা কোথায় শেষ, জানার বড় ইচ্ছে হয়।

টেস্ট

মাধ্যমিক এবং উচ্চ মাধ্যমিক নামক দুই দুরারোগ্য অসুখের সিম্পটম। সেরে যায় তাড়াতাড়ি, কিন্তু, ট্রমা কাটতে অনেক দিন লাগে। কিশোর বয়সের শীতকাল বরবাদ করে দেবার পক্ষে যথেষ্ট। সবে ভাইফোঁটা গেছে, ট্রাঙ্ক থেকে ছোট হওয়া সোয়েটারগুলো বেরচ্ছে, পুজোসংখ্যা আনন্দমেলা শেষ হয়নি... ব্যস। টিভি দেখা বন্ধ, ক্রিকেট খেলা বন্ধ, দেরি করে বাড়িতে ঢোকা বন্ধ, এমনকী স্কুল যে স্কুল, সে-ও বন্ধ। তাকে যে দেখা যাবে, সে উপায়ও নেই। ফলে, তার বাড়ির রাস্তার সঙ্গে সিল্ক রুট গুলিয়ে, তার ঘামে-ভেজা পিঠে লেপটে থাকা চুলের সঙ্গে ফার্নের গঠন গুলিয়ে যাচ্ছেতাই কাণ্ড! আমি নিজে অবশ্য উচ্চ মাধ্যমিক টেস্ট-এর অঙ্কে ২০০-য় ২ পেয়েছিলাম। তাতে আমার কিছুই হয়নি, অঙ্ক-স্যারের অনেক দিন লেগেছিল ট্রমা কাটিয়ে উঠতে।

সারমর্ম ঃ টেনশন লেনে কা নেহি, দেনে কা।

সর্দি-কাশি

যেন দুই ভাই। হাত ধরাধরি করে আসে। প্রথমে সর্দি। নাক সুড়সুড়, হাঁচি আর তার পর অবশ্যই নাক দিয়ে... এ্যামা! দেখতে বাজে লাগে। শুধু দেখতে? সর্দি হলে পৃথিবীর সব কিছু উল্টোপাল্টা হয়ে যায়। প্রেমিকাকে সবচে বড় শত্রু বলে মনে হয়। বউকে ভাল্লাগে... ইত্যাদি। একটাই ভালো দিক, রুমালের বিক্রি বাড়ে। জন্মানোর সময়ে খালি গায়ে ছিলাম বলে হুট করে ঠান্ডা লেগে গেসল। সেই থেকে এই বিষয়ে অভিজ্ঞতা খুবই উল্লেখযোগ্য। শীতের আর এক প্রতিফলন হল কাশি। হুপিং-এর যুগ গিয়ে এখন গ্রুপিং-এর যুগ। দমকে দমকে বিভিন্ন রকম ভঙ্গি আর শব্দে পাওয়া যায়। সময়সীমাও বিভিন্ন, তবে আওয়াজ হবেই। এমনকী, শোনা যায়, বড়লোকরা কাশলেও আওয়াজ বেরোয়। কথায় বলে, কাশি আর প্রেম কখনও চেপে রাখা যায় না। কাশির তবু ওষুধ আছে।

পুনশ্চ ঃ হিন্দি ছবির, আবারও, তুলনা নেই। হিন্দি ছবির গানের তো আরওই নেই (ওই, সেই তুলনা)। বছর দশ-বারো আগে একটা ছবিতে 'সর্দি, কাশি না ম্যালেরিয়া' বলে একখানা গান হয়েছিল। সেই থেকে উপমহাদেশে এই তিন রোগের জনপ্রিয়তা বৃদ্ধি পায়।

গুড়

ক) পাটালি— গরিব ছেলেমেয়েরা 'শটপাট' প্র্যাকটিসের জন্যে ব্যবহার করে থাকে। সৃষ্টিশীল, মধ্যবিত্ত, স্বাস্থ্যবান বাচ্চারা ফ্লাইং ডিশ হিসেবে। এ ছাড়াও দুধে গুলে বা রুটি দিয়ে খাওয়া যায়। পিঁপড়েদের খুবই প্রিয়।

খ) ঝোলা— অস্থায়ী মিষ্টির দোকানে হুক থেকে ঝোলে। মূলত লিকুইড। হাঁড়িটি সুস্বাদু, গুড়ের কম্পোজিশন গঁদের আঠার মতো। চ্যাটচেটে, বিনয়ী। তাই তো কবি বলেছেন, পাঁউরুটি আর এই গুড়ই হচ্ছে 'কিন্তু সবার চাইতে ভালো'।

গ) ভেলি গুড়— গরিব বা মধ্যবিত্তদের ব্যাপার নয়, বড়লোক কোনও বাচ্চার 'ভেরি গুড' বলার চেষ্টার ফল।

বইমেলা

মেইনলি তেলেভাজা এবং বুড়ির চুলের জন্যে বিখ্যাত। সে কী লাইন! তাও তো দুপুরবেলার দিকটা ফাঁকা থাকে। সন্ধে হলেই ক্ষুধার্ত মানুষ উপচে পড়ে। ধৈর্য ধরে ঘুরে ঘুরে লাইন দিয়ে কচুরি-আলুর্দম, মুরগির ঠ্যাং, পুলিপিঠে, মোগলাই পরোটা খায়। ভায়রাভাইকে চা-কফির লাইনে ভিড়িয়ে টুক করে পকোড়া মেরে দেয়। তারপর এত সব খাওয়া পেরিয়ে যা দু'চার টাকা পড়ে থাকে, তাই দিয়ে ছেলেমেয়ের জন্যে বেলুন। অনেকে আবার তিন-চার দিন আসে, কারণ এক দিনে সব আইটেম খাওয়া সম্ভব বা নিরাপদ নয়। দু'বছর আগেও বিনা পয়সার বাথরুম এবং টেলিফোন করা যেত বলে দীর্ঘ কবিতার মতো লাইন পড়ত। ইদানীং বাথরুমে আট আনা চার্জ লাগে বলে অনেকেই চেপে ঘোরেন। টানা ছ'সাত বার চাপতে পারলে একটা গোটা সন্দেশের দাম উঠে আসে।

বি.দ্র. বই।

গরমজামা

ক) সোয়েটার— উল দিয়ে বোনা। ফুলহাতা, হাফহাতা, হাতকাটা ইত্যাদি আকারের হয়। দুটো কাঁটায় উল ঢুকিয়ে কী সব যাচ্ছেতাই কুটুর-কুটুর হল বোনার পদ্ধতি। প্রধানত, মা, পিসিমণি, মাইমার হাতে তৈরি হয়। জেঠু বা মেসোর বোনা সোয়েটার কাউকে পরতে দেখিনি। এর থেকেই পুরুষতন্ত্রের অভিসন্ধি স্পষ্ট হয়।

খ) মাফলার— গলার সুরক্ষায় ব্যবহৃত। হাফহাতা বা ফুলহাতা হয় না। হাতকাটা তো নয়ই।

গ) গ্লাভস— কখনও উলের, কখনও চামড়ার। বিদেশেই বেশি চলে। ছোটবেলায় পরতাম আর নিজেকে গোয়েন্দা ভাবতাম। কেন কে জানে! পেশা অনুযায়ী গ্লাভস হয়, যেমন উইকেট কিপারের, ডাক্তারের, খুনির ইত্যাদি।

ঘ) টুপি— ঘোর শীতেও কারও মাথায় যদি না দেখেন, বুঝবেন সম্প্রতি প্রেম হয়েছে এবং প্রেমিকা ২০ ফুটের মধ্যে আছে। মাঝারি শীতে কারও মাথায় যদি একটা দেখেন, বুঝবেন স্বাভাবিক জ্ঞানসম্পন্ন লোক। সামান্য শীতেও কারও মাথায় যদি দুটো দেখেন, বুঝবেন শ্রীজাত।

পোস্ত

শীতকালের আড্ডারে পোস্ত কেন? কারণ, ছোট থাকতে কালবৈশাখীর আগে আগে পাড়ার মাঠে রবি ঠাকুরকে নিয়ে ফাংশন হত। নাচ-গান-আবৃত্তি। ঋতুরঙ্গও হত প্রত্যেক বছর। গ্রীষ্ম-বর্ষা-শরৎ-হেমন্ত পেরোলেই আসত কনকনে শীত আর তখন গান হত—'পোস্তদের ডাক দিয়েছে আয় রে চলে আয়'। 'পো'-তে একটা বড় টান আর মাথা দুলুনি। আমি ভাবতাম অনেক পোস্তকে কেউ ডাকছে—'আয় রে চলে আয়' বলে। আর, ভাবতাম পোস্ত তা হলে শীতকালের খাবার। এও ভাবতাম, রবি ঠাকুর কী আশ্চর্য, পোস্ত নিয়েও গান লিখেছে! বড় হয়ে গানটা ছাপার অক্ষরে দেখে খুব কষ্ট পেয়েছিলাম। পোস্ত নিয়ে ওই একটা গানই জানা ছিল।

সরস্বতী পুজো

কিশোর-কিশোরীদের কাছে প্রেমকে জনপ্রিয় করে তোলার জন্যে এই পুজোর প্রচলন বাঙালির ঘরোয়া ভ্যালেন্টাইনস ডে। পুজোর দু'রাত আগে থেকে 'তার' মুখ ঘুমের ভেতর পুজোর সকালে পাঞ্জাবি চাপিয়ে দৌড়ে স্কুলে ঢোকা, এ পাশ-ও পাশ তাকানো। তারপর তার হেঁটে আসা। শাড়ি। ওহ্। পাশে এসে দাঁড়ালে স্নান টের পাওয়া যায়। ব্লাউজের কাঁধ ভেজা... তার চুলে, নিঃশ্বাসে কী সব অদ্ভুত গন্ধ! তখনও জানা নেই চুমু কেমন খেতে। এই পুজো নিয়েই তো গান— 'তোমার পূজার ছলে তোমায় ভুলে থাকি।' তারপর সরস্বতী ঠাকুর একাই দাঁড়িয়ে থাকেন ক্লাসঘরে... তাঁর পায়ের কাছে আলপনা গুঁড়ো হয়ে উঠে যায়... 'তাকে' চুমু খেতে কেমন লাগত, জানা হয় না কোনও দিন।

কফি

এক কালে ছিল, কিন্তু এখন আর শুধুমাত্র শীতকালের পানীয় নয়। সারা বছর লোকে হা-রে-রে-রে করে কফি খাচ্ছে। মনে পড়ে, কম বয়সে ঘোর শীতে বেশি রাতে পরীক্ষার পড়া করতে করতে মা-র হাতের এক কাপ ধোঁয়া-ওঠা কফি... চুমুক দিতে দিতে লেপ টেনে নেওয়া আর বই বন্ধ করে ভাবতে থাকা প্রিয় কোনও চরিত্রের কথা... আহ্। ইদানীং অবশ্য

'কফিশপ' বলে এক ধরনের দোকান হয় আর তাতে ঢুকে লোকে প্রচুর কফি খায়। দোকানের ভেতরে সারা বছর শীতকাল, তাই কফির দামও বেশি। অনেকেই অবশ্য বন্ধুর পয়সায় খেতে প্রেফার করে, যেমন আমি। অনির্বাণের যে-পরিমাণ টাকা আমাকে কফি আর স্যান্ডউইচ খাওয়াতে গেছে, তার তুলনা হয় না।

পুনশ্চ ঃ বিভিন্ন কফিশপে ঘুরে ঘুরে আমরা দেখেছি কফি খেতে আসা মেয়েরা কোনও এক কারণে মা বিপত্তারিণীর ডাই-হার্ড ভক্ত। তাদের প্রায় সকলের হাতেই লাল বিপত্তারিণীর ব্যান্ড। বিপত্তারিণীর সঙ্গে কফির কোনও সম্পর্ক তৈরি হল কি না এ নিয়ে কোনও না কোনও কফিশপে বসে আমরা ভেবে চলেছি। শীতকালকে বাইরে রেখে।

রহস্য-নভেল

...'অনেক রাত। বাপীধাম-এ কেউ নেই, শুধু চপলা। চার দিকে কুয়াশা, বরফ আর বজ্রবিদ্যুৎ সহ বৃষ্টি। চপলা স্মার্ট, একা! তার পরনে নাইটি, স্মরণে ভাইটি। কাল ভাইফোঁটা। কিন্তু, ভাই কই? সে চাকরি নিয়ে চলে গেছে সুদূর রবিপুর। চপলা উতলা হতে যাবে, এমন সময় পিঠে ঘন ছুরি। নরম পিঠ যেন মাখন। ঘুরে তাকিয়ে চপলা শুধু দেখতে পেল ফুলহাতা সোয়েটার আর গ্লাভস পরা কালো রোমশ হাত। তাতে উল্কি করে ট্যাংরা মাছ আঁকা। সে নাইটি সুদ্ধ মেঝেয় লুটিয়ে পড়ল...'

এর সঙ্গে পাতলা লেপ আর কুলের আচার।

কুয়াশা

দুরাশার কেউ না। গরিব-বড়লোক ভাগাভাগি নেই। জাঁকিয়ে শীত পড়লেই হল। মনে হয়, হাওয়ায় যেন দুধ ভাসিয়ে দিয়েছে কেউ। গল্প, সিনেমা আর স্বপ্নে খুব ব্যবহার করা হল। কলকাতায় রেড রোডের কুয়াশা বিখ্যাত। এখন অবশ্য ই এম বাইপাসও নাম করেছে। এ ছাড়া, ২৬ জানুয়ারি প্যারেডের সময় দিল্লির কুয়াশা দেখা যায়। কেন্দ্রীয়। ঘনীভূত। কুয়াশা কী ভাবে তৈরি হয়, এক বার ভূগোলে পড়েছিলাম। ভুলে গিয়ে ভালো লাগছে।

সাইবেরিয়া

শীতের রাজা। বরফের সাম্রাজ্য। ঠান্ডার কান্ডারী। ভাবতেও কেমন লাগে, মাইল মাইল জুড়ে কিছু নেই, শুধু বরফ... গাছ নেই, মানুষ নেই, ফোন নেই, শুধু বরফ। ভাবতেও কেমন লাগে, এখানে এক সময় আনা হত যুদ্ধবন্দিদের। খালি গায়ে। ভাবতেও কেমন লাগে, সেই বন্দিদের কী সৌভাগ্য! দিনের পর দিন, মরে না যাওয়া অবধি তারা সেই বরফের মরুভূমি দেখতে পেত, অনুভব করতে পেত, যার কথা আমরা শুনেইছি শুধু! ভাবতেও কেমন লাগে, আমরা যুদ্ধবন্দি নই।

সতর্কীকরণ ঃ উলুবেড়িয়ার সঙ্গে সাইবেরিয়ার কোনও সম্পর্ক নেই। এমনকী, উলুবেড়িয়া থেকে ডিরেক্ট সাইবেরিয়া যাওয়া যায় না, ব্রেক জার্নি করতে হয়।

সার্কাস

জন্তু-জানোয়ারের গন্ধে ভরে থাকা আধো অন্ধকার একটা মাঠ...কুয়াশার মধ্যে উড়তে থাকা টিকিটের টুকরো... শীতের নিশিডাক। প্রথম কোনও তাঁবুতে ঢোকা। প্রথম জানা জলহস্তী আর জোকার নামে কোনও প্রাণী হয়। প্রথম দেখা ঢুলতে থাকা মানুষের হুকুম মানা বাঘ। এ ছাড়াও, অনেক সময়ে রিং মাস্টারের বউ মারা যায়, জোকারের সঙ্গে ট্র্যাপিজ মেয়েটির ভাব-ভালোবাসা হয়, ম্যাজিশিয়ানের চাকরি চলে যায়... কিন্তু, সেগুলো আমাদের দেখানো হয় না। ফিরে আসার সময়ে দূর থেকে আবছা কুয়াশা ঘেরা তাঁবুটা দেখলে মনে হয়, অন্য গ্রহ থেকে আসা মহাকাশযান, শো-শেষে হুউস করে উড়ে যাবে কোন এক ভোর রাতে। সকালে মাঠে হাঁটতে এসে কেউ কেউ দেখতে পাবে রং-চটা বল, বাঘের পায়ের ছাপ, কন্ট্র্যাক্টের বাতিল কাগজ...

শীতকাল কবে আসবে, সুপর্ণা?

সে দিন ৮বি থেকে বাড়ি ফিরছি, অটোর সামনে ডান দিকে। বাঘাযতীনে একটি মেয়ে উঠে পেছনের সিটে বসল। তাকিয়ে দেখি সুপর্ণা। সেই গোলগাল, ফর্সা, হাসিমুখ সুপর্ণা। উঠেই খুচরো বার করে অটোভাড়া গুনতে শুরু করেছে। বললাম, ‘ছেড়ে দে, আমি দিয়ে দেব।’ গলা শুনে তাকিয়েই একগাল হাসি। স্কুলে থাকতে সব গানের অনুষ্ঠানে ও লিড করত।

হাতে হারমোনিয়াম, গলায় স্কার্ফ। দুটোর কোনওটাই নেই এখন। 'গেছিলি কোথায়?' জিগ্যেস করলাম। 'এই তো মেয়ের জন্যে বিস্কুট কিনতে বেরিয়েছিলাম'...'দাদা বাঁ দিক করে রাখবেন...' থামল অটো...'আসিস এক দিন, ওই তো, গলিতে ঢুকে ২ নম্বর বাড়িটা...' বলে, দুজনের ভাড়া মিটিয়ে মিলিয়ে গেল সুপর্ণা। শীতকাল কবে আসবে, জিগ্যেস করার সময় না দিয়েই।

পয়লা

পয়লা প্রেম

সব্বার লাইফে আসে, কারও কারও জীবনে সেটল করে যায়। দিব্যি ব্যাগপিঠে মন দিয়ে ইস্কুলবিহার হচ্ছিল, হঠাৎ কোত্থেকে অচেনা হাওয়া এসে পরীক্ষার খাতা ওলট-পালট করে দিয়ে সে একেবারে যাচ্ছেতাই কাণ্ড! এই সব দস্যি হাওয়া সাধারণত পাশ দিয়ে বয়ে যাওয়া ইউনিফর্মের আঁচল থেকেই আসে। সে আঁচল ফলো করে মুখের দিকে চেয়েছ কী মরেছ! প্রথম প্রেম অর্থাৎ সাক্ষাৎ মরণ। সেই মুহূর্ত থেকে গোটা পৃথিবী এক দিকে, সে এক দিকে। ফুল ফুটছে তার জন্য, টিফিনে ডিম্পারুটি আসছে তার জন্য। সে প্রেমের পরিণতি যাই হোক না কেন, পরি'র কাছে সে-ই তো প্রথম নতিস্বীকার, এমন স্মৃতি কক্ষনও এডিট করা যায় না।

মেয়েরা অবিশ্যি নার্সারি থেকে প্রেমে পড়বার প্রতিভা রাখে এবং অনেক ক্ষেত্রে সেই প্রেমই বার্ধক্যের ব্যালকনি অবধি গড়ায়। প্রথম প্রেম তাদের শেখায়, কী ভাবে চিঠি লুকোতে হয়, এবং কোথায়।

পয়লা সিনেমা

মা'র হাত ধরে 'লালু ভুলু' বা বাবার নজরদারিতে 'টারজান দ্য এপম্যান'-কে নিশ্চয়ই কোনও সুস্থ বাঙালি তার পয়লা পিকচার বলে ধরবে না। এখানে ক্যাটেগরি দু'খানা। এক, স্কুল কেটে

সেই সব সিনেমা। বড় দাদারা হলফেরত তাচ্ছিল্যের চাউনি দিয়ে গেছে যে সব সিনেমার খাতিরে। যে সব সিনেমার পীঠস্থান বাংলা, বুকস্থান হিন্দি, কারসাজি টোটাল ইংরেজি, সেই সব সিনেমা। হলের অন্ধকারে, বন্ধুর তিন ইঞ্চি দূরত্বের মধ্যে বসে আস্তে আস্তে বড় হয়ে যাওয়া। হঠাৎ আবিষ্কার করা, অ্যাদ্দিন কী লজ্জাজনক নিরিমিষ দিন কাটাচ্ছিলাম! আর বাড়ি ফিরে আগুন সেই নীলচে ছবির নায়িকাকে ভেবে বালিশের ওপর চূড়ান্ত ইমোশনাল অত্যাচার। আহা...সেই সব নীল হল আর ছেলের দল, কোথায় যে গেল...

দু'নম্বর হচ্ছে গিয়ে পেথ্যমবার প্রেমিকের কনুই টাচ করে কোনার টিকিট কেটে অক্ষয়-মাধুরী। এবং হাফটাইমের আগে কিশোরী-কণ্ঠে 'ধ্যাৎ, ভাল্লাগে না'। মাল্টিপ্লেক্সের কপোত-কপোতীরা এই লাজুক উড়ান কল্পনাই করতে পারবে না।

পয়লা মাইনে

যে কোনও মানুষকে রাজা করে দিতে পারে এই আশ্চর্য প্রদীপ। প্রথম স্যালারি। জীবনের অ্যামেচার গ্যালারি থেকে মুক্তি দিয়ে মাঠে নামায়। বলে, ডার্লিং, ঘামের চেয়ে ভালো পারফিউম আজও আবিষ্কৃত হয়নি। আজ থেকে কয়েক বছর আগে পর্যন্ত মধ্যবিত্ত বাঙালি বাড়ির ছেলেমেয়েরা কলেজে উঠতে না উঠতেই টিউশন পড়াতে শুরু করত। ঝোলা কাঁধে বাড়ি বাড়ি গিয়েই হোক, আর নিজের বারান্দায় ঝাপসা চাটাই পেতেই হোক। তাতে প্রেম হত ঠিকই, আয় তেমন কিছু হত না।

চারটে চটি ক্ষইয়ে ফেলার পর একখানা চাকরি জুটে যাওয়া, এ ছিল টি-টোয়েন্টির শেষ বলে ছক্কা হাঁকানোর চেয়েও বেশি রোমাঞ্চকর। আর পয়লা মাইনে? তার চেয়ে বড় বিশ্বকাপ আর হয় না। ক'টাই বা টাকা? কিন্তু মা'র শাড়ি, বাবার ফতুয়া, ভাইয়ের বই, প্রেমিকের সানগ্লাস কেনার পরেও পোষা বেড়ালটার জন্যে দুধ কেনার টাকা বেঁচে থাকত। আর থাকত চাপা একটা গর্ব, বুকের চিলেকোঠায় মুখ গুঁজে থাকা। অর্জনের গর্ব, টাকার নয়।

পয়লা চুমু

কখন সে আসবে, কেউ বলতে পারে না। এমনকী নস্ত্রাদামুও। কিন্তু যখন আসবে, তখন যে সব ভাসিয়ে নিয়ে যাবে, এ কথা নেতারাও স্বীকার করবেন। হয়তো অনেক কল্পনা

মাথার দু'ইঞ্চি ওপরে ফুরফুরে শামিয়ানা টাঙিয়েছে, হয়তো অনেক রুমালের কোনা নরম আঙুলের প্যাঁচ সহ্য করেছে সারা সন্ধে, কিন্তু বহু জল্পনার পরেও সেই মুহূর্ত আসেনি। পাড়ার বিল্টুদা'র ছদ্মবেশে শেক্সপিয়র রোজ কানের কাছে উসকে দিয়েছেন তেষ্টা... টু বি অর নট টু বি। অনেকে ছুঁবি আর নট ছুঁবি শুনেছে, কিন্তু এগোতে পারেনি। আসলে প্রেমিক-প্রেমিকা তো এগোয় না। এগোয় হাওয়া, জল আর আগুন। তারাই মানুষের প্রথম চুমুগুলো স্মরণীয় ভাবে টেলর মেড করে রাখে।

তারপর একদিন হঠাৎ ভিজে ঠোঁটের মধ্যে আরেক ভিজে ঠোঁটের আত্মসমর্পণ...লজেন্স চোষার বাইরে জিভের আরও যে ভূমিকা থাকতে পারে, তা বুঝে যাওয়া এক ধাক্কায়।

আর এই প্রথম, এত কাছ থেকে 'তার' নিশ্বাসের গন্ধ পাওয়া। আগামী শত চুম্বনেও যে-গন্ধ ম্লান হবে না কোনও দিন। প্রথম চুমু আসলে একটা গোপন মোহর, যা কখনও খরচ করা যায় না।

পয়লা পেগ

সুদীপ্তদের খোলা ছাদ, চাঁদা তুলে কিনে আনা রামের পাঁইট। সুদীপ্ত'র বাবা-মা পুরী গেছেন, দিদি সেই সুযোগে প্রেমিকের বাড়ি। বন্ধুরাই বা ছাড়ে কেন? খুরিতে খুরিতে ভাগ হয়ে যাওয়া লিকুইড লাল জ্যোৎস্নায় প্রথম চুমুক। কণ্ঠনালী আজও সেই তারল্যের ঝাঁঝ মনে রেখেছে। তখন স্কচ ও দেবযানী, কেউই জীবনে আসেনি। কেবল বড় হয়ে নেওয়ার তাগিদে তোয়াক্কাহীন হয়ে ওঠার জেদে রাম তেরি গঙ্গা ময়লি। পাঁইটে আর কতখানি জোয়ার ধরে? কিন্তু তাতেই পাঁচজন প্রায় আউট, একটু পরে রাতের আকাশময় পেগে ঢাকা তারা।

পরে বহু এলেমদার পার্টিতে আনলিমিটেড দামি পানীয়ের মুখোমুখি হলেও, জ্যোৎস্না বলে ভুল হয়নি তাদের। সুদীপ্তদের বাড়িটা ভাঙা পড়েছে বছর দশেক আগে। কিন্তু অপার্থিব সেই ছাদটা আজও সকলের মাথার ভেতর ভেসে বেড়ায়।

পয়লা শাড়ি

ষোলোখানা লম্বা বছর যা করতে পারে না, একটা হলুদ তাঁতের শাড়ি তিন মিনিটে সেটা করে দেয়। এক লহমায় স্বপ্নের প্রোমোশন পায় কিশোরী। পরিপাটি করে শাড়িখানা পরে

আঁচল ঘুরিয়ে এক হাতে ধরে নিয়ে সারা বাড়িময় পায়ে পায়ে উড়ে বেড়ানো। যেন কিছুই হয়নি এমন একটা ভাব, কিন্তু তার ধুকপুকুনি সে নিজেই শুনতে পাচ্ছে সারাক্ষণ। যদিও সে যে প্রাণাধিক শাড়িটি নিয়ে চূড়ান্ত সজাগ হয়ে আছে, তা বাইরে থেকে বোঝার উপায় নেই। যে দেখছে, সেই অবাক। 'ও মা, এ তো এক্কেবারে লেডি!' বা 'দেখি দেখি, কত্ত বড় হয়ে গেছিস, হ্যাঁ?'... এসব শুনতে শুনতে কান ঝালাপালা হয়ে জুড়িয়ে যায়। তার নরম পায়ের পাতায় পাতায় মেঝেময় টেক-অফের আলপনা আঁকা হয়ে যায় ওই একটি দিনেই। আর সে কেবল আড়চোখে ঘাড়ের দিকে তাকায়... ছটফটে আর মিচকে স্ট্র্যাপটা বাইরে বেরিয়ে আসছে না তো? শাড়ি। এক আশ্চর্য টাইম মেশিন। যা খাতায় কলমের ষোলোকে সত্যিকারের ষোলো করে দিতে পারে। পয়লা আদরেই।

পয়লা বিচ্ছেদ

সন্ধেগুলো যে কত বিচ্ছিরি, সকালগুলো মানেহীন, শহরটা যে পাষাণ আর এ জীবন রাখার যে কোনও কারণই নেই, প্রথম বিচ্ছেদ তা হাড়ে হাড়ে টের পাইয়ে দেয়। কেন ছেড়ে গেল সে? কেন মানিয়ে নিতে পারলাম না আমি? কেন মাথাগরম করলাম? এইসব আক্ষেপের চাইতেও বেশি করে মনে হয়, সবে তো ১৮ এখন। বাকি জীবনটা বাঁচব কী নিয়ে? A সার্টিফিকেট পাওয়ামাত্রই The End দেগে দিল, জীবন কি এতটাই নির্মম? অথচ কী মজার কথা, যার সঙ্গে শেষদিকে পাঁচ মিনিটও ভালো মুডে কাটছিল না, এখন তাকে ছাড়া এক সেকেন্ডও ভালো লাগছে না। বিচ্ছেদ, অন্তত পয়লা বিচ্ছেদ বড় আজব ধাঁধা।

কেউ কেউ আত্মহত্যার কথা ভাবে, কেউ ঘুরিয়ে ডাক্তারি বা ইঞ্জিনিয়ারিং-এ ফোর্থ গিয়ার, আর বাকিরা কবিতা লেখে। লিখেই চলে। তারপর একদিন বন্ধুদের আড্ডায় আবার যাওয়া শুরু হয়, টম ক্রুজের নতুন সিনেমা এলে প্রাণ আনচান করে, কবিতাগুলো জড়ো করে পাণ্ডুলিপি বানাতে ইচ্ছে হয় খুব। বিচ্ছেদ, পোষ না মানা জন্তু, সে কি পোষ মেনে গেল তাহলে? উঁহু। আগেকার দিনের মানুষ যেমন বাঘ শিকারের পর ছালটা পেতে রাখত বসার ঘরে, বিচ্ছেদও আমাদের মুক্তি দেয়। আমাদের ছালটা পেতে রাখে তার ঘরে। হঠাৎ একদিন বইমেলার ধুলো সরতেই যখন সামনে তাকে দেখা যায়, পুরোনো, প্রথম সেই পেরেকটা গলার কাছে জেগে ওঠে। আর কিছু না।

পয়লা সমুদ্র

এত এত এত জল যে একসঙ্গে থাকতে পারে, আর তার বিস্তার যে এতটাই হতে পারে যে চোখের ক্ষমতায় পেরিয়ে যাওয়া যাচ্ছে না, প্রথমবার সমুদ্র দেখলে সেটা বোঝা যায়। এই তা হলে সমুদ্র? এত দিন ম্যাপে যাকে চার বাই চার দেখে এসেছি? এই তাহলে আছড়ে পড়া ঢেউয়ের মহাজাগতিক সিম্ফনি? এই তাহলে দূরে ভেসে চলা ট্রলারদের আলো-সংকেত? পা ভিজিয়ে বালিতে বসে থাকার রাজকীয় উদাসীনতা এই তাহলে? প্রথম সমুদ্রের মতো সারপ্রাইজ প্যাকেজ প্রকৃতির আর দুটি নেই। সস্তার হোটেল হতে পারে, হতে পারে চালে কাঁকড়ের খোঁটা, কিন্তু ফাইভ স্টার থেকে রোড সাইড, যে কোনও মানুষের জন্যে সমুদ্র তার গোল্ড ক্লাস খোলা রেখেছে। বন্ধুদের শত্রুতা, মাসে আরেকটু বেশি রোজগারের চিন্তা, প্রেমিকার বাবা, প্রেমিকার মায়ের মুখ, সমস্ত কিছু এক লহমায় তুচ্ছ করে দিতে পারে এই প্রাগৈতিহাসিক জলরাশি। প্রথমবার সমুদ্রকে কাছে পেয়ে সকলেই অনেক কিছু ভাসিয়ে দিয়ে আসে। বছর বারো পরে সেই সৈকতে গিয়ে সেসব আর খুঁজে পাওয়া যায় না। কেবল হোটেলে ফিরে যাওয়ার রাস্তাটুকু ছাড়া।

পয়লা কবিতা

প্রেমে পড়েই হোক, হাফসোল খেয়েই হোক, কোকিলের ডাক শুনেই হোক বা ঝমঝম বৃষ্টি ভিজেই হোক, টুক করে একটা খাতা বার করে চার লাইন লিখে ফেলেনি, মধ্যবিত্ত বাঙালি ছেলেমেয়ে এমন দাবি করতেই পারবে না। আর এই লেখা কখনওই গদ্য নয়। ডিম ফেটে মুখ বার করা একটি ছোট্ট কাব্যশাবক। এবড়ো-খেবড়ো শরীর, ভেঙে যাওয়া অন্ত্যমিল, গদগদ আবেগ, এবং অন্যান্য ত্রুটি ও আতিশয্য সত্ত্বেও, সে কবিতার কথা কি ভুলতে পারে কেউ? একটা থেকে দুটো, দুটো থেকে তিনটে, খাতা থেকে বন্ধুরা, বন্ধুদের হাত থেকে স্কুল ম্যাগাজিন, এমন করেই ছড়িয়ে পড়তে থাকে কবিতার শরীর। আর সকলের পেছনে দাঁড়িয়ে থাকে হঠাৎ ঘটে যাওয়া সেই দুর্ঘটনা। প্রথম কবিতা।

কবিতাকে অনেকে ধরে রাখে না শেষমেশ। কবিতাও সকলকে আটকে রাখতে চায় না। কেউ কেউ চেষ্টা করে যায় দিনের পর দিন। এই যেমন আমি করছি। আর খাতা

থেকে মুখ তুলে তাকালেই আজও দেখতে পাচ্ছি প্রথমবার কবিতা লেখার সেই দিনটাকে, যা আমার অজান্তেই আমার জীবন পাল্টে দিয়ে গিয়েছিল। ফের খাতায় মুখ নামিয়ে লেখার চেষ্টা করছি আরও একখানা কবিতা। আর লিখতে লিখতে বুঝতে পারছি, সব কবিতাই আসলে প্রথম কবিতা।

পয়লা বৈশাখ

'সে ছিল একদিন আমাদের যৌবনে কলকাতা'— একটা বয়েস পেরিয়ে গেলে সকলেই এমনটা ভাবেন। আমিও তার বাইরে নই। পয়লা বৈশাখ মানেই ছিল রীতিমতো উৎসব। সীমিত সামর্থ্যেও তখন উৎসব। সীমিত সার্মথ্যেও তখন উৎসব হতে পারত। চৈত্র সেল থেকে দরদাম করে কেনা ফিনফিনে ফতুয়াই তখন আমার দুঃখের সঙ্গী। বাড়িতে বিশেষ কিছু না হলেও, মামার বাড়িতে সন্ধে থেকে গানবাজনা হত প্রতি বছর। সেই ছিল নতুন বছরকে বরণ করে নেবার সেরা উপায়, আমাদের কাছে।

তারপর একদিন কাঁচা কাঁচা কয়েকখানা কবিতার বই লেখার সুবাদে প্রকাশকের হালখাতায় ডাক পেতে থাকলাম। তরুণ কবিদের কোরাসে দাঁড়িয়ে দেখতাম ওই আসছেন তসরের পাঞ্জাবিতে সুনীল, ওই শংকরের পকেট থেকে উঁকি মারছে ফাউন্টেন পেন, ওই সমরেশ মজুমদার চায়ের কাপ হাতে নিলেন, ওই সঞ্জীব চট্টোপাধ্যায়ের কথায় হাসিতে ফেটে পড়ছেন সকলে। সেইসব তারাভরা গ্রীষ্মের পয়লা দুপুর আমাদের কাছে অলৌকিক হয়ে থাকত।

'আজ সেই ঘরে এলায়ে পড়েছে ছবি'। মামার বাড়ির গানবাজনা নেই, সুনীলদা'র হো হো হেসে ওঠা নেই, জুঁই ফুলেও তেমন গন্ধ নেই আর। আছে বলতে ৪১ ডিগ্রির একটা ফুটন্ত দুপুর, যার নাম পয়লা বৈশাখ। আর আছি হালখাতার মার্জিনে অকালবয়স্ক আমরা কয়েকজন। আমদের হাত ফসকে পয়লা কখন ১লা হয়ে গিয়েছে, বুঝতেই পারিনি। আয়নার এক কোণে লেপটে থাকা একটা ছোট্ট টিপের মতোই একলা সে...

আশ্চর্য রাংতা

চকোলেটের কথা আমার তেমন মনেই পড়ে না। বরং এখনও ঝাপসা হয়ে আসা স্মৃতির খুঁটে কোনওরকমে লেগে রয়েছে তাদের সোনালি-রুপোলি রাংতাগুলোর কয়েক টুকরো। কারণ, আর কিছুই নয়, ওদের জন্যই চকোলেটকে ভালোবেসেছিলাম আমি।

তখন খুব ভালোবাসতে পারতাম। তখন মানে, বেশ ছোটবেলায়। যখন নারীদের মধ্যে মা আর বোনেরাই বেশি প্রিয় ছিল। চে গেভারাকে না-চিনলেও মারাদোনার ছবিতে গর্বিত চুমু খেতাম। সেই তখন, যে কোনও পছন্দের জিনিসের প্রতি একটা নিঃশর্ত লয়্যালটি, টানটান ভালোবাসা কাজ করত। সেই তখন থেকেই আমি রাংতা জমাতাম। চকোলেটের। প্রচুর চকোলেট যে উপহার পেতাম, এমনটা কিন্তু নয়। আমার ছোটবেলাটা এখন যেহেতু বেশ খানিকটা অতীত, তাই উপহারের বাড়ন্তভাবটা আন্দাজ করা কঠিন ঠিকই। তখন এমন কথায় কথায় গিফ্‌ট আর রিটার্ন গিফ্‌ট-এর চল ছিল না মোটেই। কালেভদ্রে খুচরো উপহার পেতাম হয়তো, আর তা নিয়েই আনন্দের অন্ত থাকত না। এই ধরনের অল-সিজন সেরা উপহার ছিল চকোলেট। যদ্দুর মনে পড়ছে, ইদানীংকার এ-ফোর সাইজের স্বাস্থ্যবান প্যাকেজগুলো তখনও জন্মায়নি। একটা ছোট, আরেকটা বড়—এই দু'সাইজের চকোলেটই বিক্রি হত। বড় চকোলেট কস্মিনকালেও হাতে পেয়েছি বলে মনে পড়ে না। পেলেও আমার ঐতিহাসিক পেটে তা সহ্য হত না নির্ঘাত। আমরা তো অল্পে খুশি, কী হবে দুঃখ

করে? আমি তাই ক্বচিৎ কদাচিতের ছোট চকোলেট নিয়েই বিভোর হয়ে থাকার অভ্যেস তৈরি করেছিলাম।

বেশির ভাগ চকোলেটই, মনে পড়ে আমার, মায়ের হাত থেকে পাওয়া। বাবা 'যুগান্তর'-এর সাংবাদিক ছিলেন। পদখানা মন্দ না-হলেও, মাসান্তে পারিশ্রমিক বিশেষ রাশভারী কিছু ছিল না। এখনকার বাবাদের দেখি রোজই ফেরার সময় ছেলে বা মেয়ের অর্ডারি-আবদার কিনছে। এ-ব্যাপার আমাদের অতি দুঃসাহসিক কল্পনাতেও ছিল না। বরং বাবা যে বাড়ি ফিরে বকাঝকা করছে না বা দু'চারটে চড়চাপাটি লাগাচ্ছে না, এটাই এক ধরনের উপহার ছিল। সে যা হোক, বাবা রোজই অফিস যেত, কিন্তু বিশেষ উপহারপ্রবণ হয়ে ওঠার সামর্থ্য ছিল না। মা বরং বেরোত কখনও-সখনও, সম্ভব হলে কিছু না কিছু নিয়েই ফিরত। তখনও রোজগারের তাগিদে অন্যের বাড়ি গিয়ে গান শেখাত মা। মাসের প্রথমদিকে তাই খুব অপেক্ষা করে জেগে থাকতাম মায়ের টিউশনির সন্ধেগুলোয়, যদি কিছু নিয়ে ফেরে! কিছু মানে চকোলেট। তখন আমরা চকোলেট কথাটা জানলেও ক্যাডবেরি বলেই ডাকতাম তাকে। ক্যাডবেরির একটা ছোট্ট ডেয়ারি মিল্ক চকোলেট পাওয়া যেত বাজারে, একটা ফুটের স্কেলকে চার ভাগ করলে যেমন দাঁড়ায়, ঠিক তেমন সাইজের। গাঢ় বেগনির ওপর সাদা দিয়ে ক্যাডবেরি লেখাটা দেখতেই স্বপ্নের মতো লাগত। আর ওই বেগনি রংটার ওপরে কী যে লোভ ছিল আমার! রংটা স্বাভাবিকভাবেই খুব মিষ্টি ছিল সে-সময়, কারণ তার ভিতর মুখ লুকিয়ে থাকত খোদ ক্যাডবেরিটাই। তো মাসের গোড়ার দিকে, গান শিখিয়ে ফেরার পথে কখনও-সখনও মায়ের হাতব্যাগে ঢুকে পড়ত ক্যাডবেরির ওই ছোট্ট সংস্করণ। ঘুমচোখে মায়ের হাত থেকে সেই একচিলতে বেগনি রঙের স্বপ্ন যখন উপহার পেতাম, মনে হত বেঁচে থাকার চাইতে ভালো আর কিছু হয় না! সেটা কিন্তু কেবল ভিতরকার অভাবনীয় চকোলেটের কারণে নয়। চকোলেট তো মুহূর্তে শেষ। এমনিতেই তখনও আমাদের ফ্রিজ ছিল না বলে এই ধরনের খাবার বেশিক্ষণ বাইরে ফেলে রাখা যেত না (যেন ফ্রিজ থাকলেই কত রাখতাম!), আর গলে যাওয়া চকোলেট আঙুলে মাখামাখি হওয়ার ব্যাপারটা আমার ছোট থেকেই অপছন্দ ছিল। সুতরাং শুভস্য শীঘ্রম। কিন্তু ওই মুহূর্তে অন্তঃসারকে আত্মসাৎ করার পরেও যেটা থেকে যেত, সেটা হচ্ছে রংতাখানা। চিরমোহময়, আশ্চর্য ফিনফিনে, লাজুক, স্পর্শপ্রিয় একখানা রাংতা। একদিক সোনালি, উল্টোদিক রুপোলি। আমার ছোটবেলার অন্যতম বিস্ময়

আর খুশির কারণ হয়ে ওঠা সেই রাংতাগুলো আমি ফেলতাম না। জমিয়ে রেখে দিতাম। কখনও চাদরের তলায়, কখনও জুতোর বাক্সে, কখনও পড়ার বইয়ের ফাঁকে। হাতের কাজে গৃহশোভা বাড়ানোর সুনাম কোনওকালেই আমার ছিল না, রাংতাগুলো যে আমার অঙ্কুরিত ক্রিয়েটিভিটির প্রমাণ হয়ে উঠবে একদিন, সে দাবিও তারা রাখেনি। কেবল জড়ো করার জন্যেই এক জায়গায় রেখে দিতাম তাদের। হয়তো আর কিছুই না, এমনকী আমিও যে কখনও উপহার পাই কিছু কিছু, তারই চিহ্ন হিসেবে হয়তো পুযে রাখতাম। মাঝেমধ্যে বই খুলে, বাক্সের ঢাকা সরিয়ে অবাক চোখে দেখতাম, জিভে নরম বিদ্যুতের মতো চকোলেটের স্মৃতি-স্বাদ খেলে যেত, আবারও কোনওদিন ফেরাপথে মা কিনে আনবে একখানা আস্ত চকোলেট—ভেবেই একটা হালকা আয়েশে ডুব দিতাম।

আমার চকোলেটবিলাস কিন্তু ছোটবেলাতেই ব্রেক কষেছে। প্রেমের সমীকরণে তাকে বড় একটা আঁক কষতে দেখা যায়নি। সত্যি বলতে কী, আমরা যখন প্রেমিক হলাম, জলে-স্থলে-অন্তরীক্ষে গজল গাইছে ছোটে গোলাম। যারা যখন যাদের ভালোবেসেছি, বড়জোর একটা চিরকুট অবধি এগোতে পেরেছি। বেশির ভাগ সময়ই সেসব চিরকুটের আগাম নেগেটিভ উত্তর জানা ছিল বলেই হাতখরচের টাকা উড়িয়ে কেউ চকোলেটে ইনভেস্ট করতাম না। তখন অবশ্য মেজো-সেজো-রাঙা চকোলেটের দিন শুরু হয়ে গিয়েছে। বাক্সবন্দি হরেক রকমের জিভে জল কম্বিনেশনও যথেষ্ট ইন-থিং, কিন্তু কেন কে জানে, আমাদের প্রজন্মে মেনস্ট্রিম ভালোবাসায় চকোলেট কখনও বড় রোল পায়নি। বড়জোর এন্ড ক্রেডিট-এ চিলতে উল্লেখ, ব্যস। তবে হ্যাঁ, রাংতাকাব্যের একখানা চল ছিল বটে। টু-বি পেনসিলের ছায়াময় আখরে স্বরচিত কবিতার চারখানি কালজয়ী লাইন রাংতায় লিখে তার হাতে তুলে দেয়নি, এমন কিশোর আমাদের প্রজন্মে হাতে গোনা। যারা দেয়নি, তারা নট টু-বি'র দলে অবশ্যই। তবে আজ লজ্জা-শরমের মাথা খেয়ে স্বীকার করতে পারি, আমিও নির্ঘাত নট টু-বি উত্তর আসবে জেনেও এ-কাজ করেছি। অন্যের প্রতি প্রেমের চেয়েও নিজের লেখার প্রতি আশ্চর্য আস্থাই ছিল আদত কারণ। তবে একথাও ঠিক, ততদিনে রাংতার চরিত্র পালটে গিয়েছে। ক্যাডবেরি আর নয়, চারমিনার। একদিক রুপোলি, অন্যপিঠ সাদা—নাকের কাছে নিলেই কড়া ইচ্ছের চড়া গন্ধ। সেসব রাংতাও ঘোড়ার খুরে খুরে দিগন্ত টপকে হাওয়ায় মিশে গিয়েছে... সিগারেট আর চকোলেট—দু'টোই ছেড়েছি।

বহুদিন পর আবার সেই অব্যর্থ মুঠো-উপহারের পাল্লায় পড়তে হল বছর আটেক আগে, দূর্বা-র সঙ্গে আমার বিয়ে হওয়ার পর। অবশ্য তার আগে থেকেই নেট প্র্যাকটিসটা শুরু হয়েছে। মানুষ দুর্বলতার কথা বেশিদিন চেপে রাখতে পারে না। দূর্বা-র অল্পস্বল্প রাগ ভাঙানোর জন্য ফ্রুট অ্যান্ড নাট চকোলেটের একটা ছোট প্যাকই যথেষ্ট, এইটা জেনে যাওয়ার পর আমার অনেকটা সুবিধে হল। রাগের কারণগুলো কমিয়ে আনা বেজায় কঠিন, তার চেয়ে ড্যামেজ কন্ট্রোলের উপায়টা কাজে লাগানো সোজা। মনে পড়ে, তখন আমি গড়িয়ায় থাকি, ওদের বাড়ি সেলিমপুরে। কোনও একটা কারণে হয়তো খেপে আছে, বাড়ি ফেরার পথে একটা ছোট ফ্রুট অ্যান্ড নাট কিনে মুঠোয় পুরে দিয়ে নিভৃতে আলগা হয়ে গেলাম হয়তো। অবশ্য শুধু নাটে কাজ হত না, নাটের গুরু হিসেবে একখানা ছোটখাটো কবিতাও লাগত। যদিও রাংতার আর জায়গা হত না, কোনও না কোনও চিরকুটে কবিতা রেখে দিয়ে আসতাম। সেসব চকোলেট নিমেষে হজম হত নিঃসন্দেহে, লেফ্‌টওভার রাগটুকু কমিয়ে দিতে পারত ওই একচিলতে কবিতাই। তারাই তখন আমার জীবনের রাংতা। সেসব রাংতা কোনও একটা খাতায় যেন টুকেও রাখত দূর্বা—ক্ষণিক ছন্দ-কারসাজি হয়তো আজও রয়ে গিয়েছে ওর হাতের লেখায়, কোনও গোপন বাক্সে। এখনও যখন বেদম রেগে-টেগে যায় বলে বুঝতে পারি, ফেরার পথে একখানা ফ্রুট অ্যান্ড নাট ঝুলিতে পুরে আনি। তবে হ্যাঁ, কৈশোর-যৌবনের সেই কবিতা-রিফ্লেক্স আর কাজ করে না। চাইলেই চার লাইন কাব্যিকে কবজিগত করে ফেলার কায়দা এখন হাত ছাড়িয়ে বহু দূরে। হয়তো সেই জন্যই চকোলেট পেয়ে দূর্বা-র রাগ পড়ে এলেও, সঙ্গী চিরকুটখানা না-পেয়ে মুখ একটু ভার হয়ে যায়। এখন নভেম্বরের গোড়াতেই টুপি দরকার হয় আমার, একটু হাওয়া দিলেই বেশ শীত শীত করে, মা সেই কবেই বাইরে গিয়ে গান শেখানোর শ্রম ছেড়ে দিতে পেরেছে। বরং কখনও বাড়িতে প্রকাশ্য চকোলেট এলে মায়ের ছেলেমানুষি লোভটুকু বেরিয়ে পড়ে। দূর্বা লুকিয়ে পাচারচক্র চালালেও, মায়ের শরীরের কারণেই বিএসএফ-এর রূঢ় দায়িত্ব পালন করতে হয় আমাকে। দূর্বাও আমার ওপর রাগ করে করে ক্লান্ত, বুঝে গিয়েছে, বেশ কিছু জিনিস আমাকে দিয়ে হবে না। যেটা এখনও একটু-আধটু হয়, সেটা ওই কবিতা লেখার চেষ্টা। তবে ফ্রুট অ্যান্ড নাট-এর ম্যাজিক স্টিল জারি। এখনও অল্প আঁচের রাগে দিব্যি জল, থুড়ি কোকো ঢেলে দিতে পারে। লেট করে আনলেও, চকোর জুড়ি নেই।

কী অবাক কাণ্ড, আমাদের বয়স হওয়াটা আটকানো গেল না। দুপুর পেরোই-পেরোই ভাব চারপাশে। শীতের জানলাটার আধখানা পাল্লা খুলে আলতো একটা চাদর পায়ে এলিয়ে রেখে এখন রাংতা উড়িয়ে দিচ্ছি আমরা। জমানোর দিন শেষ, ওড়ানোর বেলা শুরু। জমাট সময় গলতে শুরু করেছে। বহুদিন পর আঙুলে মাখামাখি হওয়া সত্ত্বেও মন্দ লাগছে না। বাকি সময়টুকুর মিঠাপন যেন চেটেপুটে চেখে নিতে পারি, এইটুকুই চাওয়া। কে আর কবে রাংতা জমিয়ে রাখতে পেরেছে!

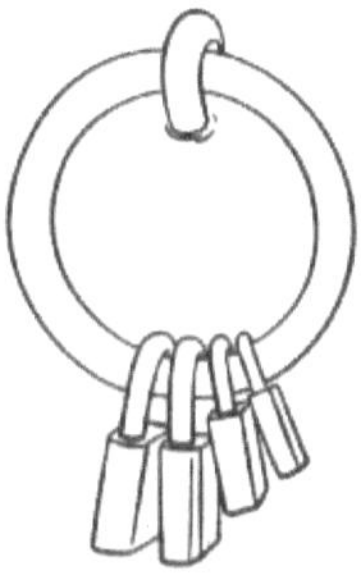

বৃষ্টিভেজা ছোটগল্প

তাকে আমি চিনতাম। একটু বেশ কাছ থেকেই। সে ছিল আমারই মতো রোগাসোগা, বেঁটেখাটো, চুল ফিকে হয়ে আসা এক ছেলে। সদ্য চশমা উঠেছে চোখে, টেনেটুনে আর বছরখানেক কাটিয়ে দিতে পারলেই স্কুলের পাট শেষ। চিরকালের মতো ইউনিফর্মকে বিদায়। সে ছিল আমারই মতো। মুখচোরা, লাজুক, একলাটে। ভিড়ের মধ্যে কোণ খুঁজে নেওয়ার চেষ্টায় ব্যস্ত সারাক্ষণ। পড়ার বই থেকে মুখ তুলে বহুক্ষণ জানলার দিকে তাকিয়ে থাকত সে। বাইরে হয়তো কিছুই হচ্ছে না, কিন্তু সেই কিছু-না-হওয়াটাই তাকে টানত সবচেয়ে বেশি। এই যে তার চারপাশে সারাক্ষণ কিছু হতে চাওয়ার শনশন দৌড়, সেইটাকে সে ভয় পেত ভারি। ওই অল্প বয়সেই, আমারই মতো সে বুঝতে পেরেছিল, দৌড়টা তার জন্য নয়। সে বরং জানালার বাইরে উড়ে এসে পড়া ওই শুকনো পাতাটার সাপোর্টার, হাওয়ার তোড়ে উড়ে বেড়ানো ছাড়া যার কোনও আলাদা গন্তব্য নেই। আর এইসব বিদঘুটে ভাবনার কারণেই সে ধরে নিয়েছিল, তার প্রেম হবে না কোনওদিন। কোনও মেয়ে তার প্রেমে পড়বে, এমন স্বপ্ন দেখার দুঃসাহস তার ছিল না। এমনকী সে নিজেও যে কোনও মেয়ের প্রেমে পড়বে, তেমনটা সে ভাবেনি কখনও। কিন্তু পড়ল। শেযমেশ এইরকম একটা অলক্ষুণে দলছুট ছেলেও দড়াম করে পড়ে গেল প্রেমে। আর তার জন্য দায়ী থাকল একজনই। উঁহু, মেয়েটি নয়। জুলাই মাসের বৃষ্টি।

হল কী, ঝামেলাটা বাধল স্কুলবাসে। বেশ বড়সড় বাস। কিন্তু সেখানেও সংরক্ষণ। মেয়েরা বসবে সামনের দিকে, পঞ্চম সারি থেকে ছেলেদের অধিকার। মেয়েরা চাইলে পিছনেও বসতে পারে, কিন্তু ছেলেদের এগনো নিষেধ। তা চলছিল দিব্যি। আমার চেনা সেই ছেলেটি বহুদিন ধরেই পিছনের দিকের একটা জানালার দখলদারি নিয়ে রেখেছে। স্কুলের শেষে সে মোটেও খেলাধুলো করে না, ফলে ছুটির পরপর ফাঁকা বাসে উঠে প্রিয় সিটটায় জাঁকিয়ে বসতে তার অসুবিধে হয়নি একদিনও। তার বাড়ি রুটের একেবারে শেষের দিকেই, কিন্তু রাস্তায় তার সঙ্গে কথা হত না কারওরই। একদিন হল। জুলাই মাসের কোনও একটা মেঘ করে আসা থমথমে বিকেলবেলায় সে যখন নিশ্চিন্তে জানালার ধারে বসে মাথাটা হেলিয়ে বাইরের যানজট দেখছে, তার চেয়ে তিন ক্লাস ছোট একটা একবিনুনি মেয়ে এসে বেশ ঝামরে বলে উঠল, 'জানালাটা লাগবে।' এমন দাবি সে কস্মিনকালেও শোনেনি। পরীক্ষার হলে বন্ধুরা উত্তর জানতে চায় খোঁচা মেরে, সেও না হয় বোঝা-যায়। কিন্তু জানালাটা লাগবে, একথা সে প্রথমবার শুনল। কথাটা শুনে এতই চমকে গেল যে স্পিকটি নট হয়েই জানালাটা ছেড়ে দিল মেয়েটিকে।

সেই প্রথম, কী সাংঘাতিক কাণ্ড, সে কোনও মেয়ের পাশে বসল। তাও আবার এমন ঠেসাঠেসি যে কাঁধে কাঁধ লেগে যাচ্ছে। মেয়েটির অবশ্য তাতে নো পরোয়া। সে বসামাত্র জানালার দিকে তাকিয়ে হাতের ঠোঙা থেকে বের করে আমসি চাখতে লাগল। বেশ মেয়ে। মেঘ করে আসা তার গায়ের রং, টানা-টানা ঘূর্ণি চোখ, আর ছটফটে একখানা বিনুনি, টপ আর স্কার্ট পরা। মানে, নাইন হয়নি এখনও। 'বাচ্চা মেয়ে', মনে-মনে ভাবল ছেলেটি।

বাস ছাড়ার পর-পরই তেড়ে নামল বৃষ্টি। বাসের টিনের ছাদে শিবকুমারের ঝালা, বাইরে মেঘে-মেঘে সঙ্গত করছেন জাকির হুসেন। বাসের দু'দিকে যত জানালা, সব ঝটাঝট বন্ধ হয়ে গেল। ভিজে ফিরলে বাড়িতে ঝামেলা আছে। বন্ধ হল না শুধু ছেলেটির পাশের জানালাখানা। বন্ধ তো হলই না, উলটে সে দেখতে পেল, জানালার ফাঁক দিয়ে যতখানি পারে, বাইরে মুখ বাড়িয়ে দিয়েছে সেই দস্যি একবিনুনি। জলের তোড়ে টানা-টানা চোখদুটো খুলে রাখতে পারছে না সে, কিন্তু তার ঠোঁট খুলে সে নিচ্ছে বৃষ্টির জল। আমসি খেলে কি তেষ্টা পায় খুব? ছেলেটি অমন রূপ, রূপের অমন ভেজা সাহস জীবনে দেখেনি। সে হাঁ

করে তাকিয়েই রইল। তখনও 'সমাপ্তি' দেখা হয়নি তার, হলে সে বুঝত, দাপুটে সেই মেয়েটাকে তখন ঠিক বৃষ্টিভেজা ষোলো বছরের অপর্ণা সেনের মতো দেখাচ্ছে। তার সম্বিৎ ফিরল মেয়েটিরই হাতের ঠেলায়, যখন ভেজা মুখ থেকে টপটপ করে গড়িয়ে পড়তে থাকা জলকে পাত্তা না দিয়ে তাকে শেষ আমসিটা অফার করল ক্লাস এইটের অপর্ণা সেন। ছেলের তখন মনের অবস্থাই আমসি হয়ে এসেছে। সে হ্যাঁ-না বলার দ্বিধায় এতটা সময় লাগাল যে মেয়েটি 'ধুর' বলে তৃপ্তির শেষ টুকরোটা মুখে পুরে দিল।

এই ম্যাজিক আওয়ার বেশিক্ষণ চলল না অবশ্য, কয়েক স্টপেজ পরেই আর সাতজন ছেলেমেয়ের সঙ্গে হুড়মুড়িয়ে নেমে গেল সে-ও। নামার পরেও, এমনকী তার বাড়ির গলিতে ঢুকে যাওয়ার পরেও তাকে দিব্যি চেনা যাচ্ছিল। কারণ ওই বিকেল ভাসানো ঝমঝম বৃষ্টিতে মেয়েটিই একা ভিজছে। ছাতা খোলেনি সে।

ছেলেটির হয়ে গেল। এই বয়সে এইরকম একটা বিকেল পাওয়ার পর এক কিশোরের যা-যা হতে পারে, তার চেয়ে কিছু বেশিই হল হয়তো। কারণ বাস্তবের চাইতে কল্পনার ব্যালকনিতেই তার বেশি সময় কাটত। যা হয়নি, হয়তো হবেও না কোনওদিন, সেসব সে ভেবে ফেলতে পারত তিন তুড়িতে। অথচ একটা কথা বলতে গেলে দশবার ঠোক্কর খেত। সেদিন বিকেলের সেই বৃষ্টি চলেছিল রাতভর। থামেনি। এসব বৃষ্টি থামে না। শুধু যখন একের পর-এক আলো নিভিয়ে ঘুমিয়ে পড়েছিল সারা পাড়া, সে কেবল জেগে বসেছিল তার ছোট্ট চৌখুপি ঘরের খোলা জানালাটার পাশে। সে কেবল বাইরে ঝরে চলা তুমুল বৃষ্টির খুচরো ছাঁট ঢুকিয়ে নিচ্ছিল ঘরে, বিছানায়, মনে...সে কেবল মুখ বাড়িয়ে ভিজিয়ে নিচ্ছিল তার রাতজাগা, বিস্মিত দুটো চোখের পাতা...যে-দুটো বন্ধ হয়ে এলেই সে দেখতে পাচ্ছিল ঝাপসা হয়ে আসা বৃষ্টিতে আরও স্পষ্ট হয়ে আসা একটি মুখ। ক্লাস এইটের অপর্ণা সেনের।

এখন কথা হচ্ছে, এরকমটা হলই বা কেন? এত বছর ধরে ছেলেটি একা ওই জানালার মালিক... হঠাৎ এই বৃষ্টির বাজারে এইরকম মিঠে গা-জোয়ারির রহস্যটা কী? অনেক ভেবেচিন্তেও সে এর কূল পেল না, কেবল এইটুকু বুঝল, এই প্রথম কাউকে জানালা ছেড়ে দিয়ে তার বিরাট লাভ হয়েছে।

ব্যাপারটা কিন্তু একদিনে শেষ হল না মোটেই, বরং জুলাইয়ের বৃষ্টির মতোই, দিনকেদিন

বাড়তে থাকল। তার পাশের জানালাটা সেইদিন থেকে দিব্যি মেয়েটিরই হয়ে গেল। একটা-দুটো আমসিও চেখে দেখল ছেলেটা, বড্ড টক! এপাশ থেকেও এক-আধটা চকোলেট বা স্যান্ডউইচ যে হাতবদল হত না, তা নয়। আর হত বৃষ্টি। কলকাতা ভাসিয়ে দেওয়া, রাস্তাঘাট ঝাপসা করে দেওয়া, সিগন্যালকে জলরং করে দেওয়া বৃষ্টি। তুখোড়, তুমুল, তুলনাহীন। এত কিছুর মধ্যে বরং যেটা হত না, সেটা হচ্ছে কথা। এই যে একটা অনন্ত বর্ষার জুলাই মাস 'বাস' নামক একটা জাহাজে চেপে পার হচ্ছিল তারা, তার মাস্তুল ছিল না কোনও। এই যে অসংখ্য বন্ধ জানালার পাশে একটা খোলা জানালায় ফোঁটায়-ফোঁটায় লেখা হচ্ছিল এক নড়বড়ে ছোট গল্প, তার কিন্তু একটাও ডায়ালগ ছিল না। চরিত্ররা নিজেদের নাম জানে না, ঠিকানা জানে না, কিচ্ছুটি জানে না। তারা শুধু জানে এইট আর ইলেভন। আমসি আর চকোলেট। তারা শুধু জানে বৃষ্টি আর জানালা।

'ভালোবাসা মানে আর্চিস গ্যালারি' গানটার খুব চল হয়েছিল তখন। মুখচোরা আমার চেনা এই ছেলেটি জীবনে অমন বড়সড় দোকানে ঢোকেনি। তাদের অত সামর্থ্যও ছিল না। তার চে' বড় কথা, মোটেই সে মনে-মনে সমর্থন করত না লাইনটাকে। ভালোবাসা মানে আলুর চপ-পেঁয়াজিও হতে পারে, নাগরদোলা-পাঁপড় ভাজাও হতে পারে। পারে না? তবুও সে একদিন ঢুকে পড়ল সেইরকমই একটা বড়সড় জাঁকজমকের দোকানে। ঢুকে পড়ল, কারণ পেঁয়াজি বা নাগরদোলার গায়ে চিঠি লেখা যায় না। তার জন্য প্যাড চাই। তার সেই কৈশোরে নানা রংয়ের ছোট-ছোট ছবি আঁকা মিষ্টি সব প্যাড পাওয়া যেত। যেন কিছু না লিখে শুধু পাতাটা ভাঁজ করে খামে ভরে দিতে পারলেই কাজ হাসিল হবে। অবিশ্যি কী কাজ যে সে হাসিল করতে চাইছে, সে বিষয়ে তার নিজেরও তেমন আন্দাজ ছিল না। বরং আস্তে-আস্তে তার ধারণা তৈরি হচ্ছিল বৃষ্টি বিষয়ে। যে ছেলে ছাতা ছাড়া এক পা নড়ত না বর্ষাকালে, সে হালকা ঝিরঝিরে বৃষ্টির জেব্রা ক্রসিং দিব্যি পেরিয়ে যেতে শুরু করল খোলা মাথায়। ভিজিয়ে নিতে শুরু করল কতদিন ধরে শুকনো হয়ে থাকা তার প্রিয় ফতুয়াগুলোকে। তার এইসব চলমান বৃষ্টি-বিকেলে সে মনে-মনে হাত ধরে রইল নাম-না-জানা সেই জানালা-বালিকার। সে এতদিনে ভিজতে শিখল আর ভেজা হাতেই বাড়ি ফিরে লিখতে বসল জীবনের প্রথম চিঠিটা।

এইরকম চিঠি বহু লেখা হয়েছে। কিছু ছিঁড়ে ফেলে দেওয়া, কিছু উড়ে যাওয়া, কিছু ব

যত্নে ভাঁজ করে বইয়ের ফাঁকে রেখে দেওয়া। এইরকম বৃষ্টিও হয়েছে অনেক। দিনের পর-দিন ধরে, যুগের পর-যুগ পেরিয়ে, এমনকী মানুষ আসার আগে থেকেই পৃথিবীর বুকে ঝরে পড়ছে তুমুলবৃষ্টি। কত-কত নিঃসঙ্গ জুলাই পার করে তবে বৃষ্টি পেয়েছে মানুষকে, তার মধ্যে হঠাৎ ফুটে উঠতে থাকা ভালোবাসাকে। বৃষ্টির সঙ্গে, বর্ষাকালের সঙ্গে কি ভালোবাসার কোনও অলিখিত চুক্তি ছিল কোথাও? একজন ব্যাট করলে অপরজন দৌড়বে বলে আর-এক প্রান্তে দাঁড়িয়ে থাকবেই, এইরকম কোনও কথা দেওয়া আছে? রেনকোট আর ছাতাগুলো বারবার ছোটগল্পের নীরব সাক্ষী থাকবে, এইরকম কোনও প্লট কি ছকা হয়েছিল সভ্যতা শুরুর আগেই? নইলে প্রেম আর বৃষ্টির এই অবিচ্ছেদ্য সঙ্গকে নেহাতই পৃথিবীর দীর্ঘতম কাকতালীয় বলে ধরে নিতে হয়। ধরে নিতে হয় যে ঝমঝমিয়ে পাড়াভাসানো বৃষ্টিতে কেবল একজনের কথা মনে পড়তে থাকাটা একটা অভ্যেসমাত্র। ধরে নিতে হয় বৃষ্টি থেমে যাওয়ার পর আধভেজা রাস্তায় টিপটিপ পেরিয়ে হাঁটতে-হাঁটতে বেখেয়ালে তার পাড়ায় চলে যাওয়াটাও নেহাতই মনের ভুল। এতে আর কোনও রহস্য বা ইঙ্গিত নেই কোথাও।

শুধু কি প্রেম আর তার ইচ্ছেটুকু জাহির করা? তার সঙ্গেই বৃষ্টির এমন নাছোড়বান্দা যোগাযোগ? ভালোবাসার ছোট্ট সাঁকোর ওপারে বিচ্ছেদের যে বিস্তীর্ণ মাঠ, সেখানেও তো কত হাজার বছরের অঝোর বৃষ্টি ঝরে চলেছে আজও। তাকে ছেড়ে আসার পরেও যে আসলে তারই সঙ্গে সময় কাটানো, সে তো বৃষ্টির হাত ধরেই। এই যে এতবার ধরে প্রেমের হেরে যাওয়া আর হারিয়ে ফেলা, সেও তো এক শেষ না হওয়া বর্ষাকালের রুমমেট। আসলে একটাই তো জুলাই মাস, প্রেম আর বিচ্ছেদ তাকে সমান-সমান ভাগ করে নিয়েছে।

সেই চিঠিটা শেষমেশ ছেলেটি লিখে উঠতে পেরেছিল কিনা, আমরা সেই কথায় না-ই বা গেলাম। সেই বাড়ি ফেরা বাসের ছোট্ট একটা জানালায় আর ক'টা বর্ষাকাল খুচরো সাজিয়ে রেখেছিল, তাও না হয় না-ই গুনলাম। কিন্তু এটা সত্যি, ছেলেটা মেয়েটাকে ভুলতে পারেনি। চায়ওনি হয়তো। আর মেয়েটাও কি...যাক সে কথা। শুধু এটুকু বলে নেওয়া ভালো, তাদের সেই ভাগাভাগির অনামী বন্ধুত্ব আমসি, চকোলেট আর বৃষ্টি ছেড়ে বেশিদুর এগোতে পারেনি। তার আগেই মেয়েটির পরিবার অন্য শহরে চলে যায়। একটা বৃষ্টির জানালায় আবার

ছেলেটাকে বসিয়ে চলে যায় মেয়েটিও। হঠাৎ এক সন্ধেবেলা মুখচোরা সেই ছেলের বাস আর বাড়ির জানালাটা মিলেমিশে যায়। তার কান্না পায় খুব। কিন্তু কাঁদার জন্যও একটা সাহস চাই, যেটা তার ছিল না। সেই রাতে তার চোখের নীচে যে এক-দু'ফোঁটা জল লেগেছিল, তার দায় বৃষ্টির। তার দায় একটা বিচ্ছিরি মনখারাপ করা জুলাই মাসের।

এসব ছোটগল্পের কোনও শেষ হয় না। এগুলো আসলে বৃষ্টির মলাটে এক-একটা পেপারব্যাক, যার শেষ পাতাটা কেবলই পিছিয়ে যেতে থাকে। এই ছেলেটিরও শেষমেশ সেটাই হয়েছিল। জীবনের ব্যস্ত ট্রাফিকে নেমে পড়া ছাড়া উপায় ছিল না তার। কেবল নেমে পড়ার আগে সে তার ছাতাটাকে একদিন উড়িয়ে দিয়েছিল বৃষ্টিঝড়ের তোড়ে। বাকি জীবন ভিজবে বলে। হয়তো এমনিই। তবে গল্পের শেষ না থাকলেও, উপসংহার একখানা আছেই।

বছরখানেক আগের কথা। পার্কস্ট্রিটের সন্ধে এবং আবারও সেই জুলাই মাস। টিমটিমে রেস্তরাঁর ঝাঁক সেজে উঠছে পসরা নিয়ে, একটা আলগা ঝিরঝিরে বৃষ্টি হয়ে চলেছে একটানা। এমন সময় ফুটপাতে দাঁড়িয়ে সে ভূত দেখার মতো চমকে উঠল! সে কি ঠিক দেখছে? উলটোদিকের ফুটপাথে রাস্তা পেরোবে বলে দাঁড়িয়ে রয়েছে কে? সে-ই না? এক লহমায় পঁচিশ বছর আগেকার একটা চলন্ত জানালার ধার আর ঝমঝম বৃষ্টি মনে পড়ে গেল ছেলেটির। বৃষ্টিই পারে টাইম মেশিন হয়ে উঠতে, পঁচিশ বছর পিছনে টেনে নিয়ে যেতে যার পাঁচ সেকেন্ডও লাগে না। হ্যাঁ, সে-ই তো! বারবার ঘড়ি দেখছে। বিনুনিটা কোথায় গেল? নাহ, চুল ছোট হয়ে এসেছে ঘাড়ের কাছে। রংটা সেই মেঘের মতো আছে, চোখদুটোও রয়েছে একইরকম টানা। কেবল সেই পরিচিত সাদা ইউনিফর্ম-এর বদলে এই প্রথম তার পরনে টপ আর জিন্স দেখল ছেলেটি। সিগন্যাল লাল, গাড়িগুলো থেমেছে। মেয়েটি এবার হনহনিয়ে রাস্তা পেরিয়ে এইদিকেই আসছে। সেই এক হাঁটা। কেবল একটা ব্যাপার দেখে অবাক হয়ে গেল ছেলেটি। মেয়েটির হাতে ধরা রয়েছে একটা ছাতা। এবারের জুলাইয়ে সে আর ভিজতে চাইছে না।

চিনতে পারবে কি? ছেলেটির পাল্স বেড়ে গিয়েছে, এই বৃষ্টিতে ভিজতে-ভিজতেও সে বুকের কাছে আলাদা করে টের পাচ্ছে ঘাম। কথা হবে কি? ওই বাদামি চামড়ার সাইড ব্যাগের মধ্যে একটাও আমসি কি লুকিয়ে নেই আর? এইসব সাতপাঁচ ভাবতে-ভাবতেই

মেয়েটি কখন ছাতা মাথায় পাশ কাটিয়ে চলে গিয়েছে, খেয়ালও হয়নি। যখন খেয়াল হল, ছেলেটির সারা শরীর, সারা মন সপসপে ভিজে। নাহ, নামটা শেষমেশ জানাই হল না তাহলে। ক্লাস এইটের অর্পণা সেন হয়েই থেকে গেল সেদিনের সেই একবিনুনি মেয়েটা...কেবল ছেলেটির আর সৌমিত্র চট্টোপাধ্যায় হয়ে ওঠার সুযোগ এল না একবারও। ইশ, কোনও যোগযোগ যদিও বা আর-একবার তৈরি হতে পারত...

ঝমঝমে পার্কস্ট্রিট ধরে মাথায় ঘোর নিয়ে হাঁটতে লাগল ছেলেটা। হঠাৎ আর-একবার, মনে হতেই চমকে উঠল সে। খটকা লাগছিল কোথায় যেন, এতক্ষণে তার উত্তর পেল। মেয়েটির হাতে ধরে থাকা ছাতাটা যে তার খুব চেনা। সেটা তো তারই পুরোনো ছাতা, এক বৃষ্টিঝড়ের বিকেলে স্কুলব্যাগ থেকে বের করে যাকে সে উড়িয়ে দিয়েছিল এই শহরের ভেজা হাওয়ায়...সেই ছাতাটাই আজ বৃষ্টি থেকে আড়াল করছে মেয়েটিকে। ঠোঁটের এক কোণে মুচকি হাসি ফুটিয়ে উঠল বছর চল্লিশেকের মুখচোরা মানুষটির। সাঁকোটা তাহলে থেকেই গেল। থেকে গেল ছাতাটাও। একটা শেষ না-হওয়া জুলাই মাসের বৃষ্টিভেজা ছোটগল্পের নীরব সাক্ষী হয়ে...

বুরুন, তুমি অঙ্কে তেরো

আর একটু এগোলেই মিশমিশে অন্ধকার। এখন যাও বা চাঁদের আলোয় রাস্তা দেখা যাচ্ছে, মিনিট তিনেক পর সেটুকুও দেখা যাবে না। সামনেই জঙ্গলটা ঘন হয়েছে। কাকাবাবু একটু দাঁড়ালেন। অনেকটা হাঁটা হয়েছে এবড়ো-খেবড়ো রাস্তা ধরে, বেশ ঘামছেন কাকাবাবু। আমি বললাম, 'একটু বসে নেবে?' 'না রে, বসার সময় নেই। বেশি দেরি হলে হিরেটা ওরা পেয়ে যাবে। চল—' বলে আবার হাঁটা দিলেন কাকাবাবু। কয়েক পা যেতে না যেতেই দাঁড়াতে হল। কিচ্ছু দেখা যাচ্ছে না, এত অন্ধকার। শুকনো পাতার ওপর এদিক-সেদিক কী সব শব্দ পাচ্ছি, কীসের কে জানে। কাকাবাবু বললেন, 'এবারে দাঁড়াতেই হবে রে সন্তু, আর উপায় নেই। মিনিট খানেক ভালো করে চারপাশটা তাকিয়ে বুঝে নে, তা হলে আর অসুবিধে হবে না।' সত্যি কিছুক্ষণের মধ্যে অন্ধকারটা চোখে সয়ে গেল, সামনের গাছগুলো স্পষ্ট হয়ে উঠল, আমরা আবার এগোতে লাগলাম। কাকাবাবুর পায়ে বেশ ব্যথা হচ্ছে বুঝতে পারছি, কিন্তু উনি মুখ ফুটে কিছুতেই বলবেন না। রঞ্জনদা'রা কোন দিকে যে গেল, কে জানে। আমার বারবার মনে হচ্ছিল, রঞ্জনদা ও রিঙ্কুদি ওদের হাতে ধরা পড়েনি তো? কিন্তু কথাটা কাকাবাবুকে বলতে সাহস হচ্ছিল না। উনিও নিশ্চয়ই মনে মনে ওদের নিয়ে দুশ্চিন্তা করছেন। দু'পা এগোতেই আমাকে ইশারায় দাঁড়াতে বললেন কাকাবাবু। দেখলাম একটু দূরেই টর্চের আলো ফেলে হাঁটছে দুটো বাচ্চা ছেলেমেয়ে। ওদের ঠিক পেছনেই লাঠি হাতে এক যুবক। আমি একবার কাকাবাবুর দিকে তাকালাম। এত রাতে,

এই অন্ধকার জঙ্গলে এরা কারা? ওদের লোক যে নয়, তা বোঝাই যাচ্ছে, কারণ এদের চোখেমুখেও ভয়ের ছাপ স্পষ্ট। তা ছাড়া, বাচ্চা ছেলেমেয়ে দু'জন রয়েছে। কাকাবাবু আমার হাতে একটা আলতো চাপ দিয়ে ওদের দিকেই এগিয়ে গেলেন। আমিও এগোলাম। মুখোমুখি হতেই লোকটা ওদের আড়াল করে লাঠি বাগিয়ে ধরে বলল, 'খবরদার! আমার প্রাণ থাকতে ওদের কিছু হতে দেব না।' কাকাবাবুর হাতের রিভলভারটা দেখেই ওরা আমাদের শত্রু ভেবেছে। কাকাবাবু রিভলভারটা নামিয়ে বললেন, 'ভয় নেই। তোমরা কারা? এত রাতে এই জঙ্গলে কী করছ?'

লোকটা কিছুটা আশ্বস্ত হয়ে লাঠিটা নামিয়ে কপালের ঘাম মুছে একটা দীর্ঘনিশ্বাস ফেলল। ছোট ছেলেমেয়ে দুটোও বেরিয়ে এল আড়াল থেকে। লোকটা কাকাবাবুকে ফিসফিস করে জিগ্যেস করল, 'ঝিলের রাস্তাটা জানেন?' কাকাবাবু ভুরু কুঁচকে বললেন, 'ঝিল? এই জঙ্গলে ঝিল আছে বলে তো জানা নেই, ম্যাপেও নেই।' লোকটা বলল, 'রাখুন মশাই ম্যাপ। ও সব ম্যাপে থাকে না। ঝিলটা না খুঁজে পেলে মহা গন্ডগোল।' বাচ্চা মেয়েটা বলল, 'চলো নবীনদা, ওরা এসে পড়বে।' কাকাবাবু বললেন, 'কেউ তোমাদের পিছু নিয়েছে?' নবীন নামের লোকটা বলল, 'সে আর বলতে? এরা হল গিয়ে সদাশিববাবুর নাতি-নাতনি। আমার কথা তো ছেড়েই দিন, পাষণ্ডগুলো এদেরও ছাড়বে না। নাহ, আপনার সঙ্গে খামোখা কথা বলে অনেকটা সময় নষ্ট হল। এখন আসি।' অন্ধকারের মধ্যে মিলিয়ে গেল ওরা। টর্চের আলোটা চলে যাওয়ায় অন্ধকারটা আবার জেঁকে বসল। আর জেঁকে বসল বলেই বেশ খানিকটা দূরে একটা নীলচে আভা স্পষ্ট দেখা গেল। সামান্য শোরগোলও শোনা যাচ্ছে।

কাকাবাবু বললেন, 'শুটিংটা তা হলে ওদিকে হচ্ছে।' আমি বললাম, 'এখন কী করবে?' ওখানে যাওয়া ছাড়া উপায় নেই রে সন্তু। ছাড়া পেতে গেলে আগে ধরা দিতেই হবে। রঞ্জন ও রিঙ্কুকেও মনে হয় ওরা...চল'। কাকাবাবু হাঁটার গতি বাড়ালেন। অন্ধকারে কাকাবাবু আমার সাত আট পা আগেই হাঁটছেন। হঠাৎ ডান পা-টা মাটিতে ফেলতেই নীচের মাটি ঝুরঝুর করে আলগা হয়ে গেল। কিছু বুঝে ওঠার আগেই তলিয়ে গেলাম। বেশ বড়সড় একটা গর্ত, বুঝলাম, ওপরে শুকনো পাতা দিয়ে ঢেকে রাখা ছিল। কাকাবাবুর নাম ধরে চিৎকার করতেই গর্তের পাশে এসে দাঁড়ালেন। বললেন, 'লাগেনি তো?' কোনওরকমে 'না' বললাম। যদিও বেশ বুঝতে পারছিলাম, ডান পায়ের গোড়ালিটা মচকেছে। হাঁটতে ভালো রকম কষ্ট হবে।

কাকাবাবুর গলা শুনতে পেলেও ওপরে তাকিয়ে কিছু দেখা যাচ্ছে না। কাকাবাবু বললেন, 'দাঁড়া, আমি নামছি।' আমি কিছু বলার আগেই শুনলাম অন্য কার গলার আওয়াজ। কাকাবাবু কার সঙ্গে যেন কথা বলছেন। হঠাৎ কার সঙ্গে দেখা হল কাকাবাবুর? কী কথা হচ্ছে? এ সব ভাবছি, আবার কাকাবাবুর গলা, 'সামনের দিকে গর্তের দেওয়াল ঘেঁষে একটা দড়ি নেমেছে দ্যাখ, ওটা ধরে উঠে আয়। পারবি তো?'

অন্ধকারে হাতড়ে দড়িটা পেয়ে গেলাম। দুহাতে কষে ধরতেই বুঝলাম ওপর থেকে কেউ টানছে। কাকাবাবু তো ক্রাচ ছাড়া দাঁড়িয়েই থাকতে পারেন না। তা হলে কে? উঠে দেখি সামনেই একটা ছোট্ট মশাল মাটিতে পোঁতা, কাকাবাবুর পাশে লম্বা আর পেটানো চেহারার এক জন মানুষ। গায়ে খাকি পোশাক, মাথায় হ্যাট, কোমরে বুলেটের ছররা, আর হাতে চকচকে দোনলা বন্দুক। কাকাবাবু বললেন,' এঁকে চিনিস?' আমি বলার আগেই ডান হাত বাড়িয়ে তিনি বললেন, 'আমি ঋজু। আমাকে ঋজুদা বলেই ডাকতে পারো। আর তুমি নিশ্চয়ই সন্তু, দ্য ব্রেভ বয়?' অত ব্যথার মধ্যেও আমি লজ্জা পেয়ে হেসে ফেললাম। কাকাবাবু ঋজুদাকে বললেন, 'তা, এ বারে কাকে নিশানা করেছেন?' ঋজুদা বললেন, 'এ বারের শিকারটি বেশ বুদ্ধিমান। পাশের টাউন থেকে এর মধ্যেই দুটো গরু, একটি জলজ্যান্ত মানুষ তুলে নিয়ে গিয়েছে।' মুখ দিয়ে ফস করে বেরিয়ে গেল, 'ম্যান ইটার রয়্যাল বেঙ্গল?' ঋজুদা মাথা নেড়ে বললেন, 'ইয়েস সন্তুবাবু, ম্যানইটার রয়্যাল বেঙ্গল। জঙ্গলের রাজা।'

গায়ে কাঁটা দিয়ে উঠল। ঋজুদা বললেন, 'এখানে বেশিক্ষণ দাঁড়ানোটা ঠিক হবে না তিনি এই রাস্তা দিয়ে রোজ জল খেতে যান। অবশ্য মশালের আলো দেখলে রাস্তা পাল্টে নেবেন।' কাকাবাবু একটু অবাক হয়ে বললেন, 'এই জঙ্গলে রয়্যাল বেঙ্গল আছে?' ঋজুদা বললেন, 'এই একটাই।' আমি জিগ্যেস করলাম, 'জল খেতে কোথায় যায়?' ঋজুদা বললেন, 'জঙ্গলের পুবদিকে একটা বড় ঝিল, সেখানেই।' কাকাবাবু আপনমনে বলে উঠলেন, 'ঝিলের কথাটা তা হলে মিথ্যে নয়।' 'কিন্তু ম্যানইটার ম্যানও যে এই জঙ্গলের ধারেকাছেই আছে সে খবর জানেন?'

কথাটা বলল চতুর্থ কেউ এক জন। ঘুরে তাকাতেই দেখলাম ছিপছিপে চেহারার এক যুবক, মুখে চিন্তার ছাপ। কাকাবাবু বললেন, 'আরে, অর্জুন না?' ঋজুদা জিগ্যেস করলেন, 'ম্যানইটার ম্যান?' রিস্টওয়াচটা চট করে দেখে অর্জুন বললেন, 'অনেক বড় গল্প। পরে

কখনও বলা যাবে। আপাতত হাতে সময় নেই। এই জঙ্গলের অশেপাশেই লোকটার বাংলো। আর আধঘণ্টার মধ্যে পৌঁছোতে না পারলে বিরাট ক্ষতি হয়ে যাবে, আমি চলি।' বলে এক রকম দৌড়েই মিলিয়ে গেলেন অর্জুন। ঋজুদাকে বলে আমি আর কাকাবাবুও আবার হাঁটতে শুরু করলাম, পায়ের ব্যথাটা যতটা কষ্ট দেবে ভেবেছিলাম, ততটা দিচ্ছে না। একটা কথা ভেবে একটু অবাকই লাগছিল। একই রাতে, একই জঙ্গলে এতগুলো মানুষ এত রকম খোঁজে বেরিয়েছে।

একেই কি বলে কাকতালীয়? সামনে তাকাতেই দেখি নীল আভাটা আর আভা নেই, রীতিমতো আলো। আর অদ্ভুত ব্যাপার, আলোটা যেন মাটি ফুঁড়ে গোল হয়ে আকাশে উঠে গিয়েছে। শুটিং-এর আলো কি এরকম হয়? কাকাবাবু হঠাৎ বললেন, 'সন্তু তুই শিস দিতে পারিস?' হঠাৎ এই প্রশ্ন? বাবা বরাবর বলতেন শিস দেওয়াটা মোটেই ভদ্রবাড়ির ছেলেদের লক্ষণ নয়। কিন্তু পাখির ডাক নকল করে দিব্যি শিস দিতে পারি আমি। ভয়ে ভয়ে বললাম সে কথা। কাকাবাবু বললেন, 'ওতেই হবে। ধরা পড়ার পর আমি চোখে ইশারা করলে একটা লম্বা শিস দিবি। পারবি তো?' আমি ঘাড় নাড়লাম। কিন্তু শিস দিলে কী হবে সেটা আর জিগ্যেস করা হল না। কারণ, তার আগেই কে যেন কানের কাছে ফিস ফিস করে বলল, 'বুরুন, তুমি অঙ্কে তেরো।'

এক ঝটকায় থমকে গেলাম আমি। একটা ঠান্ডা স্রোত নেমে গেল শিরদাঁড়া বেয়ে। কে বলল কথাটা? চারপাশে তাকিয়ে কোথাও কাউকে দেখতে পেলাম না। কাকাবাবু কিছুটা এগিয়ে পেছন ফিরে বললেন, 'কী হল, আর একটুও দেরি করা যাবে না।' আমি এগিয়ে গিয়ে বললাম, 'তুমি কিছু শুনলে?' কাকাবাবু বললেন, 'কী আবার শুনব?' আমি আমতা আমতা করে বললাম, 'না, মানে, কারও কথা...'। কাকাবাবু বললেন, 'অনেকক্ষণ নিস্তব্ধতার মধ্যে থাকলে ও রকম ভুলভাল শোনা যায়। এখন চল।' আলোটাকে সামনে রেখে এগিয়ে যাচ্ছি, আবার সেই ফিসফিস কণ্ঠ, 'বুরুন, তুমি অঙ্কে তেরো।' ভয় পেলে চলবে না। কাকাবাবু যাতে শুনতে না পান, এমন ভাবে বললাম, 'আমি বুরুন নই। আর প্রিটেস্টে অঙ্কে একশোয় তিরানব্বই পেয়েছি।' গলাটা আর শোনা গেল না। আমরা হাঁটতে হাঁটতে আলোটার খুব কাছে চলে এসেছি।

হঠাৎ হুড়মুড় করে গড়িয়ে গেলাম দু'জনেই। কাকাবাবুর হাত থেকে রিভলবারটা ছিটকে

গেল, আমি শুধু এক বার 'কাকাবাবু' বলে ডাকলাম। কোনও সাড়া নেই। আওয়াজে বুঝতে পারছি, আমার ঠিক আগে আগেই কাকাবাবু গড়াচ্ছেন। অদ্ভুত একটা সোঁদা গন্ধে ভরা সুড়ঙ্গের মতো রাস্তা, দু'পাশে হাত দিয়েও গড়িয়ে যাওয়াটা আটকাতে পারলাম না। একটা আশ্চর্য গোল গর্তের মুখে গিয়ে থামলাম। কাকাবাবু আগেই থেমেছেন, আমি পৌঁছতেই আমার হাতটা খপ করে চেপে ধরে ইশারায় চুপ করতে বললেন। আমি কথা না বলে গর্তটা দিয়ে মুখ বাড়ালাম। নীল আলোটা ভেতর থেকেই উঠছে। তাকিয়ে দেখি গর্তের মুখ থেকে অনেকটা নীচ অবধি একটা সিঁড়ি নেমে গিয়েছে। সিঁড়িটার শেষ দেখা যাচ্ছে না। তবে নীচে বেশ বড় একটা গোলঘর, চারপাশে বইয়ের র‍্যাক। এ সবের মাঝখানে সাদা কোটপ্যান্ট পরা এক সাহেব চেয়ারে গা এলিয়ে চুপচাপ একটা বই পড়ছেন। আমি খুব গলা নামিয়ে কাকাবাবুকে জিগ্যেস করলাম, 'কীসের শুটিং কাকাবাবু?' কাকাবাবুও গলা নামিয়ে বললেন, 'যদ্দুর জানি, রাজা রাম রায় কোটপ্যান্ট পরে শাসন করতেন না। তবে আজকালকার ফিল্ম তো, কিছুই বলা যায় না। তুই এই সিঁড়িটা ধরে নামতে পারবি?' আমি মাথা নাড়লাম। কাকাবাবু বললেন, 'বেশি দূর নামতে হবে না। শুধু নীচে কী হচ্ছে দেখে উঠে আসবি, কেমন?'

সিঁড়িটা বেয়ে দু'ধাপ নামতেই টের পেলাম গোলঘরটা থেকে একটা ঠান্ডা হাওয়া উঠে আসছে। সাত আট পা নেমে ওপরে তাকিয়ে দেখি গর্তের মুখটা আর দেখা যাচ্ছে না। আশ্চর্য! এই তো দু'ধাপ আগেও কাকাবাবুর মুখটা পরিষ্কার দেখা যাচ্ছিল। যা আছে কপালে ভেবে আরও কয়েক ধাপ নামতেই বুঝলাম, আমাকে কেউ দেখছে। নীচে তাকাতেই দেখি সাহেব বই নামিয়ে চোখ তুলে আমার দিকে তাকিয়ে। ঝকঝকে নীল দুটো চোখ। যে চোখ থেকেই নীল আলোটা বেরোচ্ছে। সাহেব গমগমে গলায় বলল, 'কী চাও এখন আমাকে বিরক্ত কোরো না। আমি বাইবেল পড়ছি।' আমি ঢোঁক গিলে বললাম, 'শুটিংটা কি এখানেই...' কথা শেষ করার আগেই সাহেব বলল, 'যে পথে এসেছ, সেই পথেই ফিরে যাও। কুড়ি পা হাঁটবার পর ডানদিকে ঘুরে যেও। ঠিক কুড়ি পা। গুনতে যেন ভুল না হয়। যাও।' বলে সাহেব আবার বইয়ে মুখ ডুবিয়ে বসল। আমি সিঁড়ি দিয়ে উঠে এলাম। কিন্তু কোথায় উঠলাম?

এ তো রবীন্দ্র সরোবর মেট্রো স্টেশন! কাকাবাবু কোথায় গেলেন? এই তিন মিনিট

আগেও তো বাইরে ঘুরঘুট্টি রাত আর জঙ্গল ছিল। এখন ঝকঝকে নীল আকাশ, বিকেলবেলায় ব্যস্ত শহুরে রাস্তা। স্বপ্ন দেখছি? সাহেবের কথাটা অমান্য করাটা ঠিক হবে না ভেবে চোখকান বুজে গুনে গুনে কুড়ি পা হাঁটলাম। তার পর ডানদিকে ঘুরেই চোখ খুললাম, একটা প্রায় খালি ফর্টি সেভেন বি এসে দাঁড়াল। যেন মন্ত্রমুগ্ধের মতো উঠে পড়লাম, জানলার ধারের একটা সিট দেখে বসলাম চুপচাপ। বয়স বেড়ে যাচ্ছে আমার? হ্যালুসিনেশন? কে জানে? নীল নয়, একটা গনগনে লাল আলোর সামনে দাঁড়াল বাসটা। সিগন্যাল। ঘোর তখনও কাটেনি। কন্ডাক্টরকে ডাকতে যাব, এমন সময়ে জানলার পাশ দিয়ে অদ্ভুত ঠান্ডা হাওয়ার একটা স্রোত বয়ে গেল।

কে যেন ফিসফিস করে বলল, 'বুরুন, তুমি অঙ্কে তেরো...'

প্রিয় রাতের আকাশ

'এই হল গিয়ে সেন্ট্রাল পার্ক', 'আর এই হল গিয়ে ম্যাডিসন স্কোয়্যার'—ম্যানহাটান-এর ইয়া একটা ম্যাপ খুলে দাগিয়ে দাগিয়ে হযবরল-র সেই বেড়ালটার মতো আমাকে বোঝাচ্ছে মৌসুমীদি। প্রভিডেন্স থেকে ঘণ্টা চারেকের বাস জার্নি শেষে রাত সাড়ে আটটা নাগাদ নেমেছি ম্যানহাটান-এর লিঙ্কন সেন্টারের পাশে, সেখান থেকে কাজলদা, মৌসুমীদি'র দীর্ঘদিনের প্রেমিক ও সঙ্গী, বগলদাবা করে আমাকে এনে তুলেছে তাদের অ্যাপার্টমেন্টে, যেখান থেকে মিনিট তিনেক হাঁটলেই সেন্ট্রাল পার্ক, আর সেখান থেকে বাঁয়ে ঘুরে পাঁচটা অ্যাভিনিউ পেরোলেই মিউজিয়াম অফ ন্যাচেরাল হিস্ট্রি। এরকম স্বর্গীয় লোকেশনে এর আগে কোনও দিন থাকিনি।

বাংলা গান-কবিতা-নাটক-সিনেমা-ছবি সংক্রান্ত কোনও বাঙালি নিউ ইয়র্ক গেছেন অথচ মৌসুমীদি-কাজলদা'র বাড়িতে থাকেননি, এমনটা হয়নি। কলকাতায় থাকা অনেক বাঙালির পরস্পরের মধ্যে দেখাই হয় ওদের বাড়িতে, আমারও তেমন হয়েছে। সম্ভবত রবীন্দ্রনাথ আর বিবেকানন্দ ছাড়া সকলেরই দেখভাল করেছে ওই দুজন।

সে যাই হোক, ম্যাপটা বোঝানোর সময়ে আমি কেবল জানতে চাইছিলাম 'মোমা' (মিউজিয়াম অফ মডার্ন আর্টস) কোনদিকে আর কতদূর। এই আদেখলেপনার একটা কারণ আছে। এর আগেরবার নিউ ইয়র্ক যাবার পরদিন থেকে ধুম জ্বরে পড়েছিলাম। টানা পাঁচদিন

ছুটি নিয়ে যত্নআত্তি করেছিল মৌসুমীদি, কিন্তু রাস্তায় বেরিয়ে ঘুরে দেখা হয়নি কিছুই। যাওয়া হয়নি স্বপ্নের জাদুঘর মোমা'তে। তাই এবার আর নো রিস্ক, সব কিছুর আগে মোমা'য় ঢুঁ মারতেই হবে। শোনামাত্র মৌসুমীদি বলল, তাদের বাড়ি থেকে ট্যাক্সি নিলে মিনিট দশেক বড়জোর, পরদিন সকালেই চলে যাওয়া যাবে। ওদের দুজনেরই মেম্বারশিপ কার্ড আছে, সুতরাং আমি বেশ ছাড় পাব টিকিটের দামে।

আমার এমন মোমারু হয়ে ওঠার পেছনে দায়ী আমার ছোটবেলা। মনে আছে, মামার বাড়িতে রাখা হত 'দ্য গ্রেট আর্টিস্টস' সিরিজের বইগুলো। প্রবাদপ্রতিম পশ্চিমি আঁকিয়েদের জীবনী ও কাজের ঝলক থাকত সেইসব বইয়ে। আর আমার সবচাইতে কাছের বই ছিল ভিনসেন্ট ভ্যান গঘ-এর নামাঙ্কিত। সেই বই অনেকেই দেখেছেন আর তাঁর সব আঁকাই এখন আমাদের গোচরে। কিন্তু কোনও এক কারণে, 'দ্য স্টারি নাইট' ছবিটা আমকে টানত। চুম্বকের মতোই। যেমন অনেককে টেনেছে চিরকাল। আমি আঁকার অতশত বুঝি না, কিন্তু গোটা ছবির মধ্যে ওই অসম্ভব গতিময়তা আর ওই চলমান আকাশ আমাকে টানত। গাছের পাশে, রাতের আকাশের গায়ে ঘূর্ণমান ওইসব আলোকচক্রের দিকে হাঁ করে তাকিয়ে থাকতাম আমি, আর একটা সময়ের পর মনে হত আকাশটা চলছে, বয়ে যাচ্ছে মাটির ওপর দিয়ে। আর সেই বয়ে যাওয়া রাতের আকাশের সমস্ত চলন এই স্থানু ক্যানভাসে ধরে রেখেছেন ভিনসেন্ট।

মামা নিজে সমঝদার ছিলেন ছবির, আঁকতেনও ভালো। তিনি বহু দুপুরে সেই বই খুলে রাখতেন আমার সামনে, ভিনসেন্ট-এর জীবনের গল্প শোনাতেন, আর শোনাতেন স্টারি নাইটের গল্প, তাঁর নিজের মতো করে। হয়তো সেইসব কারণেই, ওই একখানা ছবির ছাপ পড়ে গেছিল আমার মনে। কত দিন জেগে জেগে স্বপ্ন দেখেছি, দাঁড়িয়ে আছি একটা দেওয়ালের সামনে, আর সেই দেওয়ালে টাঙানো আছে স্টারি নাইট। উজ্জ্বল রঙে তুলির উঁচুনীচু টান দেখা যাচ্ছে আলাদা করে, আকাশটা নেমে এসেছে হাতের মাঝখানে। এমন আজগুবি স্বপ্ন দেখে আমার ছোটবেলার অনেকগুলো রাত আর দুপুর পেরিয়েছে। তাই আমি যখন সত্যি সত্যি মোমা'র কয়েক কিলোমিটারের মধ্যে ব'সে, যার কোনও এক দেওয়ালে সত্যিই টাঙানো আছে রাতের সেই চলমান আকাশ, তখন নিজেকে স্বাভাবিক অবস্থায় ধরে

রাখা বড়ই কঠিন।

সেই রাতটা মোটামুটি উত্তেজনায় আর অপেক্ষায় জেগে কাটালাম। কাঁটায় কাঁটায় সকাল দশটায় খুলে যায় মোমা'র দরজা। সাড়ে ন'টার মধ্যে টোস্ট আর কফি খেয়ে বেরিয়ে পড়লাম মৌসুমীদি'র সঙ্গে। কথা হল, লাঞ্চে আমাদের সঙ্গে যোগ দেবে কাজলদা। বাড়ির সামনে থেকেই হলুদ ট্যাক্সি পাকড়াও করলাম দুজন, উঠে দরজা টেনে দিয়ে স্বাভাবিক গলায় মৌসুমীদি চালককে বলল, 'মোমা'। ঠিক যেভাবে আমরা 'গোলপার্ক' বা 'শেয়ালদা' বলি।

আমার ততক্ষণে বুকের ভেতর ধুকপুকুনি শুরু হয়ে গেছে। এই সকালটা কি সত্যি আমার জীবনের মধ্যে ঘটছে? সত্যি আর কয়েক মিনিটের মধ্যে ছবিটার সামনে গিয়ে দাঁড়াতে পারব? চুপ করে আছি গোটা রাস্তা। মৌসুমীদি আমার মনের অবস্থা টের পেয়ে মিটিমিটি হাসছে। এতদিনে আরভিং স্টোন-এর লাস্ট ফর লাইফ পড়ে ফেলেছি, পড়ে ফেলেছি ভাই থিওকে লেখা ভিনসেন্ট-এর বিখ্যাত চিঠিগুলো। আর ভালোবেসে ফেলেছি মানুষটাকে। হয়তো তাঁর কাজের চাইতেও বেশি। তাই রাস্তা যত এগোচ্ছে, আমি ছোটবেলার সেই চুম্বকের টানটা টের পাচ্ছি ভেতরে। যেভাবে মিটিওরাইটকে টেনে নেয় পৃথিবী আর পোকাকে টেনে নেয় ব্যাঙের জিভ, সেইভাবে ভিনসেন্ট টানছেন আমাকে।

দরজা ঠেলে ঢুকতেই বিশাল রিসেপশন, লোকজনের এন্তার লাইন। মৌসুমীদির কার্ড থাকায় আমার টিকিট হতে সময় লাগল না। বুকে ঝোলানো একটি যান্ত্রিক গাইড পাওয়া গেল, যার হেডফোন কানে গুঁজলে প্রতিটি ছবি সম্পর্কে অনেক কিছু জানা যাবে। প্রথমেই সেটিকে নিষ্ক্রিয় করে রাখলাম। এ আমার অশিক্ষাই হতে পারে, কিন্তু একখানা ছবির সামনে গিয়ে দাঁড়ালে যে কাঁচা অনুভূতির গন্ধ, তাকে আমি রেসিপি'র খুঁটিনাটি দিয়ে ঢেকে দিতে চাই না মোটেই।

কোনও দিকে না তাকিয়ে সোওজা পাঁচতলায়। ওই ফ্লোরেই শোভা পাচ্ছেন ভিনসেন্ট ও তাঁর সমসাময়িক শিল্পীরা। এলিভেটর থেকে নেমেই যে-দেওয়াল, সেখানেও পৃথিবীবিখ্যাত কিছু ছবি টাঙানো আছে। কিন্তু আমার তখন ভূতে-পাওয়া অবস্থা। সামনের বাঁদিকের ঘরের মাঝবরাবর আলাদা একটা দেওয়ালে বিরাজমান সেই রাতের আকাশ, মোমা'র ম্যাপ তা-ই বলছে। ম্যাপ না বললেও সেটা বোঝা যেত, কারণ দরজা দিয়ে ঘরে ঢোকার সময়েই দেখতে

পেলাম, ওই দেওয়ালের সামনে লোকের তুমুল ভিড় আর অহরহ ক্যামেরার শাটারের শব্দ। ভিনসেন্টকে কেউ চিনত না, তাঁর ছবিরা এখন সেলেব্রিটি।

আমি ভিড় সরে যাওয়ার অপেক্ষা করছি একটু দূরে দাঁড়িয়ে। বহু পুরোনো বন্ধুর সঙ্গে যেমন একান্তে দেখা করতেই ইচ্ছে করে, এই ছবিও আমার কাছে তেমনই। আমার বহুদিনের কল্পনা আর স্বপ্নের সঙ্গী। তাকে আমি এতজনের সঙ্গে ভাগ করতে পারব না। একটু পরে ভিড়টা হালকা হল, আর আমি অবিশ্বাসী পায়ে গিয়ে দাঁড়ালাম দেওয়ালটার সামনে। দ্য স্টারি নাইট-এর সামনে। আমার এত এত বছরের অপেক্ষার সামনে।

এরপরের যে-অনুভূতি, এক কথায় সেটাকেই বলে বিস্ময়। এক কথায় বলা ছাড়া উপায়ও নেই, কারণ সেই সময়টার কোনও বর্ণনা হয় না। ভাষার বাইরের একটা সময় সেটা, প্রকাশক্ষমতার অতীত একটা সময়। আমি আর ভিনসেন্ট-এর নিজের হাতের ক্যানভাসের মধ্যে দূরত্ব এক ফুটের চেয়েও কম। এও তো এক ওয়ার্মহোল, যার মাধ্যমে দুটো দূরের সময় মুখোমুখি এসে দাঁড়াতে পারে।

অথচ ছবিটা আমার চিরচেনা। ক্যানভাসের কোথায় কোন রঙের কতটুকু ব্যবহার, কোথায় তুলির টান কতখানি, সব অন্তত হাজার তিনেকবার দেখে দেখে মুখস্থ। চোখ বন্ধ করলেও আমি মনে মনে হুবহু এই ক্যানভাসটাই দেখতে পেয়ে যাই কতবার। তাহলে সামনে থেকে তাকে দেখে এমন স্তব্ধ হয়ে গেলাম কেন? কেন নিজের হাতে চিমটি কেটে বুঝতে হল, যা ঘটছে তা মিথ্যে নয়?

পরে মনে হয়েছে, এই বিস্ময়ের দুটো ভাগ আছে। অবশ্যই বইয়ে ছাপা ক্যানভাস আর আদত ক্যানভাসের সামনে দাঁড়ানোর মধ্যে আকাশ পাতাল ফারাক। সিনেমায় তিমি মাছ আর সত্যি তিমি মাছ দেখার মধ্যে যতখানি, ততখানিই। কিন্তু তার চেয়েও বড় বিস্ময় বোধ হয় এই যে, আমি সত্যিই শেষমেশ তার সামনে এসে দাঁড়ালাম একদিন। এই ছবির সামনে যুগ যুগ ধরে বয়ে যাওয়া বিপুল জনস্রোতের মাঝখানে আমারও যে স্থান আছে কোথাও, সেই ভেবেই বিস্ময়ে জাগে আমার গান। বিসমিল্লাহ্ খান সাহেব যখন ভৈরবীর কোমল ধৈবতে ঠেহরাও নেন, তখন বুকের ভেতরটা যে গুমরে উঠতে থাকে, সেই অনুভূতির নাম কি কেবলই কোমল ধৈবত? তার মধ্যে আমার অতীতের না-পাওয়া, সমস্ত মনখারাপ আর বিচ্ছেদ কি মিশে নেই? তারাও কি সমান অংশীদার নয় ওই বুক-ঠেলা কান্নার? এও ঠিক

তাই। হয়তো প্রত্যেক শিল্পই তাই। অর্ধেকটা শিল্পী এগিয়ে দেন, শ্রোতা-দর্শক-পাঠকের জীবন তৈরি করে নেয় বাকি অর্ধেকটা।

আমার কাছে দ্য স্টারি নাইট সেইরকমই এক বিস্ময় হয়ে থেকে যাবে আমৃত্যু, যার ক্ষয় নেই, মালিন্য নেই। আমি ঠিক জানি, পরের বার যখন ম্যানহাটান পৌঁছব, দ্বিতীয় দিন সকালেই আবার ছুট লাগাব, প্রিয় রাতের আকাশের তারাগুলোকে দেখব বলে।

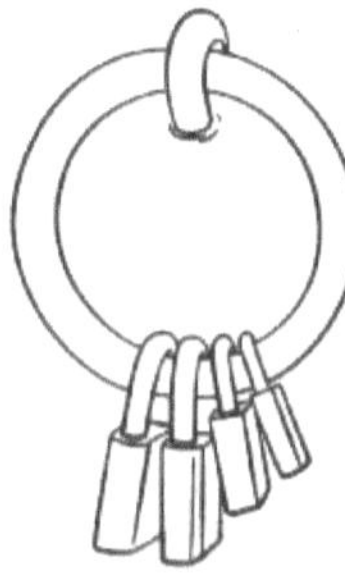

শ্যাম সমান

'লাজিম থা কে দেখো মেরা রস্তা কোই দিন অওর
তনহা গয়ে কিঁউ? অব রহো তনহা কোই দিন অওর।'

হয়তো এক সন্ধেবেলা, নিজের ছোট হাভেলির দাওয়ায় বসে কুপি জ্বেলে গজলের প্রথম শেরটি লিখছেন তিনি। বাইরে পুরানি দিল্লির চেনা শোরগোল আর বাজারের টিমটিমে রোশনাই , বাইরে আস্ত একটা পৃথিবী। ভেতরে একটা নিভে-আসা-দুনিয়া গুছিয়ে নিয়ে বসেছেন বৃদ্ধ শায়র। দুপুরেই যেতে হয়েছিল কবরখানায়... সে আর নতুন কী। কিন্তু এবারের যাওয়ার সঙ্গে আগেরবারের যাওয়াগুলোর বেশ বড় একটা তফাত রয়েছে। এর আগে প্রতিবারই কবরখানা থেকে ফেরার পথে ভেঙে যাওয়া মনের কোনও এক কোণে একটু হলেও উম্মিদ-এর রওশনি ছিল। এবার সেটুকুও নেই। কিন্তু তাই বলে সেই অন্ধকারে নিজের সবটুকু ঢেলে দিয়ে ফুরিয়ে যাচ্ছেন না কবি। জীবনের ছুড়ে দেওয়া ঘুঁটির পাল্টা দান সাজাতে বসছেন বাড়ি ফিরে এসেই। মৃত্যুর ধারাবাহিক আর ব্যাখ্যাহীন আক্রমণের উল্টোদিকে দাঁড়িয়ে লিখছেন, হ্যাঁ, আরও একটি গজল। যা তাঁর সারা জীবনের একমাত্র কাজ। দিওয়ান থেকে মুখ তুলে একবার আকাশের দিকে তাকালেন মির্জা। মির্জা গালিব। যাঁর আসল নাম অসদউল্লাহ খান বেগ। কত দীর্ঘ একটা জীবন পার করে এলেন তিনি। সবকটা চুল সফেদ, জোব্বা আর ফেজ-এর ভাঁজে টানাপোড়েনের শতচ্ছিন্ন সব গল্প। কম দিন তো হল না।

ধার-দেনা, শরাব, বে-রোজগারি আর শত্রু-বন্ধুদের ঠাট্টা-তামাশা—এই সবই তাঁর রোজকার সঙ্গী। এতদিনেও হল না যখন, এসব থেকে তাঁর মুক্তির আশা করেন না তিনি। কিন্তু বড় আশা ছিল আরিফকে নিয়ে।

তাঁর আর উমরাও বেগম-এর এতদিনকার দাম্পত্যে বেশ কয়েকবার সন্তানসুখ লাভ করেছেন দুজনেই। কিন্তু হয়তো কয়েক ঘণ্টার জন্যে। কোনও ক্ষেত্রে সেটা বেড়ে দাঁড়িয়েছে কয়েকদিন। কিন্তু সন্তানের মুখে 'আব্বু' ডাক শোনার সুযোগ ঘটেনি মির্জার। একের পর এক মৃত্যুকে জন্ম দিতে দিতে উমরাও আজ পাথরে পরিণত। হাল ছেড়ে ভাইপো আরিফকে দত্তক নিলেন মির্জা। সেরার সেরা শায়র হয়েও যিনি কোনওদিন সেই স্বীকৃতির ধারে কাছেও পৌঁছতে পারেননি, কোনওদিন অন্ততপক্ষে চালিয়ে নেওয়ার মতো রোজগারও করে উঠতে পারেননি যে-কবি, যাঁর ভেঙে পড়তে থাকা নাম-কা-ওয়াস্তে হাভেলিতে সকাল মানেই একের পর এক পাওনাদারের কড়া-নাড়া, যে-মানুষটির চোখের সামনে দেখতে দেখতে নষ্ট হয়ে যাচ্ছে তাঁর প্রিয় শহর দিল্লি। সেই মানুষটি, সেই সেরার সেরা শায়র তাঁর সমস্ত ব্যর্থতার উল্টোদিকে এনে বসালেন ছোট্ট আরিফকে। ওই একটি নামের পাশে দফন করলেন জীবনের যত না-পাওয়াকে। সেই আরিফ যখন ১৬ বছর বয়সে মারা যাচ্ছে, তখন উন্মাদ না হয়ে গিয়ে, ভাঙচুর বা আত্মহত্যা না করে একজন মানুষ কী করছেন? যা তিনি সারা জীবন ধরে করে এসেছেন—লেখা।

লাজিম থা কে দেখো মেরা রস্তা...তোমার উচিত ছিল আরও কিছুদিন আমার জন্যে অপেক্ষা করা/একা চলে গেলে কেন? এখন থাকো আরও কিছুদিন একা! ভেতরের সমস্তটা ভাঙচুর করে ফেলা ঢেউয়ের উথাল-পাথালের সামান্যই উঠে এল তাঁর কলমে। বদলে তৈরি হল বাবা-ছেলের এক দৈনন্দিন কথোপকথন, দেরি করে বাড়ি ফিরলে বাবা যেমন ছেলেকে বকুনি দেন, ঠিক তেমনই আদরের, অভিমানের বকুনি দিচ্ছেন বাবা। দেরি করে ফেরার জন্য নয়। তাড়াতাড়ি চলে যাওয়ার জন্যে। এখানেই, আরও একবার, মৃত্যুকে, মৃত্যুশোককে হেলায় হারিয়ে দিচ্ছেন মির্জা।

এই গজলের মখ্‌তা বা শেষ কাপলেট-এ পৌঁছে গালিব লিখছেন—'নাদাঁ হো যো কহতে হো কে কিঁউ জিতে হো গালিব/ কিসমত মেঁ হ্যায় মরনে কি তমন্না কোই দিন অওর।' অর্থাৎ—নেহাত ছেলেমানুষের মতোই তুমি ভাবছ যে এর পরেও কেন বেঁচে থাকা/কপালে

আছে অন্য কোনওদিন মৃত্যুর আকাঙক্ষা। এরপরেও বেঁচে থাকার প্রয়োজন কী, তা নিয়ে প্রশ্ন করাকে ছেলেমানুষি আখ্যা দিচ্ছেন গালিব। এমন জীবন কাটিয়ে আসা একজন মানুষের এই মানসিক অবস্থানই তো পৃথিবীর সাতটা আশ্চর্যের একখানা। সম্ভবত প্রথমটাই। কিন্তু মানুষটির নাম মির্জা গালিব। শায়রোঁ কা শায়র। তাই সহস্র লোকের কালো আলখাল্লা সরিয়ে তিনি তুলে আনতে পেরেছেন আরও একটি গজল, যা থেকে যাবে চিরকাল।

পুরানি দিল্লির টিমটিমে রোশনাইয়ের সেই সন্ধে থেকে আরও বেশ কয়েক দশক দূরের এক রাত। অন্ধকার চিরে ঝমঝমিয়ে ছুটে যাচ্ছে ট্রেন। কামরায় বসে জানলা দিয়ে বাইরে তাকিয়ে রয়েছেন আরেক কবি। গালিব-এর সঙ্গে তাঁর চেহারা বা পোশাকে কিছুটা মিল থাকলেও থাকতে পারে। আলখাল্লায়, টুপিতে, সাদা দুল আর দাড়ি গোঁফে। কিন্তু আরও বড় মিলটি আঁকা হয়েছে সেইদিনই। পুত্রশোক। এবং গালিবের মতোই, সন্তানশোক তাঁর কাছে নতুন কিছুই নয়। তবু, কোনও কোনও সন্তান তো একটু হলেও বেশি আদরের, বেশি কাছের হয়। তেমনই একজন চলে গিয়েছে আজ। ট্রেনের জানলার বাইরে রাতের আকাশ তখন পরিষ্কার। তারা দেখা যাচ্ছে বেশ কয়েকটা। দেখতে দেখতে কবির মনে হল, তাঁর আরও এক সন্তান যে চলে গেল আজ। কই, রাতের আকাশে কোথাও তো কিছু এতটুকু কম পড়েনি! ব্যক্তিগত শোকের পাহাড়প্রমাণ স্রোত ঠেলে বৃহত্তর বোধের বন্দরে এসে ওঠা—এ-কোনও রহস্যময় শিল্পের চাইতে কম কিছু নয়। এই কবিকে তো আমরা চিনি, কাছ থেকেই। কৈশোর থেকে শেষ বয়স পর্যন্ত মৃত্যুশোক তাঁর সঙ্গ ছাড়েনি। সেই সমস্ত মৃত্যুর ছায়া বারবার ফিরে এসেছে তাঁর লেখায়, গানে। কিন্তু তাঁর জীবনযাপনে, দৈনন্দিনে সেই শোককে দাগ ফেলতে দেননি তিনি। সেও তো আমরা জানি। তাঁর জীবনপঞ্জি অনুসরণ করলে একসময় মনে হতে থাকে, মৃত্যু যেন খ্যাপা ষাঁড় বা পোষ-না-মানা ঝড়ের মতো বারবার ছুটে এসে তছনছ করে দিতে চেয়েছে তাঁর সমস্ত কিছু। কিন্তু তিনি, এক আশ্চর্য জাদুকর, প্রতিটি মৃত্যুর কাছ থেকে দু'হাত পেতে শোককে গ্রহণ করে বন্ধ করেছেন মুঠো। যখন খুলেছেন, সেখানে রাখা রয়েছে কোনও না কোনও গান কিংবা লেখা। কী করে সম্ভব হল তা?

গালিব বা রবীন্দ্রনাথ কেবল নন, পৃথিবীর ইতিহাস ঘাঁটলে এমন বহু মনীষীর নাম আমরা পাব, যাঁরা এই শোক-রূপান্তরের জাদু খুব ভালো জানতেন। সত্যি বলতে কী, না-জেনেও কি উপায় থাকে কোনও? নিজের কাজের কাছে আর সামনে অপেক্ষামান পৃথিবীর কাছে

তাঁদের যে-পরিমাণ দায়, তাতে কোনও ব্যক্তিগত আলোড়নই তাঁদের থামিয়ে দেওয়ার পক্ষে যথেষ্ট হতে পারে না। না-কোনও আনন্দ, না-কোনও শোক। কারণ এত দুঃখ, এত মৃত্যুর পর 'তবু অনন্ত জাগে'। সেই অনন্তের সামনে নিজের ব্যক্তিগত ঘেরাটোপের সব কিছুই বড্ড তুচ্ছ, অকিঞ্চিৎকর। কিন্তু হ্যাঁ, সেইসব তুচ্ছতার সঙ্গেও কিছু সময় যুদ্ধ করতে হবে বইকি। মনীষীরাও তো দিনের শেষে সেই মানুষই। শোকের আঘাত তাঁদের এতটুকু নড়ায় না, এমনটা ভাবা ভুলই হবে। শোককে এক নিমেষে পেছনে ফেলে তাঁরা জোর কদমে এগিয়ে চলেন, তাও হয়তো নয়। তাঁরা কেবল নিজের বাইরে দাঁড়িয়ে দেখতে পারেন নিজেকে। নিজের ভেতর থেকে অনুভূতির সারাংশটুকু তুলে এনে বসিয়ে দিতে পারেন কোনও লেখায়, ছবিতে, নাটকে বা গানে। সেইখানেই সাধারণ মানুষের সঙ্গে তাঁদের তফাত। সেইখানেই মৃত্যু তাঁদের কাছে শ্যাম সমান। সেইখানেই শোক তাঁদের কাছে পরাজিত। একবার নয়, বারবার।

তফাতের কথা বললাম বটে, তফাত অনেক রয়েওছে নিশ্চয়ই, কিন্তু সাধারণ মানুষের শোক সহ্য করার ক্ষমতাও কখনও অবাক করে দিতে পারে। সেই মানুষ, যে লেখে না, ছবি বানায় না, গান গায় না, এমনকী হয়তো-বা চাকরিও করে না কোনও। একেবারেই আটপৌরে গেরস্ত জীবনযাপন আর সংসারই যার মোক্ষ, সেই মানুষের ভেতরেও ক্ষমতা থাকে, দাঁতে দাঁত চেপে শোকের পাহাড় পেরিয়ে এসে এই কথাটুকু বলার—'দ্যাখো, আমি বেঁচে আছি, হেরে যাইনি।' অপরাজিত থাকার এই আশ্চর্য দক্ষতা, ভেঙে গিয়েও না-মচকানোর এই ঈর্ষণীয় কারিগরি সে কোথায় শেখে তাহলে? বলা যায় অনেকের কথাই, আপাতত একজনের কথাই বলি। কারণ তাঁর জীবনের শোকগুচ্ছকে অভাবনীয় বললেও খুব কম বলা হয়। কোনও পরিচালক তাঁর ছবিতে এহেন মৃত্যু-অভিঘাত দেখালে অতিনাটকীয়তার দায়ে পড়তে হত নিঃসন্দেহে। কিন্তু জীবন ও পরিস্থিতির সে-দায় নেই। অতএব শোক সহ্য করে দাঁড়িয়ে থাকার দায় কেবল মানুষেরই।

তাঁকে আমি ব্যক্তিগতভাবে খুব কাছ থেকে চিনি। আর চিনি বলেই, অবাক হই রোজ। তিনি নিতান্তই একজন গৃহবধূ, ইদানীং ইংরিজিতে যাকে বলে হোমমেকার। বর আর দুই ছেলেকে নিয়ে সাজানো, সচ্ছল সংসার তাঁর। বরকে অফিসে আর দুই ছেলেকে স্কুলে রওনা করিয়ে দিয়ে গল্পের বই পড়া, সোয়েটার বোনা, বাগান করা, চিঠি লেখা...এই তাঁর কাজ

এসবের ফাঁকে ফাঁকেই রান্নার তদারকি, বিশাল বাড়ির ঘরগুলো আরও একটু গুছিয়ে রাখা, আর বিকেল পড়তে না পড়তেই সকলের বাড়িতে ফিরে আসার অপেক্ষা। এই জীবন নিয়ে যথেষ্ট সন্তুষ্ট হয়েই তিনি কাটিয়েছেন অনেকগুলো বছর। বেঁচে থাকার কাছ থেকে, পরিস্থিতির কাছ থেকে কখনও কিছু চাইতে হয়নি তাঁকে। না-বলতেই সমস্ত চাহিদা ভরে গিয়ে উপচে উঠেছে তাঁর দু'হাত। মনখারাপ বলতে ছেলেদের বিচ্ছেদ, যখন বড় ছেলে যোগ দিল ভারতীয় সেনায় আর তার কিছুদিন পর ছোট ছেলেও এক নামী বহুজাতিকের প্রস্তাব পেয়ে পাড়ি দিল অন্য শহরে।

চলছিল একই রকম, বাদ সাধল বরের হৃদরোগ। ওপেন হার্ট সার্জারির জন্যে তাঁকে নিয়ে যাওয়া হল ছোট ছেলের শহরে। হল অস্ত্রোপচার। সেইদিনই দুপুরের শুনশান রাস্তায় ছোট ছেলের বাইকে বেমক্কা ধাক্কা মারল একটি গাড়ি, ছিটকে গিয়ে মাথা লাগল ল্যাম্পপোস্টে। তাকে ভর্তি করা হল আরেক হাসপাতালে। স্ত্রী আর শিশুপুত্রকে নিয়ে ক্যাম্প থেকে ছুটে এল বড় ছেলে, সে তখন ভারতীয় সেনার মোটামুটি উঁচু পদেই আসীন।

দিন দশেক পর, যেদিন ভদ্রলোক ছাড়া পাবেন হাসপাতাল থেকে, সেইদিন সকালেই মৃত্যু হল ছোট ছেলের। প্রায়োন্মাদ অবস্থা থেকে ভদ্রমহিলাকে সুস্থ করার দায়িত্ব নিল বড় ছেলেই। টানা দু'মাস থেকে গেল বাবা-মা'র কাছে। বাবা খুব শক্ত মনের মানুষ, মাকে সামলানোই কঠিন। তবু, দুজনেই যখন কিছুটা মেনেই নিয়েছেন পরিস্থিতির এই মার, সে স্ত্রী-পুত্র নিয়ে ফিরে গেল ক্যাম্পে।

ঠিক এক মাসের মাথায়, নিজের রিভলভার পরিষ্কার করতে গিয়ে অসাবধানতাবশত বুলেট বেরিয়ে এসে গেঁথে গেল তার পাঁজরে (অন্তত ভারতীয় সেনার পক্ষ থেকে এরকমটাই জানানো হয়েছিল)। তৎক্ষণাৎ মৃত্যু। তিন মাসের মাথায় জীবনের দ্বিতীয় বহুমূল্য চিতার সামনে গিয়ে দাঁড়ালেন সচ্ছল অথচ সর্বহারা এক দম্পতি। ফিরে এসে যৌথ আত্মহত্যাও করতে পারতেন তাঁরা। সিদ্ধান্ত নিলেন একে অপরকে জড়িয়ে বাঁচার। দুই পুত্রের অদৃশ্য মৃতদেহ কাঁধে নিয়েও হেসে উঠছিলেন তাঁরা, সামিল হচ্ছিলেন পরিবারের আয়োজনে, উৎসবে। এই সংগ্রামী দাম্পত্য টিকল শেষমেশ ছ'বছর। ক্যান্সারে আক্রান্ত হয়ে ভদ্রলোক মারা গেলেন ২০১৩-র শেষদিকে। মহিলা কিন্তু এখনও বেঁচে আছেন। দুই ছেলে আর বরের সঙ্গে হই-হুল্লোড় আর উদ্‌যাপনে দুর্দান্ত সময় কেটেছে যে-শহরে, সেই শহরেরই এক কোণে,

একটা ফাঁকা নিঃঝুম ফ্ল্যাটে দিন কাটে তাঁর। আত্মীয়রা বহুবার নিয়ে যেতে চেয়েছে, তিনি কারও বাড়ি যাননি। শারীরিকভাবে অসুস্থ হয়ে পড়েছেন অনেকটাই। কিন্তু আজ, এইমুহূর্তে, বেঁচে রয়েছেন শোককে হারিয়ে দিয়ে।

খুব শান্তভাবে স্টেপ আউট করে ছয় মারার মধ্যে একটা আভিজাত্যের আরাম রয়েছে। এই সাধারণ আটপৌরে মানুষটিও জাদু জানেন নিশ্চয়ই। তাই শোক এখন তাঁর স্টেডিয়ামের বাইরে। তিনি লাইনটা না-লিখলেও, অর্জন করে নেওয়া অধিকারেই তিনি আজ মৃত্যুকে মনে-মনে শ্যাম সমান বলে সাজিয়ে দিতে পারেন। কারণ তা তিনি পেরেছেন। কিন্তু প্রশ্ন হল, পারলেন কী করে? তাঁর কাছে তো লেখা নেই, গান নেই, বৃহত্তর সমাজের কাছে কোনও দায়ও নেই। তবু কোত্থেকে পেলেন বেঁচে থাকার এই জোর? জিগ্যেস করলে খানিকক্ষণ চুপ করে থেকে তিনি বলেন—'ওদের কথা ভেবেই এখনও বেঁচে আছি।' রহস্যটা বোধহয় এখানেই। মনীষী থেকে সাধারণ—জাদুর করিগরিটা একই সূত্রে বাঁধা। থিতিয়ে যাওয়ার পর মুসুর ডালের ওপরের অংশে যেমন ভেসে ওঠে জল। অভিঘাত ঠান্ডা হয়ে এলে শোকের ওপরে ঠিক তেমনিভাবেই ভেসে ওঠে স্মৃতি। ভালোবাসার, ভালো লাগার, ভালো থাকার স্মৃতি। মৃত্যুশোক সমুদ্রের নীচের প্রবালদ্বীপ হয়ে থেকে যায়। স্মৃতি হয়ে ওঠে তার চূড়া, দূর থেকে যাকে দেখে দিক-হারানো জাহাজ স্বস্তি পেয়ে এসেছে চিরকাল।

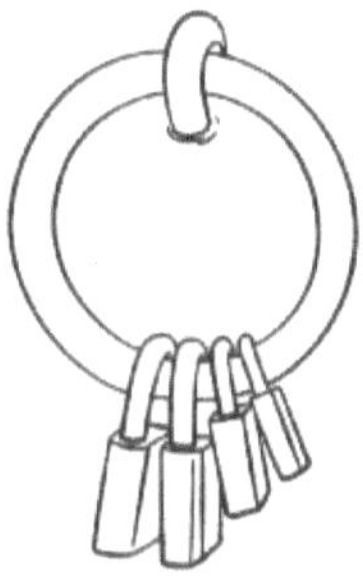

বিস্মরণের রাজনীতি ও এক শিল্পী

খবর শুনে স্টেশন ডিরেক্টরের মাথায় হাত। গান গাইতে আসতে পারছেন না জ্ঞানেন্দ্রপ্রসাদ গোস্বামী। অথচ আর কিছুক্ষণের মধ্যে আকাশবাণী থেকে তাঁর গান সরাসরি সম্প্রচার হবার কথা। আগে থেকে ঘোষণা করা আছে, সেইমতো অপেক্ষায় থাকবেন তামাম বাংলার শ্রোতারা। এমন সময়ে এই খবরে মুহ্যমান হয়ে পড়াই স্বাভাবিক। হঠাৎ এক কর্মকর্তার খেয়াল পড়ল, একটি ছেলে আছে, যাকে তিনি মাঝেমধ্যেই গুনগুন করতে শুনেছেন। ছেলেটি কমবয়সি, আকাশবাণীতে নিয়মিত তবলা বাজায়, ইতিমধ্যেই তার সাথসঙ্গত ও লয়জ্ঞানের খ্যাতি ওস্তাদ গাইয়েদের কানে পৌঁছেছে। তাঁরা আকাশবাণীতে সিটিং দিতে এসে খোঁজ করছেন সেই ছোকরা তবলিয়ার। কিন্তু সে-ছেলের গানের গলাও মন্দ নয় বলেই মনে হয়েছে সেই বয়স্ক কর্মকর্তার।

স্টেশন ডিরেক্টরকে তিনি জানালেন সে-কথা। প্রস্তাব বেশ অলীক হলেও, অভিজ্ঞ সেই মানুষটির কথায় আস্থা রেখে রাজি হলেন স্টেশন ডিরেক্টর মশায়। ঝুঁকি নেওয়া ছাড়া তখন উপায়ই বা কী? তরুণ সেই তবলিয়া কিন্তু দিব্যি রাজি হয়ে গেল প্রস্তাবে। সে-সময়ে জ্ঞান গোঁসাই-এর খ্যাতি আকাশছোঁয়া। তাঁর পরিবর্তে অখ্যাত গাইয়ে হিসেবে আকাশবাণীতে গাইতে বসা যে কত বড় পরীক্ষার সামিল, তা সহজেই অনুমেয়। শুরু হল গান। মুহূর্তের মধ্যে স্টেশন ডিরেক্টর মশায় বুঝলেন, তাঁর কোনও ভুল হয়নি। অবিকল জ্ঞান গোঁসাই-এর গায়কীতে গেয়ে চলেছে কমবয়সি সেই তবলিয়া, চোখ বন্ধ করে তফাত বোঝার উপায়

নেই একবিন্দু!

গান শেষ হবার পর ছেলেটিকে জাপটে ধরে তারিফে ভরিয়ে দিলেন তিনি। আর ঘরে-বাইরে গান শুনে মোহিত হওয়া আকাশবাণীর সমস্ত শ্রোতাদের চমকে দিয়ে ঘোষিত হল নতুন এক গাইয়ের নাম, তারাপদ চক্রবর্তী। ভারতীয় শাস্ত্রীয় সংগীতের ইতিহাসে ওই একটি দিনের গুরুত্ব অপরিসীম।

এই দৈব দুর্বিপাক না ঘটলে হয়তো আরও কিছুদিন সময় লেগে যেত তরুণ সেই শিল্পীকে চিনে নিতে। কিন্তু আকাশবাণীতে একজন তবলিয়া হিসেবে বহাল হবার ঘটনাও সে-সময়ে তারাপদ'র কাছে দৈবের চেয়ে কিছু কম ছিল না। যে-রুক্ষ প্রান্তর একা হেঁটে পেরোতে হয়েছে তাঁকে, যে-প্রতিকূল সমুদ্রের সঙ্গে লড়াই করতে হয়েছে প্রত্যেক দিন, তারপর ওইটেই ছিল তার কাছে অত্যাশ্চর্যেরও বেশি কিছু। গাইয়ে হিসেবে পরিচিত হওয়া বা প্রতিষ্ঠা পাওয়া তো অনেক দূরের ব্যাপার। যদিও, এ কথা পরে বুঝিয়ে দিয়েছেন তিনি, খেয়ালের গাইয়ে হিসেবেই নিজের ভবিষ্যৎ তৈরি করতে চেয়েছিলেন বরাবর। মুখচোরা ছেলেটির চোয়ালে, একেবারে প্রথম কৈশোর থেকেই ধরে রাখা ছিল সেই অদম্য জেদ।

দেশ ভাগ হবার সময়ে ছাড়তে হয়েছিল ফরিদপুর জেলার ভিটেমাটি। কোটালিপাড়ার ছায়াঘেরা উঠোন ছেড়ে ঢুকে পড়তে হয়েছিল কলকাতার বিরাট অরণ্য-আস্তানায়, যেখানে সব কিছু এবং সকলেই তারাপদ'র অপরিচিত। কেবল একটা বিষয় ছাড়া। গানবাজনা। কলকাতা তখন শাস্ত্রীয় সংগীতের মহাতীর্থ। সারা দেশের তাবড় গাইয়ে বাজিয়েরা হামেশাই কলকাতার শ্রোতাদের মাত করে দিয়ে যাচ্ছেন। সেই অসংখ্য শ্রোতাদের দলে কোনওরকমে নিজের নাম লিখিয়ে নিলেন চালচুলোহীন তারাপদ। টিকিট কাটার পয়সা নেই, তাই রাতের পর রাত নামজাদা আসরে শামিয়ানার বাইরে ব'সে পড়লেন কাগজ পেতে। শুরু হল শোনা। শোনা, আর শুনতে শুনতে শেখা। কে জানে, সেইসব জাগরণের রাত্রে তিনি কখনও এমন ভেবেছিলেন কিনা যে, আর কিছু বছর পর তাঁর গানও শ্রোতারা ঠিক এইভাবেই শুনবেন।

শ্রবণ তাঁর এক গুরু ঠিকই, কিন্তু অপর গুরু অবধি পৌঁছতে কম বেগ পেতে হয়নি তারাপদকে। দীর্ঘদিন জানলার বাইরে দাঁড়িয়ে শুনে শুনেই তালিম নিয়েছেন সেকালের গাইয়ে সাতকড়ি মালাকারের কাছে। সেই অর্থে, গুরুর সম্পূর্ণ অজান্তেই। ঠিক যেভাবে

তালিম নিতেন একলব্য। তখন পেশা কী তারাপদ'র? কখনও মুটেগিরি, কখনও বাড়ি বাড়ি গিয়ে চাল বিক্রি করা। ভিটে নেই, ঠিকানা নেই, নুন আনতে পান্তা ফুরোয়। কিন্তু দু'চোখে গানের স্বপ্নটুকু ধরে রেখেছেন প্রাণপণ। সাতকড়িবাবু অবশ্য বাকি শাগরেদদের বাঁচাতে গিয়ে দ্রোণসুলভ ব্যবহার করেননি, বরং একদিন যখন জানলার বাইরে আবিষ্কার করলেন নিভৃত ও নিবিষ্ট এই ছাত্রটিকে, ঘরে ডেকে এনে শোনাতে বললেন গান। তারপর, টেনে নিলেন বুকে।

তারাপদ'র তালিম অবশ্য আরও পরিপূর্ণ মাত্রা পেয়েছিল সংগীতাচার্য গিরিজাশঙ্কর চক্রবর্তীর হাতে, যিনি তারাপদকে নিজের শ্রেষ্ঠ আবিষ্কার বলে গিয়েছেন আমৃত্যু। বিষ্ণুপুরের গায়নে এসে মিশেছিল কিরানার প্রভাব, আরও নানান শাখানদীর জল। সেভাবেই মোহনায় পৌঁছন তারাপদ।

কিন্তু সে তো শিক্ষার মোহনা। জীবন তাঁকে দেখিয়েছে আরও বহু ঘুরপথ, নানান চড়াই-উতরাই। সেসবের মধ্য দিয়ে সম্পূর্ণ অনামী, উদ্বাস্তু এক দরিদ্র বঙ্গসন্তান কীভাবে অবিসংবাদিত শিল্পী হয়ে উঠলেন, সে কাহিনি আজকের দিনে রূপকথাকেও হার মানাবে। জেদ যেমন ছিল শিখরে পৌঁছনোর, তেমনই প্রত্যয় ছিল নিজের অবস্থানে কায়েম থাকার। এই দুইয়ের মধ্যে সম্পর্ক যে অনেক সময়েই ব্যস্তানুপাতিক, তা মানতে চাইতেন না জেদি তারাপদ। কিন্তু সেই টানাপড়েনকে সঙ্গী করেই কলকাতা শহরকে নিজের অদ্বিতীয় পরিচিতি উপহার দিয়ে গিয়েছেন তিনি, পরিস্থিতির হাতে মার খেতে খেতে একদিন ঘুরে দাঁড়িয়ে ছিনিয়ে নিয়েছেন যাবতীয় প্রতিষ্ঠা।

সেসব আসরের কথা আজও নিশ্চয়ই মনে থাকবে হাতে-গোনা কয়েকজন অভিজ্ঞ শ্রোতার, যেখানে তারাপদ চক্রবর্তী'র অব্যবহিত পরে মঞ্চে উঠে উস্তাদ বড়ে গুলাম আলি খান সাহেব বলছেন, 'আজ তারাবাবু নে যো গানা সুনা দিয়া, উসকে বাদ গানা বহত মুশকিল হ্যায়। ফিরভি হম কোশিশ করেঙ্গে'। ছদ্মবেশী বিনয় আর মেকি কথা বলার যুগটা তখনও আসেনি। স্বতস্ফূর্ত এই শৈল্পিক নতিস্বীকার কেবল তখনকার দিনেই হতো।

শিল্পীদের সঙ্গে ঘুরে বেড়ানো মানুষজন ছিলেন অনেকে, ছিলেন গ্রিনরুমে ভিড় করে শুনতে আসা আকুল শ্রোতার দলও। তাঁদেরই কারও কারও হয়তো মনে থাকবে, এই শহরেরই এক আসরের গ্রিনরুমে তানপুরা বেঁধে তৈরি হচ্ছেন তারাপদ চক্রবর্তী। তিনি তখন

খ্যাতি ও উপস্থাপনার মধ্যগগনে। মঞ্চে ওঠার আগে দেখে নিচ্ছেন বন্দিশ, খেলিয়ে নিচ্ছেন গলা। আর গ্রিনরুমের দরজার বাইরে, একা দাঁড়িয়ে কান পেতে আছেন খোদ উস্তাদ আমির খান সাহেব। পারস্পরিক নীরব শ্রদ্ধার এই অকৃপণ লেনদেন কবেই শেষ হয়ে গিয়েছে এ দেশে।

সেসব আসরই বা কোথায় আর, যেখানে দ্রুত খেয়ালে সঙ্গত করতে করতে লয়কারীর দাপটে টুপি খুলে তারাপদ'র পায়ে নামিয়ে রাখছেন তবলা সম্রাট আহমেদজান থেরাকুয়া? কোথায় সেসব মজলিশ, যেখানে নিজের বাজনা হয়ে যাবার পরেও তারাপদবাবুর গান শুনে যাবেন বলে প্লেনের টিকিট বাতিল করে দিয়ে শ্রোতার আসনে বসে থাকছেন তরুণ রবিশঙ্কর? কোথায় তেমন সব জলসা, যেখানে তারাপদ চক্রবর্তীর গান শেষ হবার পর দেখা করতে এসে তাঁর দু'হাত ধরে অঝোরে কেঁদে ফেলছেন হীরাবাঈ? কোথায় সেই যুগ, যেখানে মাইহার থেকে অনুজ তারাপদকে চিঠি লিখছেন বাবা আলাউদ্দিন খান সাহেব, মুগ্ধতা স্বীকার করে নিয়ে তাঁকে নির্দ্বিধায় ডাকছেন 'ভারতের রত্ন' বলে?

সেসব নেহাত ইতিহাসের উজ্জ্বল মলিনতায় ঠিকানা খুঁজে নিয়েছে। কিন্তু ইতিহাস তো বহুমুখী, সে নানা ধরনের আখ্যান ধরে রাখে। দোর্দণ্ডপ্রতাপ সেইসব গানবাজনার দিনগুলো পেরিয়ে আসার পরেও একথা মেনে না নিয়ে উপায় নেই যে, জাতীয় স্তরে যে-স্বীকৃতি বা প্রতিষ্ঠা সংগীতাচার্য তারাপদ চক্রবর্তী'র পাওনা ছিল, তার সিকিভাগও তিনি পাননি। অথচ, এই যেমন দেখছি, সমকালীন তাবড় শিল্পীদের ঝুলি উজাড় করা ভালোবাসা ও শ্রদ্ধা ঠিকই আদায় করে নিয়েছেন। যে-সময়ে যে-আসরে গেয়েছেন, অবিস্মরণীয় হয়ে থেকেছেন। তবু, মৃত্যুর এই এত বছর পর ততখানিও যেন স্মরণীয় নন তিনি। পুরোনো রসিক শ্রোতারা আজও নাম শুনলে কপালে হাত ঠেকান ঠিকই, কিন্তু গানবাজনার মূলস্রোতের ইতিহাস তাঁকে খানিক ব্রাত্য করেই রেখেছে। বিস্মরণের এই মোলায়েম রাজনীতিই হয়ে উঠেছে তারাপদ'র মতো বিরল শিল্পীর মাথায় কাঁটার মুকুট।

অথচ ভেবে দেখতে গেলে, বাংলা থেকে তিনিই প্রথম বড় ঘেরের খেয়াল গাওয়া চালু করেন। নিজে বন্দিশ বেঁধে আসরে গাওয়ার মতো ব্যতিক্রমী ব্যাপার শুরু করেন তিনিই। রাগ বাহার-এ, আড়া চৌতাল-এর দমবন্ধ ঝুঁকির বন্দিশ তাতে সামিল যেমন, তেমনই গুর্জরী টৌড়ি-তে দ্রুত তিনতালের নিরীহ বন্দিশ, যার চাল বিলকুল ১২ মাত্রার দ্রুত একতালের

মতো। নামজাদা তবলিয়ারাও এইসব বন্দিশের কুল পেতেন না অনেক সময়ে, যদি-না তারাপদবাবু নিজে দেখিয়ে দিতেন হদিশ। আলাপ হোক বা লয়কারী, বোলবাঁট হোক বা তানকর্তব, সময়ের চেয়ে এগিয়ে থাকা এই মানুষটি ভবিষ্যতের দৌড়ে পিছিয়ে গেলেন কেন তাহলে? কেন কেবলই বাংলার শিল্পী হয়ে থাকলেন? তাঁর ভারতের রত্ন খেতাব থেকে গেল কেবল বাবা আলাউদ্দিনের চিঠিতেই?

ইতিহাসের এই ছক কিন্তু অচেনা নয়। ভারতবর্ষে দীর্ঘদিন ধরে হিন্দুস্তানি খেয়ালের প্রধান পীঠস্থান ছিল মুঘল দরবার। স্বভাবতই উত্তর ও পশ্চিম ভারতের শিল্পীরা তখন খেয়ালে অগ্রগণ্য ছিলেন, যাদের ভাষা হিন্দি, উর্দু, পাঞ্জাবি, বা কিছু ক্ষেত্রে ফারসিও। তাঁদের তালিমের, রুজি রোজগারের পথও ছিল ঢের প্রশস্ত। পূর্ব ভারতে খেয়ালের এমন চল ছিল না। যতদিনে এল, ততদিনে এই মনোভাব তৈরিই হয়ে গিয়েছে যে, হিন্দুস্তানি খেয়াল মানেই উত্তর, পশ্চিম বা বড়জোর মধ্য ভারতের হিন্দি-উর্দু বলিয়ে শিল্পীকুল। তাই একজন বাঙালি খেয়াল-শিল্পী যত দাপটেই ভারতবর্ষ জুড়ে গেয়ে বেড়ান না কেন, তাঁকে বরাবর এই মনোভাবের শিকার হয়েই থাকতে হয়। যেমন তার বহুযুগ পরেও জাতীয় ক্রীড়া বা রাজনীতিতে বাঙালি কূটনীতির সম্মুখীন হয়, তেমন।

তাঁর নিজের কি তাহলে কোনও খামতিই ছিল না? আজকের নিরিখে ভেবে দেখতে গেলে একখানা বিরাট খামতি অবশ্যই ছিল। জনসংযোগের প্রতি তুমুল অনীহা। সেইসঙ্গে প্রখর আত্মসম্মান বোধ এবং একগুঁয়ে, অনাপসি মনোভাব। যেখানে বিন্দুমাত্র স্খলনের সম্ভাবনা টের পেয়েছেন, সে-সুযোগ যত বড়ই হোক না কেন, তখনই তার মুখের উপর বন্ধ করে দিয়েছেন দরজা। সেই কারণেই কলকাতার রাস্তায় চালের বস্তা পিঠে বয়ে বেড়ানো মানুষটি বার্ধক্যে এসে হেলায় ফিরিয়ে দিচ্ছেন কেন্দ্রীয় সরকারের 'পদ্মশ্রী' খেতাব, সেইসঙ্গে লিখছেন কড়া এক চিঠিও। বাইরে থেকে একে অনেকে উন্নাসিকতা বললেও, বাঙালির প্রিয় গাইয়ে নাকুবাবুকে এটুকু স্বকীয় বর্জন মানাত। পরিপ্রেক্ষিতে তাঁকেও মেনে নিতে হয়েছে বহু বর্জনের আঘাত। কিন্তু দিনের শেষে মাথা উঁচু করে বেঁচে থাকাই ছিল তাঁর কাছে সবচাইতে বেশি জরুরি।

তবে হ্যাঁ, আজ যে বেশ কিছু বাঙালি খেয়াল-গাইয়ে দেশে ও তার বাইরে স্বচ্ছন্দে নাম কিনছেন, তার ভিত্তি কিন্তু এই মানুষগুলোই স্থাপন করে গিয়েছেন। একদিকে তারাপদ

চক্রবর্তী, একদিকে ভীষ্মদেব চট্টোপাধ্যায়, অন্যদিকে চিন্ময় লাহিড়ি। স্রোতের বিপরীতে দাঁড়িয়ে এঁরা আপ্রাণ লড়েছিলেন বলেই আজ স্রোতের অভিমুখে বাঙালি শিল্পীরাও সাঁতার কাটতে পারছেন। বহুতল বাড়ির ছাদ অনেকেই উপভোগ করেন, তার ভিতের কথা মনে করেন কতজন? সংগীতাচার্য তারাপদ চক্রবর্তী সেই ভিতেরই এক অপরিহার্য স্তম্ভ।

আজ যখন দক্ষিণ কলকাতায় তাঁরই নামাঙ্কিত রাস্তা দিয়ে হেঁটে যাই কখনও, কোথাও একটু হলেও চাপা গর্ব হয় এই ভেবে যে, এ আসলে শহর কলকাতার আর পাঁচটা রাস্তার একখানা নয়। এ আদতে হিন্দুস্তানি শাস্ত্রীয় সংগীতের বিরল এক রাজপথ, যাকে একটু একটু করে নিজের হাতে গড়ে তুলেছিলেন সংগীতাচার্য তারাপদ চক্রবর্তী। যেখানে আজ নানা শাখায় ধরেছে নানা রঙের ফুল। আমরা, এতদিনে তাদের সুগন্ধ পাচ্ছি।

www.ingramcontent.com/pod-product-compliance
Lightning Source LLC
LaVergne TN
LVHW090353051026
849518LV00006B/2126
* 9 7 8 8 1 8 3 7 4 5 5 2 9 *